W0286937

YOU&I FOREVER.

the MAKE IT COUNT experience

New Adult Roman

„New Adult“ Pseudonym von Anne Freytag
Titel: Make it count - Gefühlsgewitter
Autorin: Ally Taylor
1. Auflage
www.freytag-literatur.de
kontakt@annefreytag.de
1. Korrektorat: Konni Friedenauer
2. Korrektorat: Susanne Schillhuber
Umschlaggestaltung und Satz: ad.
www.annadavis.de
Coverbild: © olly - Fotolia.com

Die Deutsche Nationalbibliothek verzeichnet diese Publikation in der Deutschen Nationalbibliothek; detaillierte bibliographische Daten sind im Internet über http://dnb.d-nb.de abrufbar.

ISBN-10: 1497424984
ISBN-13: 978-1497424982

das MAKE IT COUNT Prinzip

‚Make it count' ist das gemeinsame New Adult Projekt von Ally Taylor und Carrie Price.

ZUR IDEE: ‚Make It count' steht für mehrere in sich **abgeschlossene** Romane, die allesamt in demselben Universum spielen.

Charaktere, die hier und da wieder auftauchen können, aber eben nicht müssen. Geschichten voller Drama und Liebe, Hingabe und Kribbeln, aber **ohne lästiges Warten.** Man kann einsteigen, wann und wo immer man will.

Drama has a home. Welcome to Oceanside – the fictional NA-City.

Ally Taylor

MAKE IT COUNT

Gefühlsgewitter.

Katie & Dillen

Für Eleni. Das ist erst der Anfang.

1. Kapitel

Passiert ist es vor knapp drei Wochen. Doch es fühlt sich an wie ein Wimpernschlag. Als hätte sie es mir eben erst gesagt. Ich warte auf die Erkenntnis, auf den Verlust. Auf eine Welle der Tränen. Aber ich spüre es nicht. Ich spüre *nichts.* Mein Verstand rebelliert gegen die Wahrheit, erstickt die Gedanken, die dem Schmerz die Türen öffnen würden. Irgendetwas in mir scheint noch immer auf sein kehliges Lachen zu warten und auf die Stille, die zwischen uns lag, wenn wir beide in Gedanken versunken waren. Es ist dieses *Etwas,* das die Augen vor den Tatsachen verschließt. Und doch weiß ich, dass es dieses Lachen nur noch in meinem Kopf gibt. In meinen Erinnerungen, die ich nicht zulassen kann, weil es sonst wahr ist, und er tot. Weil ein Teil in mir sonst aufhört am Leben festzuhalten, aus dem ich doch etwas machen soll. Und während irgendetwas ganz tief in mir langsam und qualvoll erstickt, atme ich ruhig weiter. Die Taubheit sieht zu, dass ich überlebe, während ein Teil in mir stirbt. Sie ist wie ein Wattebausch, der alles leiser erscheinen lässt. Das Leben ist weiter weg. Vielleicht ist es gar nicht mehr da. Es heißt immer, alles geschieht aus einem bestimmten Grund. Manchmal wüsste ich einfach gerne aus welchem.

„Katie?“ Eine sanfte Stimme durchbricht die Stille und dringt in den Wattebausch. „Bist du so weit?“

Ihr Anblick katapultiert mich in die Realität. Eine Realität, in der es ihn nicht mehr gibt. In der mein Leben in Form einer schwarzen Reisetasche neben mir steht und darauf wartet, weiterzugehen, während ich nicht bereit dazu bin. Mein Blick schweift durch das leere Zimmer. Den Raum, der vor ein paar Tagen noch mein Reich war, in dem ich Gedanken gewälzt und Bücher gelesen habe, und der nun verlassen ist. Der gute Geist ist ausgezogen und ich befürchte, er wird nie wieder kommen. Das Leben ist weg. Unerreichbar. Es ist mit ihm gegangen. Und ich wünschte, er hätte mich mitgenommen.

„Katie-Liebes?“

Mein Blick folgt dem vertrauten Klang. Er wandert emotionslos über ihr schmales Gesicht. Die ausgemergelten Wangen, die roten Flecken, die eingefallenen Augenhöhlen und ihre fahle aufgedunsene Haut. Die Abschürfungen um ihre Stupsnase und die geschwollenen Lider versetzen mir einen dumpfen Schlag, den der Wattebausch jedoch augenblicklich dämpft.

Ich atme tief ein, greife nach der Tasche und stehe auf. „Ich bin so weit.“

„Was ist mit Nathan und Michelle?“, fragt Mary vorsichtig. „Hast du dich von ihnen verabschiedet?“

„Ich sterbe nicht, ich ziehe nur um.“

•••

Die schmiedeeisernen Tore öffnen sich. Umgeben von Videokameras und unüberwindbaren Mauern verbirgt sich eine Festung. Ein weit entferntes Königreich einer herzlosen bösen Königin. Wie in den Geschichten, die Dad mir früher vorgelesen hat. Die Erinnerung trifft mich unvermittelt. Wie ein Stromschlag, der mich zu Boden wirft. Ich atme scharf ein. Seine weiche Stimme hallt in meinem Kopf. Ihr Klang bohrt sich in meinen Brustkorb wie ein stumpfer Korkenzieher. Ich versuche am Schmerz vorbei zu atmen, die Kette zu sprengen, die sich eng um meine Brust legt, sehne mich nach der Taubheit, die mich wieder in Watte packt.

Ein paar Wochen. Es sind nur *ein paar Wochen.* Dann steige ich wieder in Dads Pickup und lasse *Oceanside* für immer hinter mir. Mein Blick fällt auf das rote Blinken der Kamera. Einen Moment zögere ich. So als läge hinter diesen Toren mein persönliches Gefängnis. Eine Hölle, in die ich gerade freiwillig hineinfahre. *Kate, es sind nur ein paar Wochen.* Bei diesem Gedanken kurble ich seufzend das Fenster hoch und gebe vorsichtig Gas.

Penibel getrimmte Buchssträucher, farblich abgestimmte Blumenbeete und alte Laubbäume säumen den Weg, der zu einem herrschaftlichen Anwesen führt. Die Reifen knirschen auf der Kiesauffahrt und das grelle Grün der Wiese schmerzt in meinen Augen, als hätte ich sie zum ersten Mal seit Langem wieder offen. Ich halte an, schalte in P und ziehe den Schlüssel ab. Mit dem alten Pickup meines Dads bleibt auch meine Welt stehen. Ich schließe die Augen und atme tief ein. Ich kann ihn noch riechen. An diesem Geruch hängen unzählige Erinnerungen. Das Vertrauen und die Geborgenheit. Sein kehliges Lachen und dieses wissende Schweigen. Er wusste, wer ich wirklich bin. Jetzt weiß es niemand mehr. Nicht einmal ich. Bald wird der holzige Duft verfliegen. Und mit ihm mein altes Leben. Als der Schmerz sich eiskalt in mir ausbreitet, verbanne ich die Erinnerungen wieder ganz tief in meinem Inneren und die Leere legt sich wieder schützend auf mein Gesicht.

Ich öffne die Augen und mustere das riesige weiße Haus, in dem ich von nun an leben werde, das aber niemals mein Zuhause sein wird. Mein Blick fällt auf den Pickup. Kein Wunder, dass das mit meinen Eltern auseinander gegangen ist. Er ist das Einzige, das hier nicht ins Bild passt. Und ich natürlich.

Ich betrachte die MacDougall-Residenz. Hinter diesen weißen Mauern sitzt das letzte bisschen Familie, das ich habe. Zumindest wenn das Blut entscheidet. Meine echte Familie musste ich hinter mir lassen, weil wir nicht verwandt sind. Mary, Nathan und Michelle sitzen gerade in Wilmington, North Carolina, und mein Herz zieht sich allein beim Gedanken an ihre Gesichter schmerzhaft zusammen. *Familie.* Was für ein leeres Wort. In meinem Fall besteht sie aus der Asche meines Vaters und einer Rabenmutter, die ich seit über zehn Jahren nicht mehr gesehen habe. *Das Leben wird dir Steine in den Weg legen, Katie, aber du wirst einen Weg finden. Deinen.* Okay, Dad. Okay. Ich muss die Realität nicht mögen.

Weder die Frau, die mich geworfen, aber dann nicht gewollt hat, noch den Stiefvater. Und auch nicht die vielen fremden Geschwister. Ich werde mein altes Leben verlassen und alles wird anders sein. Aber es gibt kein Zurück. Es gibt nur das Hier. Und das Hier ist weiß und herrschaftlich und widert mich an.

2. Kapitel

Ich stehe verloren auf den Steinstufen, die zu einer schweren roten Haustür führen. Ich spüre den Pickup im Rücken, wie ein Zuhause, das es nicht mehr gibt, als plötzlich die Tür aufgeht und Mrs. MacDougall vor mir steht. Ich sehe ihr so ähnlich, dass es mir augenblicklich die Kehle zuschnürt. In ihrem erstarrten Gesicht erkenne ich, dass sie dasselbe denkt. Ich bin so eindeutig ihre Tochter, dass es wehtut. Wir wollten wohl beide leugnen, dass es zwischen uns eine Verbindung gibt, doch wenn ich sie ansehe, sehe ich meine Zukunft. Eine ältere Version von mir. Bei diesem Gedanken verkrampfen sich meine Eingeweide und ein beißender säuerlicher Geschmack klettert meine Brust hinauf.

„Katie."

„Kate", antworte ich kalt.

„Kate", wiederholt sie mit einem zaghaften Lächeln auf den dünnen Lippen. Sie tritt zur Seite und deutet ins Innere der Festung. „Bitte, komm doch rein."

Der Eingangsbereich erinnert mich spontan an Scarlett O'Haras Haus in *Vom Winde verweht.* Die Stufen scheinen kein Ende zu nehmen. Alles ist cremefarben, bis auf die Fußböden. Dunkles Holz in langen Bahnen, wie auf einem Schoner. Kerzen und unzählige Sitzgelegenheiten, auf denen dem Anschein nach noch nie jemand gesessen hat, Sideboards vollgestellt mit silbernen Bilderrahmen, gefüllt mit glücklichen Gesichtern. Ich fühle mich wie in einer Zeitschrift mit dem Leitthema *'Stilvoll leben in den Hamptons'*.

„Brian und die Kinder sind leider erst übermorgen zurück. Ich hatte wirklich gehofft, sie wären schon da, wenn du kommst." Das glaube ich sofort, so verloren wie sie mich ansieht. „Möchtest du, dass ich dir dein Zimmer zeige?" Ich nicke, sage aber nichts. „Gib mir doch dein Gepäck..." Sie streckt mir die Hand entgegen und ich ziehe die Tasche näher an mich heran, so als wäre wirklich mein Leben darin verstaut und sie versucht es mir zu nehmen. Ein Leben, das es nicht mehr gibt.

Der eiskalte Schauer streitet mit dem Schweiß um die Vorherrschaft auf meiner Haut. Ich spüre, wie sich jedes noch so winzige Härchen auf meinem Körper langsam aufrichtet, als würde es fliehen wollen. Mein Herz klopft mir bis in den Kopf. Meine Schlagader schwillt immer schneller an und fällt wieder in sich zusammen. Ich spüre mich überall. Jeden Millimeter meiner Haut. Die Nervosität, die Beklemmung, meinen engen Brustkorb. So als würde ich in diesem Augenblick, in dieser gigantischen Eingangshalle, erst begreifen, dass Gordon Williams fort ist. Die Erkenntnis legt ihre kalten Hände um meinen Hals und drückt langsam zu. Er hat mich zurückgelassen. Für immer. Die Dunkelheit in meinem Inneren breitet sich aus und erreicht mein panisch schlagendes Herz. *Er ist tot.* Seine Stimme, dieser Geruch, das Zuhause. Der einzige Mensch, der wichtig war. Der einzige Mensch, der mich verstanden hat. Der einzige, den ich geliebt habe. Der Kloß drängt sich in meinen Hals. Er breitet sich aus, bis er an seine Grenzen stößt. In meinen Augen schwimmt die Gewissheit, dass ich nie wieder die sein werde, die ich war. Tränen fluten meine Augen und laufen über meine Wangen. Ich weine lautlos. Und obwohl diese Frau neben mir steht, diese Frau, die mich lieben sollte, die ich lieben sollte, bin ich allein. Mutterseelenallein. Sie sieht aus wie ich. Sie ist wie mein Spiegelbild mit kurzen Haaren, zu dünnen Lippen und der falschen Augenfarbe. Ich spüre ihren Blick, die Fragen, die auf ihrer Zunge liegen, die sie sich nicht zu fragen traut. Das Mitgefühl, das sie mir geben will, aber nicht kann. Ich stehe in der Eingangshalle der Frau, die uns nicht wollte. Die *mich* nicht wollte. Der Frau, die sich für den Banker mit der Festung entschieden hat. Von der nie auch nur eine Geburtstagskarte kam oder ein Anruf. In der Eingangshalle meiner Mutter. Und alles, wonach ich mich sehne, sind *seine* Arme, die mich halten. Aber das werden sie nicht. Gordon Williams ist tot. Sonst wäre ich nicht hier.

Mit der freien Hand wische ich mir die Tränen aus dem Gesicht.

„Kann ich etwas-..."

„Es geht schon", schneide ich ihr das Wort ab. Meine feste Stimme gaukelt Stärke vor, wo keine ist. Aber woher soll Mrs. MacDougall das wissen? Sie kennt mich nicht. „Ich bin müde von der Fahrt. Ich würde mich gerne ausruhen."

Sie räuspert sich und schluckt. „Sicher, das verstehe ich.“

Du verstehst einen Scheißdreck, denke ich, sage aber nichts. Stattdessen folge ich ihr in einen langen Korridor, der mich mit seinen vielen Türen an ein nobles Hotel erinnert. Vor der letzten Tür auf der rechten Seite bleibt Mrs. MacDougall stehen und öffnet sie.

Strahlendes Sonnenlicht dringt durch die riesigen Fenster und badet den Raum in Wärme. Ein King-Size-Bett mit zehntausend Kissen, weiße Bettwäsche, daneben zwei Nachtkästchen, ein Flachbildfernseher, zwei gerahmte Schwarzweiß-Fotografien an der hellgrauen Wand über dem großen Schreibtisch. Überall verteilt Kerzen in kleinen Gläsern, die einen frischen zitronigen Duft verströmen, eine kleine Bank am Fußende des Bettes, ein Schaukelstuhl. Und zwei Türen. Die eine führt zweifelsohne in mein eigenes Ensuite-Badezimmer mit allem nur erdenklichen Luxus, die zweite in den begehbaren Wandschrank, den ich für meine drei Jeans und die vier Karohemden kaum brauchen werde. Mein Blick wandert über den Holzboden. Seine Patina erzählt eine alte Geschichte und gibt dem Raum ein Mindestmaß an Charakter. Das riesige Bett thront auf einem weißen Teppich. Die frischen Schnittblumen auf dem Sideboard sorgen neben den Kissen für farbige Akzente. Alles bis ins kleinste Detail durchdacht. Alles sehr geschmackvoll. Nur leider ohne Seele. Eben wie in einem Hotel. Ich lebe von nun an in der Deluxe-Suite. Das Einzige, was den Hotelcharakter durchbricht, sind eine kuschelige

Lese-Ecke mit Polstern und Kissen am Fuße eines der Fenster und ein deckenhohes Regal voll mit Büchern.

„Gordon, also ich meine, dein Vater, hat mir erzählt, wie gerne du liest, deswegen habe ich dir diese Ecke hergerichtet... und dir einen Teil der Bibliothek ins Regal gestellt..." Mrs. MacDougall gibt sich Mühe. Sie strengt sich richtig an. „Du kannst natürlich auch in der Bibliothek lesen."

„Die Hauptsache ist wohl, *ich lese*", sage ich bitter.

„So habe ich das nicht gemeint", antwortet sie und schüttelt den Kopf.

Ich gehe auf das Regal zu, die Reisetasche wie ein zusätzlicher Körperteil in meiner Hand. Ich kann sie nicht loslassen. Sie ist das einzig Reale in diesem Moment. Ein Stück aus der alten Welt. Ich atme an dem stechenden Schmerz in meiner Brust vorbei und studiere die Titel. Einige davon gehören zu meinen Allzeit-Favoriten. „Warum gerade diese Bücher?"

„Mir haben die Titel gefallen."

„Aber du hast sie nicht gelesen", stelle ich trocken fest.

„Nein, das habe ich nicht." Ich höre etwas in ihrer Stimme. Vielleicht Scham. „Und hier..." Sie zeigt auf die Fenster, geht auf eines zu und öffnet es. „Auf diesem Dach kann man in der Sonne sitzen und das Leben genießen..." Als sie meinen Gesichtsausdruck bemerkt, räuspert sie sich. „Tut mir leid, das war unpassend... ich meinte nur... vielleicht willst du dich mal raussetzen..." Sie kommt auf mich zu. In ihren blauen Augen schimmern Tränen. Ich bin froh, dass ich *seine* Augenfarbe habe. Warm. Wie flüssige Schokolade. „Du hast seine Augen."

„Ich weiß."

Einen Moment stehen wir nur da und schauen einander an. Bis das Unbehagen sie falsch lächeln und die Stille brechen lässt. „Brauchst du etwas? Hast du vielleicht Hunger?"

„Ich will allein sein."

Sie nickt. „Natürlich." Als sie die Tür erreicht, dreht sie sich noch einmal um. „Wir haben dich an der Oceanside High angemeldet... Das ist eine wirklich gute Schule..." Sie atmet tief ein. „Du findest alle Unterlagen im Schreibtisch." Ich nicke. „Wenn du möchtest, begleite ich dich morgen."

„Nein, danke, das schaffe ich auch allein."

„Daran habe ich keinen Zweifel...", antwortet sie und schluckt. „Das Angebot steht. Nur falls du es dir anders überlegst..."

3. Kapitel

Mein Brustkorb ist zu eng, als wäre er der einer anderen. Ein dünner Schweißfilm spannt sich um meinen Körper wie eine schimmernde zweite Haut. Mein flaches Atmen begleitet mich bei jedem Schritt. Mein hämmernder Herzschlag betäubt mir die Ohren. Aber ich funktioniere. Meine Beine sind wie ein gut erzogener Hund. Sie folgen Mrs. Miller zu meinem Spind, ohne dass mein Hirn etwas davon mitbekommt. Fremde Flure und fremde Gesichter, die mich interessiert mustern wie ein seltenes Tier im Zoo. Ich bin das Klischee. *Die Neue.* Wie in einem dieser schlechten High-School-Filme. Diese Erkenntnis lässt mich hart schlucken.

„Also, Katie..." Mrs. Miller bleibt stehen. „Das hier ist deiner... die Kombination ist 5654... gib sie nicht weiter." Ich nicke und versuche zu lächeln, was mir nicht so recht gelingt. Meine Mundwinkel sind wohl nicht so gut abgerichtet wie meine Beine. „Katie, ich weiß, du kennst mich nicht..." Sie durchschaut mich mit ihrem Blick. „Aber wenn du mal jemanden zum Reden brauchst... meine Tür steht immer offen." Ich habe solche Sätze in den letzten Wochen *dauernd* gehört. Jeden Tag hat mir jemand angeboten, mit mir zu reden. So als würde das Darüberreden meinen Dad wieder zum Leben erwecken. Meistens sind es Worthülsen. Aus Höflichkeit. Weil man eben nicht weiß, was man sonst sagen soll. Ich tue trotzdem, was man von mir erwartet. Ich bedanke mich.

•••

Als ich eine halbe Stunde später das Sekretariat verlasse, ertönt die Glocke und wie auf Befehl spucken die unzähligen Klassenzimmer Horden von Schülern in die bis eben noch leergefegten Flure. Ich halte den Blick gesenkt, meine Augen verschmelzen mit dem dunkelgrauen PVC-Boden. Ich sehe Füße verpackt in Turnschuhen und Highheels und ein Meer aus Waden. Manche in Jeans, manche glatt rasiert. Lautes Lachen, Gesprächsfetzen, gute Laune. Ihr Freudentaumel versucht mich einzunehmen, doch er zerbricht an der Taubheit. Ich habe fast meinen Spind erreicht, als mich jemand fest zur Seite schubst. Ich stolpere, verliere das Gleichgewicht und falle aus dem Weg. Es passiert alles so plötzlich, dass mein betäubter Körper nicht schnell genug reagiert. Ich strecke die Arme aus und kneife die Augen fest zusammen, als würde das den Aufprall dämpfen. Ich warte auf die offene Spind-Tür in meinem Gesicht, auf den metallenen Geschmack von Blut, auf schallendes Lachen und die mitleidigen Augenpaare, die ich so sehr zu meiden versucht habe. Stattdessen spüre ich etwas Starkes, das mich auffängt, mich unvermittelt festhält. Sich schützend um mich legt. Zwei große Hände, die mich langsam aufrichten. Ein frischer Duft tanzt mir in die Nase und berührt mich wie eine Armee von Händen, die mich innerlich streichelt. Ich blinzle und schlucke. Spüre wieder

Boden unter den Füßen. Der Schreck sitzt mir in den Knochen und lähmt meine Zunge. Ich blicke suchend nach oben, will mich bedanken, irgendetwas sagen. Aber dieses Gesicht nimmt mir die Stimme und lässt mich sprachlos zurück. Es trifft mich wie ein Schlag, der mich unvermittelt zu Boden wirft. Ich spüre nur die Wärme seiner Hände, begleitet von meinem rasenden Herzschlag, der wie ein wildes Tier in mir tobt. Den Schweiß, der fluchtartig meine Poren verlässt und sich auf meiner Haut ausbreitet. Meine Augen, die versuchen seinen Anblick in sich aufzusaugen. Die ihn abtasten. Die sein markantes, nachdenkliches Gesicht in mein Hirn fräsen, wie ein Gemälde, in dem ich mich auflösen will. Die rasende Geschwindigkeit kapituliert vor diesem Moment. Alles wird langsam. Die Zeit verlässt mich. Ich versinke in diesen Augen. Dunkelblau mit einem grünen Schleier. Wie Nordlichter am klaren Nachthimmel, gesprenkelt mit silbernen Funken, wie winzige Sterne, die am Firmament tanzen. Ich ertrinke in der Tiefe dieser Augen. Spüre die Farbe in mein Gesicht steigen, als mein Blick auf seine vollen Lippen rutscht. Meine Fingerspitzen kribbeln, wollen ihn berühren, während mein Magen sich dreht und mein Herz mich erschlägt. Seine weichen Hände hinterlassen warme Spuren auf meiner Haut. Als er sie schließlich wegnimmt, rebelliert sie mit einem kalten Schauer.

„Alles okay?“

Der Klang seiner tiefen Stimme peitscht die Gänsehaut über meinen Rücken, wie eine Welle, die donnernd aufs Ufer bricht. Wie eisiges Wasser, das sich um meinen brennenden Körper stülpt. Er fährt sich durchs Haar. Eine routinierte Geste, von der ich mir sofort einbilde, sie auf meiner kribbelnden Handfläche zu spüren. Ich schaue zu ihm auf und meine Augen zwischen seinen hin und her.

„Dillen, los komm schon!“

Dieser Satz wirft mich in die Realität zurück. Sein ernster Blick streift ein letztes Mal mein Gesicht, dann verschwindet er ohne ein weiteres Wort. Er folgt einer Gruppe Jungs in Richtung Ausgang und ich kann nicht wegsehen. Meine Augen verfolgen jede seiner Bewegungen, wandern über die leichte Bräune seiner Haut, die breiten Schultern. Alles, was übrig bleibt, ist ein fremdes Pochen ganz tief in meinem Bauch, eine Gänsehaut, die meine Haut umspannt und ein Kribbeln in meinen Lippen. *Dillen.*

4. Kapitel

Ich liege wach. Und zum ersten Mal seit Wochen ist es nicht die Leere, die mir den Schlaf raubt. Es sind Dillens Augen. Der Nachthimmel in seinem Blick und das hellbraune Haar, das zerzaust sein kantiges Gesicht umrahmt. Der Klang seiner Stimme, diese vollen Lippen, die sich in meinem Kopf warm auf meine legen. Ich versinke in diesem Anblick, der meinen Körper fremde Dinge tun lässt.

Ich habe Jungen geküsst. Drei. David, Patrick und Nathan. Meine Zunge mochte zwar dieses seltsam raue Gefühl, aber ich habe nie etwas gespürt. Zumindest keine Erregung. Da war kein rasender Herzschlag, keine feuchten Hände. Nichts. Das Einzige, was ich jedes Mal gefühlt habe, war etwas Hartes an meinem Bauch, das mich pulsierend aufgefordert hat, es anzufassen – was ich aber nicht getan habe. Das mit David und Patrick war ein Fehler. Und was Nathan betrifft: Für ihn habe ich Freundschaft empfunden. Eine Freundschaft, die so stark war, dass ich sie irgendwann mit Liebe verwechselt habe. Dieser Kuss hat etwas bedeutet, aber eben nicht das, was ich mir gewünscht hätte. Es ist ewig her und er ist inzwischen mit Michelle zusammen.

Ich drehe mich auf die Seite und trete die Daunendecke ans Fußende. Meine Haut glüht und meine Gedanken schmelzen bei Dillens Anblick. Jedes Mal, wenn ich die Augen schließe, nimmt sein Mund mich ein. Seine Fingerkuppen streifen meinen nackten Körper. Ich spüre, wie sich meine Brustwarzen zusammenziehen. Sie werden zu winzigen Knospen, hart und empfindlich. So als würden sie auf seine Hände warten.

Ich setze mich unvermittelt auf. Verärgert. Die Frustration schwelt in meinem Inneren. *Hör auf damit, Hirn. Hör. Endlich. Auf.* Ich massiere mit den Fingern über meine Schläfen und atme tief ein. Dann endlich stehe ich auf und schiebe eines der Fenster nach oben. Die kühle Nachtluft lockt mich nach draußen. Ich folge ihrem Ruf und lege mich aufs Dach. Der dunkelblaue Himmel spannt sich wie ein endloses, halbrundes Zelt über die Baumkronen. Ihre Blätter rascheln im Wind. Ich will mich gerade wieder in meinen Gedanken verlieren, als ein Geräusch neben mir mich hochschrecken lässt.

„Dann bist du wohl Kate." Ich setze mich auf und ziehe mir instinktiv Nathans weißes T-Shirt über meine nackten Beine. „Andrew." Er steht auf, kommt zu mir hinüber und streckt mir die linke Hand entgegen. In der rechten hält er eine selbstgedrehte Zigarette. „Freut mich."

„Hi", sage ich in einem schüchternen Flüstern und schüttle sie. „Mein *Halbbruder,* nehme ich an?"

„*Stief*bruder...", entgegnet er und zeigt neben mich. „Darf ich?"

„Sicher..." Er hält mir die Zigarette entgegen und ich schüttle den Kopf. „Nein, danke, ich rauche nicht."

„Ich auch nicht...", antwortet er mit einem breiten Grinsen, während er sich setzt.

„Ist das..." Ich zeige auf den gelblichen Stummel, den er zwischen den Fingern hält. „... etwa Gras?"

Er lacht leise und nickt. „Ich rauche das Zeug nur ab und zu... und manchmal, wenn ich nicht schlafen kann." Seine hellblauen Augen lachen über mich, aber sie lachen mich nicht aus. „Wie alt bist du?"

„Nächsten Monat 18. Du?"

„22."

Andrew zieht an seinem Joint und pustet den Rauch in den Nachthimmel. „Und du willst sicher nichts?"

„Lieber nicht." Ich versuche zu lächeln, weil ich es ihm tatsächlich anrechne, dass er sein Schlafmittel mit mir teilen würde, aber meine Mundwinkel gehorchen mir nicht. Sie bleiben störrisch und emotionslos. „Ich geh dann mal wieder rein." Gerade als ich in mein Hotelzimmer zurück klettern will, räuspert er sich.

„Wie war der erste Tag?" Die Glut leuchtet in der Dunkelheit, dann atmet er tief ein. „Ich meine in der Schule..."

Bei dem Wort *Schule* zieht sich mein Magen nervös zusammen. „War okay."

„Schon jemanden zum Dranhängen gefunden?"

„Zum Dranhängen?“, frage ich und denke sofort an Dillens starke Arme und diesen frischen Duft.

„Na ja, irgendjemanden für die nächsten paar Wochen... Keine Ahnung... *Freunde auf Zeit?*“

„Nein. Und ich bin auch nicht auf der Suche...“

„Besser so... Sind ohnehin alles Flaschen. Lass dich nicht mit einem dieser Sportler-Idioten ein...“

„Was meinst du?“

„Du bist ein bildhübsches Mädchen, Kate. Du weißt, was ich meine.“

Bildhübsch? Einen Augenblick warte ich darauf, dass er in schallendes Lachen ausbricht, aber sein Gesicht bleibt ernst.

„Okay, ich passe auf.“

„Gut...“

Ich ziehe mir das T-Shirt von den Knien und stehe auf, nur um dann unvermittelt stehen zu bleiben.

„Kann ich dich noch etwas fragen?“

Seine hellblauen Augen erhaschen einen kurzen Blick auf meine nackten Beine, dann schaut er hoch.

„Sicher, frag.“

„Was machst du zu Hause? Also, ich meine, so mitten im Semester?“

„Ist dir natürlich gleich aufgefallen...“ Er atmet tief ein. „Ich habe mal wieder *versagt*. Das ist nichts Neues. Damit rechnet jeder bei mir. Wirst sehen.“ Sein breites Grinsen wärmt mich. „Und du? Stipendium, hm?“

„Ja“, antworte ich und warte auf einen blöden Spruch. Wäre nicht der erste.

„Respekt. Welches College?“

Andrew überrascht mich. Ich mag ihn sofort. Und damit ist er der Einzige in dieser Festung. „Ich weiß noch nicht.“

„Welche stehen denn zur Auswahl? Vielleicht war ich ja schon an dem einen oder anderen...“ Und wieder legt sich dieses freche Grinsen auf seine Lippen. Und es steckt mich an. Das Lächeln fühlt sich ungewohnt steif an und überfordert die Muskeln in meinem Gesicht. Es ist das erste seit Wochen. „Komm schon, du hast doch bestimmt einen heimlichen Favoriten...“

„Kensington College“, antworte ich schließlich.

„Gute Wahl.“ Er legt die Stirn in Falten. „Passt zu dir.“ Ich frage mich, ob das ein Kompliment ist, als er wieder grinst und nickt. „Und ja, das ist ein Kompliment.“

„Danke.“ Ich schaue verlegen auf meine nackten Füße, die inzwischen zu kleinen kalten Klumpen verkümmert sind. „Gute Nacht.“

„Die wünsche ich dir auch, Kate...“

5. Kapitel

Die MacDougall-Familie sitzt bereits vollzählig an einem enormen Esstisch, als der Eindringling den Raum betritt.

„Ah, Kate..." Mrs. MacDougall springt auf und kommt auf mich zu. „Brian-Honey, das ist Kate."

„Kate, es freut mich, dich kennenzulernen." Er steht auf und das Lächeln, das mich trifft, ist erschreckend aufrichtig. „Das sind Lilian und Josephine..." Brian zeigt auf zwei Mädchen, die mich schüchtern anlächeln. „Der kleine Mann da drüben ist Benjamin..." Ein kleiner Junge mit rosigen Pausbacken und Mrs. MacDougalls Augen schaut mich verstört an. Um seinen winzigen Mund kleben eingetrocknete Breireste. „Und das hier ist mein Sohn Andrew." Brian klopft Andrew auf die Schulter. Er sieht gelangweilt und müde aus. Aber als sich unsere Blicke treffen, huscht etwas Freches über sein Gesicht. „Und das ist eure Schwester Kate."

Sie strahlen mich an, als wäre ich das neue Haustier, auf das sie lange warten mussten. Ich hebe nur verunsichert die Hand und sage: „Hi." Mehr bekomme ich nicht raus.

„Pancakes mit Ahornsirup und Speck?", fragt Mrs. MacDougall hoffnungsvoll.

Und obwohl mein Magen knurrt wie ein wütender Rottweiler, schüttle ich den Kopf. „Ich bin spät dran..."

„Aber irgendwas musst du doch essen..."

In ihrem Blick liegt etwas, das ich dort nicht sehen will. „Ich *muss* gar nichts", antworte ich frostig.

„Nein, natürlich nicht..." Sie seufzt. „... aber du... du hast nichts gegessen seit du angekommen bist..."

„Ich muss los."

...

Als ich den Motor des Pickups anlasse und gerade zurücksetzen will, springt Andrew vor die Haube und fuchtelt mit einer kleinen braunen Tüte herum. Ich kurble das Fenster runter.

„Was ist?"

„Hier..." Er streckt sie mir entgegen.

„Was ist das?"

„Sandwiches..."

„Das ist..."

„... aber wirklich nett von dir, Andrew", fällt er mir ins Wort und grinst.

Ich schüttle lächelnd den Kopf, dann schaue ich ihm direkt in die Augen. „Das ist es. Danke..."

„Keine Ursache."

Mit offenen Augen und flatterndem Herzen betrete ich den langen Flur der Oceanside High. Und da steht er. Umringt von einer Traube kichernder Mädchen mit großen Brüsten und kurzen Röckchen. Sie schmachten und strahlen. Als seine Nordlicht-

Augen meine finden, huscht ein schüchternes Lächeln über meine Lippen. Ein naiver Teil in mir hofft auf seines, doch anstatt eines Lächelns trifft mich nur ein mürrischer Gesichtsausdruck, bevor er sich wieder den kichernden Mädchen zuwendet.

Ich atme tief ein und trolle mich zu meinem Spind. Plötzlich komme ich mir entsetzlich dumm vor. Was habe ich mir auch erwartet? Ich schaue an mir hinunter. Blue Jeans, ein weißes Top und ein kariertes Hemd. Wäre ich gestern nicht über den Haufen gerannt worden, hätte er mich nie bemerkt. Und seit wann bitte interessiert mich so was? Was ist aus der Kate geworden, die sich nichts aus Jungs macht? Der Kate, die in Büchern gelebt und sich unsterblich in ihre Romanhelden verliebt hat? *Die kannte Dillen noch nicht.* Seufzend greife ich nach meinen Büchern und werfe den Spind zu.

Ich zwinge mich, nicht in Dillens Richtung zu schauen, als mir wie aus dem Nichts ein blonder Typ den Weg versperrt und mich lüstern anlächelt. Sein Blick fällt auf meine Lippen und seine grauen Augen funkeln verräterisch, als hätte er ziemlich eindeutige Gedanken, die ich mir lieber nicht ausmalen möchte. „Kate, richtig?"

„Ich... ja, richtig."

„Greg..."

Greg ist fast zwei Köpfe größer als ich und hat Schultern wie ein Tier. Sein muskulöser Körper prahlt mit stundenlangem Training.

„Wir haben Englisch zusammen..."

„Richtig..." Ich lächle angespannt und deute in Richtung Klassenzimmer. „Ich... ich bin spät dran. Der Unterricht fängt gleich an..."

„Woher kommst du?", übergeht er mich. „Lass mich raten." Er mustert mich von oben bis unten, als wäre ich ein Rennpferd. „Chicago..."

„Fast...", antworte ich. „North Carolina."

„Also, Kate aus North Carolina... dann bringe ich dich mal zu deiner Klasse."

„Greg, komm schon, lass sie in Ruhe..."

Ich erkenne die Stimme, noch bevor ich ihn sehe. Dillen zieht Greg von mir weg.

„Dillen, darf ich vorstellen... das ist Kate aus North Carolina, Kate aus North Carolina, das ist Dillen Walker..."

„Katie...", korrigiere ich Greg und spüre wie mein Mund austrocknet. „Ich... ich heiße Katie." Seine tiefen Augen durchdringen mich, mustern mein Gesicht. Der Blick ernst, konzentriert. Eine Falte legt sich tief zwischen seine Brauen. Die Sterne in seinen Augen strahlen. Meine Knie geben nach, mein Herz rast und der feuchte Film schmiegt sich eng an meinen Körper. Beim Anblick seiner Lippen schlucke ich hart.

„Hi...", antwortet er schließlich.

„Mach dir nichts draus, Katie...", sagt Greg aufmunternd und zieht mich in eine Umarmung. „Dillen hat es nicht so mit Menschen. Der ist zu jedem so."

„Jetzt nimm schon deine Hände weg!", sagt Dillen und seine Stimme vibriert bedrohlich. Er greift nach meiner Hand und zieht mich näher an sich heran. Meine Schulter streift seine Brust. Diese Berührung durchströmt mich und das Pochen ganz tief in meinem Bauch erwacht zum Leben. Die Luft knistert. Ich bilde mir ein, die Funken zu spüren. Sie liegen in der Luft und warten nur darauf zu zünden.

„Was ist dein Problem?“

„Ich habe kein Problem...“

„Ach nein?“

„Nein.“

Einen Moment sehen die beiden sich lediglich an, dann huscht etwas über Dillens markantes Gesicht. Etwas, das ich nicht deuten kann. Nur eine winzige Änderung, dann flüstert er: „Wenn du es genau wissen willst, da drüben steht Megan... und sie sieht zu uns rüber.“

Der wütende Ausdruck in Gregs Augen wird davon gespült und ein breites Grinsen breitet sich in seinem Gesicht aus. „Danke, Alter...“

„Doch nicht dafür...“

6. Kapitel

„Schön, dass Sie auch noch reinschauen, Ms.?"

„Williams... Kate Williams."

Mr. Baker wirkt irritiert. „Williams? In meinen Unterlagen steht nur etwas von einer gewissen *Kate MacDougall.*"

„Das ist ein Missverständnis."

„Okay, ich notiere mir das..." Er lächelt und zeigt auf einen der freien Plätze in der letzten Reihe. Und da sitzt *er*. Die Augen dunkel und verwegen. „Mr. Walker, machen Sie doch Ihrem Ruf alle Ehre und kümmern sich um Ms. Williams. Sie ist neu in Oceanside."

Dillen schließt einen Moment die Augen, so als wäre es eine Qual, neben mir sitzen zu müssen. Ich wüsste wirklich gern, was sein Problem ist. Was es auch ist, er geht mir unter die Haut und das sollte er nicht. Seine Blicke, dieser Duft, die bedrohlichen Gewitterwolken in seinen Augen. Ich kann in seiner Gegenwart nicht denken. Mein Körper dreht durch, spielt völlig verrückt. Er ist mir fremd. *Und ich liebe es.* Ich versuche zu atmen und ertrinke in Tagträumen.

„Eine MacDougall...", flüstert Dillen abschätzig. „Das darf einfach nicht wahr sein..."

„Was ist dein Problem?", flüstere ich zurück.

Er zuckt mit den Schultern. „Ich weiß nicht, sag du es mir..." Sein Atem streift meinen Arm und dieser frische Duft steigt mir in die Nase. Er wandert ohne Umwege in einen Teil meines Gehirns, den ich nicht kontrollieren kann. Einen Teil, den ich nicht kenne und der mir erneut einen Schauer über den Rücken jagt.

„Ich bin keine MacDougall."

„Dann wohnst du also nicht in dieser riesigen Villa? Mit den vielen Angestellten und dem Pool und den Tennisplätzen?"

„Ich... vorübergehend."

„Das dachte ich mir..."

„Was?", frage ich schroff und ignoriere das Kribbeln und die Gänsehaut. „Was dachtest du dir?"

„Ich habe es gleich gewusst..."

Sein Blick brennt auf meiner Haut. *„Was!?"*

„Daddys kleines Mädchen eben."

Dieser Satz lässt die Dämme brechen. Ich will etwas Schlagfertiges sagen, aber meine Stimme versagt und meine Zunge ist gelähmt von der Wucht, mit der all die Erinnerungen über mich hereinbrechen. Ich dachte, ich hätte sie tief genug vergraben. Aber in dieser Sekunde kämpfen sie sich alle gleichzeitig an die Oberfläche. Die Tränen fluten meine Augen so plötzlich, dass ich keine Zeit habe, sie zu verbergen. Der Schmerz überfällt mich, überrumpelt mich, stürzt sich auf mich und reißt mich zu Boden. Ich sehe die warmen Augen meines Vaters, das sanfte Lächeln in diesem vertrauten Gesicht, höre sein kehliges Lachen. Lautlos fließt die Trauer. Der Verlust. Der unbändige

Schmerz. Er brodelt, bäumt sich auf, durchbricht die Krusten. Ich weiß nicht, wo er herkommt. Ich habe ihn so tief vergraben. So gut vor mir selbst versteckt. Die Realität verschwimmt vor meinen Augen. Zähe, heiße Tränen kullern unaufhaltsam meine Wangen hinunter. Es fühlt sich an, als würde jemand auf meinem Brustkorb stehen. Jeder Atemzug brennt. Ohne es zu merken, balle ich die Hände zu Fäusten. Ich spüre sie zittern, spüre, wie sie dem Impuls widerstehen Dillen zu schlagen, auf ihn loszugehen. Mein Brustkorb bebt und meine Seele weint.

„Katie... ich..."

Doch ich höre ihm nicht zu, bin taub für Entschuldigungen und Erklärungen. Ich will nur weg hier. Raus. So schnell wie möglich. Dann greife ich blind nach meiner Tasche und renne kopflos nach draußen.

7. Kapitel

Mit angezogenen Knien sitze ich auf dem Dach, das Gesicht in den Armen vergraben. Die Tränen fließen, eine nach der anderen, alle auf einmal. Und es tut gut, so als würde mich jede von ihnen ein bisschen befreien. Immer wieder waren sie kurz davor, aus mir auszubrechen. Dieses Mal haben sie es geschafft. Sie sind stärker als ich.

Der warme Sommerwind legt sich tröstend auf meine Haut und das Rascheln der Blätter flüstert mir aufmunternd zu. In ihrer Gesellschaft fühle ich mich weniger allein. Und trotzdem wünschte ich, Michelle und Nathan wären hier. Oder Mary. Sie haben mich angerufen. Immer wieder. Aber ich wollte mit niemandem sprechen. Nicht noch einmal die Frage hören, wie es mir geht. Ob sie etwas tun können. *Nein, das können sie nicht.* Aber gerade fehlen sie mir. Warme Hände, die mir über den Rücken streicheln und mir Halt geben.

„Kate?"

Ich schrecke hoch und sehe Andrew.

„Ich wollte dich nicht erschrecken... aber ich habe den Pickup in der Einfahrt gesehen und an deiner Tür geklopft..."

Während ich in seine blauen Augen schaue, sammeln sich Tränen an meinen Wimpern, bis sie überlaufen.

„Was ist passiert? War jemand *gemein* zu dir? Hat dir jemand was getan?"

Der beschützende Unterton in seiner Stimme lässt mich unvermittelt lächeln. Er klingt, als wäre er wirklich mein großer Bruder, mein Beschützer. Ein bisschen wie Nathan, nur dass Andrew mich kaum kennt.

„Nein, ich..." Immer neue Tränen kullern schwer und heiß mein Gesicht hinunter. „... ich... er ist tot, Andrew... *tot.*"

Das Beben vibriert in meinem Köper, wie ein Donnergrollen, das man nicht hören kann. Ich vergrabe das Gesicht in meinen Armen, schirme mich ab, verstecke mich vor Andrews feuchten Augen und seinem mitfühlenden Blick. Und in dem Augenblick, als ich ihn bitten will, mich allein zu lassen, spüre ich seine Arme, die sich warm um mich legen, mich festhalten. Die mir die Kraft geben, loszulassen. Ich öffne die Türen zu den Erinnerungen. Mit ihnen kommt der Schmerz und ein neues Beben. Noch mehr Tränen. Zum ersten Mal weine ich nicht lautlos. Ich schluchze und verliere mich in der Gewissheit, dass Gordon Williams mich nie wieder in den Armen halten wird. Dass ich nie wieder sein Lachen hören werde. In meinem Kopf hallen seine Worte. Diese Worte, die mir immer das Gefühl gegeben haben, dass ich alles schaffen kann. Diese Stimme, die jede Angst von mir nehmen konnte. Er wird nie wieder kommen. Das habe ich jetzt verstanden. Mein Dad ist tot.

Andrew streicht mir übers Haar. Den Kopf an meinen gelehnt. Wir schweigen. Mit ihm ist das einfach. Er ist wie ein Abschiedsgeschenk von meinem Dad. Wie eine gute Seele, die er für mich gefunden hat, damit ich nicht so alleine bin. In dieser Umarmung fühle ich mich verstanden, so als wären wir zusammen aufgewachsen. Als wäre er der große Bruder, den ich mir als kleines Mädchen immer gewünscht habe.

Er schaut mich von der Seite an. „Besser?"

Ich nicke.

„Ich hole etwas zu trinken...", sagt er und drückt meine Hand. „Willst du auch was?"

•••

Während Andrew im Haus verschwunden ist, verliere ich mich im gemächlichen Wiegen der hohen Baumkronen. Im Schillern und Rascheln ihrer Blätter. Ihr Anblick hypnotisiert mich. Er trägt mich nach Hause. Auf die Veranda, auf der ich gerne gelesen habe, den Blick in die Ferne gerichtet, in eine Zukunft, die so anders aussah als diese hier. In Gedanken schweift mein Blick wieder über den Fluss, über die wilde Natur. Über die Vogelschwärme und die Gewitterwolken, die sich über die Sumpflandschaft wälzen. Und dann denke ich an Dillen. An diesen ernsten Ausdruck in seinem Gesicht. Diese Last, die in seinen Augen schimmert. Als würde er hinter seinen Nordlicht-Augen etwas verbergen. Etwas Dunkles.

„Hier..."

Andrew streckt mir ein Tablett entgegen. Ich nehme es ihm ab und er klettert zurück zu mir aufs Dach. Die Eiswürfel klirren in ihrem großen Krug, der frische Duft von Zitronen steigt mir in die Nase. Andrew rührt um, dann schenkt er uns beiden Limonade ein.

„Was weißt du über die Walkers?“, frage ich, als er mir eines der Gläser reicht.

„Die Walkers?“ Er schaut zu mir hinüber. „Was willst du wissen?“

„Vielleicht habe ich da was missverstanden. Ich dachte, eure Familien kennen sich...“

„Nein, das stimmt schon... Sie waren ziemlich lange unsere Nachbarn...“ Er zeigt auf ein weit entferntes Grundstück. „Sie haben da drüben gewohnt... Richard und Dad waren Partner...“

„Partner?“

„Meinem Dad gehört eine ziemlich erfolgreiche Investmentfirma, die ich mal übernehmen soll, wenn es nach ihm geht...“ Er grinst. „Ich habe es aber nicht so mit Zahlen...“

„Aber doch nicht etwa *MacDougall Cooper & Associates?!*“

„Doch, genau die...“

Das erklärt einiges. Zumindest das Haus und das Geld und die Angestellten.

„Nur hieß sie damals eben *MacDougall Walker & Associates.* Es gab Streit wegen irgendwas... aber frag mich bitte nicht wegen was... ich habe keine Ahnung... Dad hat Richard jedenfalls ausbezahlt.“

„Verstehe...“

„Warum fragst du?“

„Dillen Walker hat Andeutungen gemacht, dass eure Familien sich kennen..."

„So? Hat er das?", fragt Andrew in einem seltsamen Tonfall und hebt die Augenbraue. „Und was genau hat er gesagt?"

„Eigentlich nichts... nur eben, dass ihr euch kennt..."

Er schaut mich ungläubig an.

„Ehrlich... mehr war es nicht."

„Na, wie auch immer..." Andrew nimmt einen großen Schluck Limonade. „Keine Ahnung, was Richard mit dem ganzen Geld gemacht hat, sie sind jedenfalls kurz darauf ans andere Ende der Stadt gezogen." Andrew seufzt und zuckt mit den Schultern. „Ich nehme an, er hat es faul investiert. Wie auch immer... vor ein paar Jahren hat er dann angefangen zu trinken... Niemand spricht darüber, aber jeder weiß es... Es ist schwer, so etwas in einer Kleinstadt geheim zu halten."

„Was heißt, ans andere Ende der Stadt?"

„Du weißt schon..."

Ich schüttle den Kopf.

„Willow Street, Baker Street, Bedford Lane..."

„Das sagt mir nichts."

„Sagen wir so... das ist nicht die Gegend, in der du dich rumtreiben solltest..." Er schaut mich an und sein Blick wird ungewohnt ernst. „Klar?"

„Okay..."

„Das alles hat Richard schwer getroffen... er war abgebrannt... total fertig... Er war ein anderer

Mensch... ich habe Gerüchte gehört, habe aber keine Ahnung, ob etwas dran ist..." Andrew atmet tief ein. „Aber der Tiefpunkt war, als Emily dann überraschend gestorben ist..."

„Emily?", frage ich und spüre, wie sich etwas Enges um meine Brust schnürt.

„Dillens Mutter... Sie war..." Andrew lächelt. Ich sehe die Erinnerungen, als wären es meine eigenen. „...fantastisch... eine wirklich tolle Frau."

„Wann ist das passiert?"

„Es war ein Unfall. Vor knapp drei Jahren..."

8. Kapitel

Ich betrete das Esszimmer. Der Duft von Gebratenem und geschmolzener Butter liegt in der Luft. Der riesige Tisch droht unter der Last der vielen Schüsseln und dampfenden Servierplatten zusammenzubrechen. Es sieht aus wie in einer Kochshow, aber bis auf Mrs. MacDougall und Andrew ist niemand da. Ich schaue mich suchend um. „Wo sind die anderen?"

„Die sind bei Tante Claire."

Ich beschließe nicht zu fragen, wer diese Tante Claire ist und setze mich neben Andrew. Während ich die Serviette auf meinem Schoß ausbreite, wandern meine Augen ungläubig über diese *Massen* an Essen.

„Heißt das etwa, das wurde alles nur für uns gekocht?"

Wir betrachten die vielen Schüsseln, aber weder Andrew noch Mrs. MacDougall antworten. Stattdessen räuspert sie sich und sieht mich eisig an.

„Mr. Baker hat angerufen." Meine Eingeweide ziehen sich zusammen. „Er hat gefragt, ob es dir *besser* geht."

„Das tut es."

„Er meinte, du hättest fluchtartig die Klasse verlassen. *Mitten* im Unterricht."

„Das stimmt", antworte ich und schaue ihr direkt in die Augen. „Und?"

„Und?!", fragt sie schrill. „Na, du kannst doch nicht einfach so den Unterricht verlassen..."

Ihre Eisaugen funkeln mich an. Wer meint sie, dass sie ist? Wut sammelt sich in meinem Bauch und gärt vor sich hin.

„Kate, ich verstehe ja, dass das alles nicht einfach für dich ist, aber..."

„Nicht einfach?!", falle ich ihr ins Wort und stehe abrupt auf. „Nicht einfach?"

„Kate, alles, was ich sage, ist, dass die Schule wichtig ist..." Sie seufzt. „Es wäre wirklich schade, wenn du den Sprung aufs College nicht schaffst und dir deine Zukunft verbaust, nur weil..." Sie bricht ab.

„Nur. Weil. Was!?" Die Wut brodelt.

Andrew räuspert sich. „Laura, ich denke, dass sich Kate da keine Sorgen machen muss."

„Ich sage ja nicht, dass Kate nicht klug ist, ich sage nur, dass so etwas schnell passieren kann...", antwortet Mrs. MacDougall seufzend.

„Mutter, ich habe ein volles Stipendium und Zusagen von *sechs* Elite-Colleges. Wenn man es genau nimmt, sitze ich hier nur meine Zeit ab, bis ich *endlich* aufs College gehen kann." Ich schiebe meinen Stuhl zurück. Die Serviette fällt zu Boden. „Du wolltest nie meine Mutter sein – fang bitte jetzt nicht damit an."

•••

Ich fahre zum Pier und parke den Pickup in der Nähe eines kleinen Cafés an der Promenade. Die Sonne ist längst untergegangen, doch die sommerliche Hitze hängt noch immer schwer in der Luft und der Himmel liegt kitschig am Horizont. Wie ein kleines Geschenk, das sie als Erinnerung zurückgelassen hat. Ich steige aus und gehe zum Strand hinunter.

Ich binde mir die Haare zusammen und lege mich in den Sand, lausche dem donnernden Grollen der Wellen und dem knisternden Geräusch, als sie sich wieder ins offene Meer zurückziehen.

Mein Blick in den Sternen. Die Gedanken bei meinem Dad. Es war vor ziemlich genau vier Monaten, aber es kommt mir vor, als wäre es erst gestern gewesen. Es war einer der ersten lauen Abende. Der Sommer schon greifbar, fast angekommen. Im direkten Landeanflug. Ich habe auf der Veranda auf meinen Dad gewartet. Dem Drang widerstanden, ihn anzurufen und es ihm sofort zu erzählen. Ich werde den Ausdruck in seinem Gesicht nie vergessen. Dieses Leuchten in seinen Augen. *Seine Katie* auf dem College. Und nicht auf irgendeinem, sondern auf einem der *besten* des Landes. *Der ganzen Welt.* Wir haben nur einmal Champagner getrunken. Ein einziges Mal. Und ich werde es nie vergessen. Weder den metallischen Geschmack noch das Perlen in meinem Mund oder die laue Luft und das Zirpen der Grillen im hohen Gras. Wenn ich die Augen schließe, sehe ich das Schilf und die glitzernde Wasseroberfläche. Mary hat Klavier gespielt und wir haben geschwiegen. Glücklich. Unbeschwert.

Ich starre in den Himmel, als sich plötzlich ein Gesicht zwischen die Sterne und mich schiebt. Sein Anblick macht etwas Seltsames mit meinen Muskeln und rumort in meinem Bauch. Der Puls rast in meinen Ohren und vibriert in meinem Sichtfeld. Ich setze mich auf.

„Kate."

„Dillen."

Einen Augenblick sehen wir einander nur an. Ich suche etwas in seinem Blick. Etwas, woran ich mich klammern kann. Was genau, weiß ich auch nicht. Etwas, wovon ich mir sicher bin, dass mein Blick davon getränkt ist. Sehnsucht, Verlangen. Doch seine Augen verraten nichts. Verbergen, was er denkt.

„Das mit heute tut mir leid", sagt er plötzlich. Seine warme Stimme jagt mir einen kalten Schauer über den Rücken. „Ich weiß zwar nicht genau, was ich gemacht habe, aber was es auch war, ich habe ganz offensichtlich einen Nerv getroffen... das war nicht meine Absicht." Die Gewitterwolken in seinen Augen sind düster. „Es tut mir jedenfalls leid."

„Okay."

„Okay? Ist das alles?"

„Was willst du von mir hören? Soll ich mich etwa bedanken?"

In seinem Gesicht entdecke ich ein winziges Lächeln. Es umspielt seine Mundwinkel und glänzt in seinen Augen.

„Ist es okay, wenn ich mich zu dir setze?"

Ohne eine Antwort von mir abzuwarten, setzt er sich neben mich. Der Wind zerwühlt sein hellbraunes Haar, sein Blick schweift in die Ferne und mein Herz schlägt so schnell, dass mir schwindlig wird. Dillens Nähe und dieser betörend frische Duft trocknen meinen Mund aus und ich schlucke hart. Ich spüre die Wärme seines Arms an meinem und kann kaum atmen. Nur wenige Millimeter trennen uns und bei diesem Gedanken begibt sich meine Fantasie auf die Reise. Meine Augen tasten über seinen Hals, die Schlagader und das Schlüsselbein. Über seine leicht gebräunte Haut und die muskulösen Arme, die er auf den Knien abgelegt hat. Meine Hände wollen ihn anfassen. Seine Haut spüren, ihn festhalten. Ich schlage ihnen den Wunsch ab und balle sie zu Fäusten. Der Abendwind erfasst Dillens Duft und trägt ihn zu mir hinüber. *Bitte nicht.* In meinem Kopf sieht er mich an. Unsere Blicke tanzen, die Luft knistert wie vor einem Gewitter. Ich höre nur noch meinen Herzschlag, der viel zu schnell gegen meinen Brustkorb donnert. Mein Blick liegt auf seinen Lippen, auf diesem Mund, der mich nicht mehr loslässt, mich fasziniert und nach mir ruft. Ich warte auf den Augenblick, auf die Erlösung einer Qual, die ich für immer ertragen könnte. Und dann, ganz plötzlich, ohne Vorwarnung, nimmt er mein Gesicht zwischen seine großen Hände und küsst mich. Verschlingt mich und trägt mich in eine neue Welt. In eine Welt, in der ich mich fest an ihn drücke, meine Gedanken ohne darüber nachzudenken ausführe, meine Hände über seinen Körper gleiten lasse, seine Härte spüre und mich in meinen

Fantasien auflöse. In der Realität beachtet er mich nicht. Sein Kiefer arbeitet und seine Augenbrauen zeigen, dass er nachdenkt. Das Lächeln scheint es nie gegeben zu haben. Vielleicht war es nie da. Vielleicht wollte ich es einfach sehen.

„Ist alles okay?", frage ich vorsichtig.

Er schaut zu mir hinüber, so als hätte er für den Moment vergessen, dass ich überhaupt da bin.

„Mit mir? Ja, alles okay."

Ich suche nach dem grünen Schleier in seinen Augen, doch ich sehe ihn nicht. Er ist weg, verborgen hinter Grau. Sein Gesicht ist zu nah. *Viel zu nah.* Sein Atem trifft auf meine Haut. Ich sehe ihn an. Zu lange, zu intensiv. Zu eindeutig. Dann schaue ich schnell in meinen Schoß, der lüstern vor sich hin pocht und mich verrückt macht. Auf der Suche nach etwas, das ich gefahrlos ansehen kann, bleibt mein Blick an einem Bizeps haften, der sich durch den weißen Stoff abzeichnet und es in meinen Fingern voller Vorfreude kribbelt lässt. Ich bin mir selbst fremd. Gefangen in einem Körper, der tut was er will, der mich schüchtern sein lässt, obwohl ich nichts lieber will, als mich ihm an den Hals zu werfen und ihn zu küssen. Diese Lippen zu spüren, die Wärme seiner Zunge. Ich zittere in der Hitze dieses Sommerabends. Bin wie im Rausch. Und er hat mich noch nicht einmal berührt. Auch, wenn ich ihn spüre. Überall.

„Und bei dir?"

Wieder trifft sein Atem mein Gesicht und ich schlucke laut und angestrengt.

„Es geht mir gut."

Das ist eine Lüge. Ich kann nicht richtig atmen und mein Körper brennt. Ich spüre die Farbe in meinen Wangen und sein betörender Duft erschlägt mich in einem dritten Anlauf.

„Sicher?"

„Ganz sicher...", antworte ich, aber meine Stimme bricht weg. Sie droht mich zu verraten. Hastig greife ich nach meiner Tasche und stehe auf. „Ich sollte jetzt wirklich gehen. Ich..." *Toll Kate. Wirklich, toll. Los. Sag etwas!* „Es ist spät."

Dillen rappelt sich auf, klopft sich den feinen Sand von den Jeans und grinst. Dieses Grinsen flattert in meinem Magen. Es ist federleicht und funkelt grün in seinen Augen. „Es ist noch nicht mal acht."

„Ich weiß." Meine Stimme lügt erstaunlich überzeugend. „Ich meinte, *spät* fürs Essen..."

„Die Köchin wird dir sicher etwas aufwärmen, wenn du etwas später kommst."

„Darum geht es nicht..." Ich ignoriere den Unterton. „Du wirst es nicht für möglich halten, aber ich habe tatsächlich Hunger."

Er überragt mich um eineinhalb Köpfe und schaut an mir hinunter. „So zerbrechlich wie du aussiehst, solltest du wirklich besser etwas essen..."

„Und du solltest *nachdenken,* bevor du sprichst, bevor du gleich wieder etwas sagst, wofür du dich morgen entschuldigen musst."

„Kann sein... Danke für den Tipp." Ganz tief in seinen Augen funkelt mich etwas an. Wie ein

Lächeln, das es nicht auf seine Lippen schafft. „Schlaf schön, Katie...“

„Du auch, Dillen...“

9. Kapitel

Zum ersten Mal seit Wochen zeichne ich. Ich habe auch zum ersten Mal seit Wochen wieder etwas, das mich inspiriert. *Jemanden.*

Ich lehne mich an die Hauswand, strecke die Beine aus und lege mir ein Kissen auf den Schoß. Das Dach liegt wie eine Wärmedecke unter meinen Schenkeln. Ich greife nach dem Block und presse ihn in das Kissen. *Wie Zuhause.* Bevor die Melancholie sich wieder schwer auf meine Gedanken legen kann, schiebe ich sie weit weg, lege den Stift an und denke an Dillen.

Er zieht mich an. Sein Gesicht, sein Hauch eines Lächelns. Alles. Aber vielleicht liegt das nicht nur an seinem Gesicht. An diesen Augen, in denen ich ertrinken könnte. Und diesem Körper, den man in Stein meißeln sollte. Da ist noch etwas anderes. Etwas, das unter der Oberfläche nur darauf wartet, von mir entdeckt zu werden. Und doch warnt mich etwas in meinem Bauch. Dieser Teil in mir hat Angst, dass ich falle. Mit ihm. In dieses Gefühl, in die Unsicherheit. In die Tiefe dieses Geheimnisses. Da ist etwas Dunkles unter seiner makellosen Haut. Unter diesen klaren Augen. Und es spricht eine Sprache, die ich tief in mir verstehe. Ohne Worte. So, als könnten unsere Seelen miteinander sprechen. Er hat seine Mutter verloren, ich meinen Vater. Er hat sein altes Leben hinter sich lassen müssen, ich meines auch. Wir versuchen uns in einer Welt zurechtzufinden, in der wir unseren Platz nicht finden. Vielleicht gar keinen haben. In seinem Blick schimmert etwas Schweres. Es ist der Schmerz, der auch in mir wütet. Wir kämpfen dagegen an, versuchen, nicht zu ertrinken. Uns in den Flammen der Leere über Wasser zu halten. Jeden Tag. Einen nach dem anderen. Und niemand bemerkt es. Niemanden interessiert es. Weil keiner weiß, wie sich diese Leere anfühlt. Wie kalt sie ist.

Dillen berührt mich. Alles in mir. Jede Zelle, jeden Gedanken. Er hat etwas in mir zum Leben erweckt. Etwas, das bis jetzt geschlafen hat und nun hellwach ist. Es windet sich in mir, foltert mich mit Fantasien und Tagträumen. Es dreht Filme in meinem Kopf, erschafft Bilder, die mich wachhalten. Es gibt den Trieben den Nährboden, mich zu steuern. Bilder von Dillens Gesicht und diesem Körper, durchzogen von Muskeln, stark und sehnig. Bilder von seinen Händen, die Dinge mit mir anstellen, die mir Angst machen und mich in den Wahnsinn treiben. Ich vergesse mich in diesen Bildern. Fühle mich frei und schwerelos unter dem Gewicht dieser Gedanken. Es ist etwas Ungestümes, Wildes. Nach diesen Wochen der inneren Leere fühle ich mich plötzlich lebendig. Bei diesem Gedanken jagt die Gänsehaut über meinen Körper wie eine Million Ameisen. Es besteht kein Zweifel. Ich bin Dillen verfallen. Mit Haut und Haaren.

...

„Na? Störe ich?“ Andrews Stimme platzt in mein Kopfkino aus Sex und dunklen Geheimnissen.

Ich klappe den Block zu und lege ihn schnell zur Seite. „Ach was, gar nicht...“

„Ich wollte nur mal nach dir sehen...“

Seine blauen Augen strahlen, sein jungenhaftes Grinsen liegt breit in seinem Gesicht. Alles an Andrew ist unbeschwert und leicht. So als hätte er noch nie Sorgen gehabt. Zumindest keine, die *Daddy* nicht hätte aus dem Weg räumen können.

„Du zeichnest?“ Er zeigt auf den Block. „Gibt es eigentlich auch etwas, das du nicht kannst?“

„Ich... ich zeichne nicht unbedingt gut, aber ich zeichne gern...“ Ich räuspere mich. „Zumindest früher.“

„Darf ich es sehen?“

Bloß nicht. Auf keinen Fall. „Es... es ist privat.“

„Entschuldige...“

„Konntest du ja nicht wissen...“

Eine unangenehme Pause legt sich auf uns wie eine Decke aus Blei und Unbehagen. Ich spiele gerade mit dem Gedanken in mein seelenloses Zimmer zu verschwinden, als Andrew einen Joint aus der Hemdtasche zieht und ihn anzündet.

„Ich nehme an, du willst nichts?“

„Nein, danke...“

„Erzähl mir von North Carolina.“

„Was willst du wissen?“

„Mehr über dich." Er grinst frech.

Ich schaue verlegen in meinen Schoß. Das Kissen erstickt das Pochen, das die Bilder von Dillens nacktem Körper als kleine Erinnerung hinterlassen haben. Zusammen mit den Fantasien, die feucht zwischen meinen Schenkeln kleben.

„Katie?"

Meine Gedanken sind mir in seinem Beisein noch unangenehmer. Sie sind unangebracht und zügellos und ich kann sie nicht abstellen. Sie pochen und drängen sich als Schweiß auf meine Haut.

„Ist dir heiß?"

„Dir nicht?", frage ich um abzulenken.

„Na ja... nicht wirklich." Er grinst wieder. „Also. Erzähl mir etwas von dir..."

„Ach, das würde dich bestimmt langweilen." Ich weiche seinem Blick aus und schlucke. „Außerdem gibt es über mich nicht wirklich viel zu erzählen..."

„Das kann ich mir nicht vorstellen." Er lächelt. „Los, komm schon... gib dir einen Ruck..."

...

Die Nacht liegt inzwischen bereits pechschwarz über uns. Die Baumkronen wiegen sich, rascheln. Ein klarer Sternenhimmel spannt sich über unseren Köpfen wie eine dunkelblaue Decke. Dieser Anblick erinnert mich an Dillen. Ich habe keine acht Sätze mit ihm gewechselt und denke andauernd an ihn. Es ist zum Verzweifeln. Einen Moment schließe ich die Augen und genieße die sanfte Luft. Die Hitze macht eine klitzekleine Verschnaufpause und übergibt das Kommando dem lauen Wind.

„Du machst mich echt fertig... Wenn du mir jetzt noch sagst, dass du ein Instrument spielst, dann schubse ich dich vom Dach."

Ich schaue vorsichtig zu Andrew hinüber, sage aber nichts.

„Katie, das ist nicht dein Ernst!", sagt er kopfschüttelnd. Sein warmes Lachen treibt mir ein Lächeln auf die Lippen. „Los, spuck es schon aus... Was spielst du?" Er hebt die Hand. „Nein, warte, lass mich raten..." Er mustert mich, schaut mir tief in die Augen. So tief, dass es mir fast unangenehm ist, doch ich lasse mir nichts anmerken. „Klavier. Eindeutig." Er klatscht in die Hände. „Hab ich recht?"

„Woher hast du das gewusst?"

„Also, *wenn* ich etwas kann, dann in Menschen lesen... ich habe eine *echt* gute Menschenkenntnis." Andrew zieht an seinem Joint. Dem zweiten heute Abend. „Ich sehe dich, Katie, *trotz* der Mauer..." Wir schauen einander an. Und ich spüre die Angst in mir hochsteigen, so als würde er mich gerade durchschauen. Bis in den Schmerz und darüber hinaus. Bis zu meinen heimlichen Gedanken. „Du denkst, du brauchst diese Mauer und vielleicht stimmt das ja... aber du brauchst keine Angst zu haben. Vor nichts und niemandem. Ich passe auf dich auf... Versprochen."

10. Kapitel

Große Hände gleiten über meine feuchte Haut, eine Zunge und Lippen, die mich küssen, abtasten, meine salzige Haut schmecken. Sein feuchter Atem auf mir. Ich spüre seinen Blick mit geschlossenen Augen, spüre jede noch so kleine Berührung, jedes Härchen, jede Schweißperle, die kitzelnd über meine Haut kriecht und plötzlich Fahrt aufnimmt. Seine Lippen finden meine Brust, umschließen meine Brustwarze. Er saugt und beißt, gleitet mit der Zunge über die Spitze. Sie drängt sich ihm entgegen wird hart und sensibel. Jede Berührung seiner Zunge pocht bis tief in meinen Bauch. Sie treibt mein Herz an, bäumt sich in mir auf und lässt mich schwer atmen. Ich versuche mich zu beherrschen, aber ich schaffe es nicht.

Mein Körper ist wie eine Landkarte, die er blind versteht. Seine Hände wissen, wie sie mich um den Verstand bringen, seine Zunge erkundet unbekannte Wege, während sie sich langsam meinen Schenkeln nähert. Sie gleitet um meinen Bauchnabel hinüber zu meiner Leiste. Ihre Route findet Stellen, die meine Muskeln unkontrolliert zucken lassen.

Ich bin nicht die erste Frau, die er so berührt, das merkt man. Ich spüre es. Er ist sich zu sicher, weiß zu genau, was zu tun ist. Ich schiebe diesen Gedanken weg, weil ich ihn nicht ertragen kann. In meiner Fantasie gab es nie jemand anderen. Es gibt nur diesen Augenblick, seine Zunge und meine Haut. Seine Hände und den Sprengstoff, der sich in meinem Inneren auf die Detonation vorbereitet.

Das Schamgefühl will ihn wegdrücken, sich wegdrehen und zudecken, sich verkriechen. Doch ich kann es nicht. Mein Körper gehorcht dieser Zunge, diesen Lippen und den Fingern, die sich zwischen meine Schenkel vorarbeiten. Seine Hand verschwindet in meinem Schritt, ist nur noch Millimeter entfernt. Mit der Fingerkuppe teilt er meine Schamlippen. Ich stöhne unvermittelt auf und erstarre. Seine Finger gleiten in Flüssigkeit. Ich atme schwer, japse nach Luft, bin wie betrunken. Meine Haut glüht. Sein Finger tastet sich vor, schiebt sich sanft in mich, in die Feuchtigkeit, ganz tief in mich hinein. Ich ziehe scharf die Luft ein, öffne reflexartig die Augen und sehe in Andrews Gesicht.

•••

Meine Haare sind klatschnass und kleben mir strähnig im Gesicht. Schweiß vermischt sich mit den Tränen, die mir zäh und heiß über die Wangen laufen. *Wie kann ich nur so etwas träumen?*

In völliger Dunkelheit sitze ich in diesem viel zu großen, fremden Bett. Ich möchte vor Scham sterben. Ich fühle mich nackt und durchsichtig. So als könnte jeder, der mich ansieht, diese dreckigen Gedanken sehen. Als hätte ich ein Branding auf der Stirn, das mich verrät. Und wieso habe ich von Andrew geträumt. *Andrew!*

Ich trete die Decke beiseite, gehe ins Bad und schalte das Licht ein. Im ersten Moment schmerzt es in meinen Augen, so wie dieser grauenhafte Traum in meinem Gewissen. So als hätte ich Dillen *betrogen*. Was für ein Blödsinn. Als würde es Dillen interessieren, mit wem ich rummache. Weder in meinen Träumen noch in Wirklichkeit.

Ich schaue in den Spiegel und entdecke große braune Augen, die mir verschreckt entgegen blinzeln. Sie sehen aus, als könnten sie nicht fassen, dass ich zu solchen Gedanken überhaupt *fähig* bin. Und sie haben recht. Das bin nicht *ich*. Die alte Katie hat gelesen. Dauernd. Sie hat auf ihren Mr. Darcy gewartet und die Liebe auf später verschoben. Sie hat aus Neugierde drei Jungs geküsst und es dann ganz schnell wieder gelassen. Sie hat lieber Klavier gespielt, weil in jedem dieser Stücke mehr Gefühl lag als auf den Lippen eines Mannes. Ihre Finger haben das Gefühl der Tasten geliebt. Jetzt sehnen sie sich nach Dillens Haut. Vor ein paar Tagen noch hat ihr Körper keine Rolle gespielt. Er war da, er hat funktioniert, aber er hatte keine Bedürfnisse. Zumindest keine, die mit *Sex* zu tun gehabt hätten. Der männliche Körper hat sie nicht interessiert, geschweige denn fasziniert. Die neue Katie ist besessen. Von Dillen und seinen Augen. Fasziniert von den Muskeln, die sich unter seiner Haut abzeichnen. Von der Härte in seinem Blick und der Vorstellung seines Körpers auf ihrem. Vor wenigen Tagen war Sex noch etwas völlig Unwichtiges. Etwas, worüber sie sich nicht den Kopf zerbrochen hat. Etwas, das in ihrer Welt keinen Platz hatte. Und plötzlich hat er einen. *Überall.*

Ich rücke etwas näher an den Spiegel. Das Blut rauscht erschreckend schnell durch meine Adern und weiß nicht, wo es zuerst hin soll. Ich wische mir die Tränen von den Wangen und binde mir die verschwitzten braunen Haare zu einem Dutt zusammen. Mein schmales Gesicht ist inzwischen mager. Eingefallen. Es lässt meine Augen noch größer aussehen. Diese Tatsache lässt mich sogar den Albtraum von eben kurzzeitig vergessen. Ich inspiziere die dunklen Schatten unter meinen Wangenknochen. Ich sehe krank aus. *Krank.* Meine Haut brennt. Sie ist rot gefärbt und spannt. Ich ziehe mir das nasse T-Shirt über den Kopf und werfe es auf den Boden.

Der Schweiß wird kalt und lässt mich frieren. Die Gänsehaut umspannt meinen Körper und zieht meine Brustwarzen zusammen. Mein Blick beobachtet, wie sie immer kleiner werden. Wie klitzekleine rosafarbene Knospen auf meinen winzigen Brüsten. *Eine Hand voll.* Ich seufze. Das ist nicht mal eine Hand voll mit *meinen* Händen. Na ja, wenigstens hängen sie nicht. *Da ist ja auch nichts, was hängen könnte.* Ich drehe mich um und betrachte mich von allen Seiten. Alles an mir ist klein. Sogar mein Hintern. Rund und klein, wie der eines Mädchens. Ich würde gerne behaupten, dass ich einfach zierlich bin, aber zierlich reicht nicht. Ich bin mager, mit einem winzigen Po und winzigen Brüsten. Wäre ich ein Mann, ich würde mich nicht interessieren. An mir ist nichts dran. Dillen hat recht. Ich sollte wirklich mehr essen.

Ich steige seufzend unter die Dusche, und während ich die richtige Temperatur einstelle, wünsche ich mir die alte Kate zurück. Die Kate, der all das völlig egal war. Ich wünschte, ich könnte die neue in einen Sack stecken und für immer loswerden. Sie und ihre Träume und dieses Pochen und die seltsamen Gedanken. Ich will mich nicht mit meinen zu kleinen Brüsten beschäftigen. Und mit meinem Mädchen-Po. Ich will nicht von Andrew träumen und unentwegt an Dillen denken. Ich will mich nicht fragen, was er denkt, wenn er mich mit diesen düsteren Augen ansieht. Und ich will nicht in Gefühlen baden, die ich nicht verstehe, die mich wie Schlingpflanzen unter Wasser ziehen und langsam ersticken. Ich will wieder *ich* sein. Die Kate, die ich kenne. Die Kate aus North Carolina. Als ich unter den Wasserstrahl trete und die Tropfen auf meine erhitzte Haut prasseln, wird mir klar, dass die alte Kate weg ist. Die neue ist mit den Gedanken bereits ganz woanders. Bei Dillen.

11. Kapitel

Die Flure sind noch wie leergefegt. Bis auf zwei, drei andere Schüler gehört die Oceanside High mir. Die ganze Nacht lag ich wach, weil ich Angst hatte, wieder zu träumen. Ich habe an die Decke gestarrt und bin dann schließlich mit den ersten Sonnenstrahlen aufgestanden.

Ich weiß nicht warum, aber ich bin wach. Hellwach. So als hätte ich eine wunderbare Nacht verbracht. Eine ohne Sex-Träume und die kalte Dusche, die ich gebraucht habe um meinen Rausch loszuwerden. Ich war um fünf Uhr morgens laufen. Nur Musik und ich. Okay, ja, und meine Gedanken an Dillen. Nach vierzig Minuten bin ich fast zusammengebrochen, habe geduscht und mich fertig gemacht. Beim Gedanken daran, mit Mrs. MacDougall und Andrew frühstücken zu müssen, hat sich alles in mir nach Flucht gefühlt. Also habe ich mir ein Sandwich gemacht, meine Sachen gepackt und bin abgehauen.

Jetzt stehe ich hier. In der Oceanside High in einem leeren Flur. Ich verstaue meine Sachen im Spind und suche nach den Büchern für meinen Literatur-Kurs.

„North Carolina..."

Ich folge dem Klang der Stimme und entdecke Greg. Dieses breite Grinsen scheint ein fester

Bestandteil seines Gesichts zu sein. Wie seine Nase oder seine Augen. Oder die Grübchen.

„Greg, richtig?"

„Als ob du das vergessen hättest..."

Er erinnert mich ein bisschen an Nathan. Nicht vom Aussehen, sondern von der Art. Sein warmes, freundliches Wesen und diese wachen Augen.

„Dich vergessen?! Unmöglich", sage ich lächelnd.

„Na siehst du..." Er lehnt sich an den Spind neben mir. „Was führt dich eigentlich hierher so kurz vor Schuljahresende?"

Ich schlucke hart und befeuchte meine Lippen. „Ich... na ja..."

„Okay, ist wohl kein gutes Thema..."

„Nein, ich... Es ist...", stottere ich und weiche seinem Blick aus.

„Katie, du brauchst echt nicht zu antworten..." Seine grauen Augen schauen mich entschuldigend an.

„Mein Vater hatte einen Unfall. Er ist tot." Es auszusprechen tut entsetzlich weh. Es ist ein dumpfer Schmerz, der sich durch meinen Körper frisst. Ein Satz, bei dem mir Tränen in die Augen steigen.

Und da ist der Blick. Greg sucht nach etwas, das er sagen kann, doch es gibt nichts, was man sagen kann. Das ist auch der Grund, warum ich es normalerweise verschweige. Natürlich auch, weil es weh tut, aber vor allem, weil niemand damit umgehen kann. Was sagt man auch zu jemandem, der gerade den wichtigsten Menschen seines Lebens verloren hat?

„Ich... oh Mann, Katie, ich hätte nicht fragen sollen... es tut mir leid." Etwas an der Art, wie er das sagt, ist so aufrichtig, dass der Schmerz in meinem Brustkorb langsam abebbt. „Ein Unfall?" Ich nicke. „Fuck." Das trifft es ziemlich gut.

Ich will gerade fragen, ob wir nach draußen gehen wollen, als ich Dillen rieche. Ich rieche ihn, noch bevor Greg ihn hinter mir bemerkt. Ich bin wie ein Jagdhund, der seine Beute wittert.

„Alter... du bist spät dran..."

„Ich weiß... konnte nicht schlafen."

„Ihr kennt euch ja bereits...", sagt Greg und schaut zwischen Dillen und mir hin und her.

„Hi Katie..."

„Hallo", antworte ich zurückhaltend.

„Was machst du so früh hier?"

„Mein neues Zuhause meiden... und ihr?"

Einen Moment erkenne ich Irritation in Dillens Blick, doch dann legt sich die Fassade wieder schützend über sein Gesicht.

„Dillen hilft mir in Mathe... und Englisch. Und Wirtschaft. Und eigentlich in *allem.*" Greg legt seinen Arm um Dillen. Er darf das. Ich wünschte, ich dürfte es auch. „Er ist das Hirn und ich das gute Aussehen..."

Greg zieht eine Grimasse und ich muss lachen. Es überrascht mich, weil es so plötzlich kommt. Es ist beinahe so, als würde mein Körper darüber erschrecken.

„Ich brauche noch einen Kaffee", knurrt Dillen und verschwindet in Richtung Cafeteria.

„Er lacht nicht viel, was?", stelle ich nüchtern fest.

„Nein...", antwortet Greg. „Aber keiner hat ein besseres Herz..." Er legt mir eine warme Hand auf die Schulter. Sie ist riesig und wiegt fast so viel wie die Bücher, die ich im Arm halte. „Heute Abend schmeiß ich ne Party... du solltest kommen... Mit etwas Glück siehst du Dillen dann auch lachen."

„Bist du dir sicher?", frage ich ungläubig.

„Das mit dem Lachen? *Sicher* wäre vielleicht etwas zu optimistisch, aber die Chancen stehen nicht schlecht." Er grinst.

„Nein, das meinte ich nicht."

„Ich weiß..." Er kritzelt mir seine Nummer auf ein Stück Papier und streckt es mir entgegen. „Ich hoffe, du kommst. *Ehrlich.*"

12. Kapitel

„Kim, komm endlich runter. *Er wird da sein.* Er ist immerhin Gregs bester Freund..."

Einen Moment ist es still. Ich höre nur meinen Herzschlag.

„Du, Em?"

„Hm?"

„Was ist, wenn er einfach nichts von mir will?"

„Dillen macht nie den ersten Schritt. Er ist nicht der Typ, der kämpft. Du weißt genau, dass er nicht zeigt, was er fühlt... Wenn du ihn willst, musst du was tun."

„Und was?"

„Etwas Eindeutiges. Etwas, das er *versteht.*"

„Er wird mich für ne Schlampe halten..."

„Dillen weiß, dass du keine Schlampe bist."

Ich stehe in der Toilettenkabine und wage nicht zu atmen. Ich stehe nur da und lausche. Regungslos. So als hätte ich gerade einen Mord beobachtet.

„Was macht dich da so sicher? Immerhin hat er mich mit J.D. erwischt."

„Was?! Wann?"

„Na, bei dieser Pool-Party vor zwei Monaten."

„Wieso weiß ich davon nichts?!"

„Natürlich weißt du davon, Em, ich habe es dir *selbst* erzählt."

Ich öffne die Tür einen winzigen Spalt, gerade weit genug, um die beiden Mädchen erkennen zu können. Sie sind groß und schlank. Kim hat langes blondes Haar und makellose Haut. Ihre hellblauen Augen sind umrahmt von dichten Wimpern, die sie schwarz getuscht hat, und ihre dünnen Lippen schimmern durch den teuren Gloss.

„Dass J.D. dich *gefickt* hat? Niemals. Glaub mir, *daran* würde ich mich erinnern."

„Na ja, wie auch immer, wir hatten jedenfalls Sex im Whirlpool und Dillen hat uns überrascht", sagt Kim, während sie noch einmal über ihre ohnehin schon pechschwarzen Wimpern tuscht.

„Moment, war das der Abend, als Keira was mit Greg hatte?"

„Genau der... Megan war bei ihrem Vater in den Hamptons..."

„Okay, dann wusste ich es vielleicht doch." Em legt einen Hauch Lipgloss auf. „Ich dachte, Dillen konnte an dem Abend nicht? Hatte er nicht abgesagt?"

„Ja, hätte ich *gewusst,* dass er kommt, hätte ich doch *nie* was mit J.D. angefangen."

„Mach dir deswegen keinen Kopf. Das hat er bestimmt längst vergessen."

„Nie im Leben." Kim schüttelt den Kopf. „Nicht Dillen... Du weißt doch, dass er nie trinkt. Er erinnert sich. Da bin ich mir sicher."

„Dann red mit ihm..."

„Und was bitte soll ich ihm sagen? *Dillen, ich liebe dich seit der sechsten Klasse?* Na, wohl kaum."

„Was hast du zu verlieren?"

„Ach, ich weiß auch nicht, meine Selbstachtung vielleicht?"

„Komm schon Kim, sei nicht so naiv..." Kim wirft ihr einen bösen Blick durch den Spiegel zu. „Du brauchst gar nicht so zu schauen... wenn du nicht bald etwas tust, kommt ne andere... du weißt genau, dass ich recht habe."

„Ja, ich weiß", antwortet sie und steckt den Mascara ein. „Hast du diese Neue gesehen... die mit den langen braunen Haaren und diesem... *Unschuldsblick?"*

„Keine Ahnung, kann sein. Was ist mit ihr?"

„Ich habe sie gestern Abend am Pier gesehen. *Mit ihm."*

„Meinst du diese kleine, zierliche? Ungefähr so groß?" Em malt mit der Hand eine Linie in die Luft. „Die mit der tollen Figur und den großen Augen?"

Kim seufzt und nickt. *„Genau die.* Die mit dem Schmollmund."

„Dann solltest du dich echt ranhalten."

„Denkst du, er will was von ihr?"

„Na, warum sollte er wohl sonst mit ihr am Strand rumsitzen?" Während Kim tief seufzt und angespannt die Augen schließt, verkrampfen sich meine Eingeweide zu einem harten Klumpen. „Kim, im Moment hat er gerade keine Freundin... du weißt genauso gut wie ich, dass das bei Dillen nicht lange so bleiben wird..." Em tupft sich Puder auf die Nase. „Schnapp ihn dir, bevor *sie* es tut."

•••

Die Tür fällt langsam zu. Obwohl ich endlich allein bin, kann ich mich nicht bewegen. Meine Gedanken nehmen mich an die kurze Leine und fressen mich von innen auf. *Tolle Figur? Große Augen? Schmollmund?* Ich betrachte mein Gesicht und schüttle den Kopf. Aber sie *müssen* mich gemeint haben. Außer natürlich, Dillen saß gestern nach mir mit noch einer anderen am Pier.

Und was soll das bitte heißen? *Gerade* keine Freundin? Irgendwie dachte ich, Dillen wäre nicht so einer. In meiner Vorstellung war er eher ein Einzelgänger. Einer, der zu viel nachdenkt und das Leben verpasst, weil der Spaß bereits vorbei ist, bis er seine Gedanken zu Ende gedacht hat. Weil das Leben nicht wartet. Ich dachte, er macht sich nicht viel aus Frauen. Aber *warum* dachte ich das? Ein Kerl, der aussieht wie Dillen, kann sich die Frauen wahrscheinlich nur mit einer Waffe vom Leib halten. Woher dann der Tagtraum? Weil ich etwas *Besonderes* für ihn sein wollte? Weil ich wollte, dass er anders ist als all die anderen gut aussehenden Typen? Dass er eine Seele hat? Einen Blick, der über nackte Haut hinausgeht?

Verloren in Gedanken wasche ich mir die Hände und suche nach den Papiertüchern, um sie abzutrocknen. Aber die sind natürlich wieder leer. *Ganz toll.* Das scheint wirklich an jeder Schule gleich zu sein. Ich reibe sie an der Jeans trocken und schaue in den Spiegel. In meinen Augen lauert die Hoffnung, dass Em recht hat. Dass es etwas zu bedeuten hat, dass er mit mir am Pier saß. Aber ich kenne die Wahrheit. Ja, wir haben uns getroffen. Er hat sich zu mir gesetzt. Wir haben sogar ein paar Sätze miteinander gesprochen. Aber wir waren nicht verabredet. Es war kein Date. Es war ein *Zufall*. Leider.

13. Kapitel

Ich habe mich tatsächlich den gesamten restlichen Vormittag erfolgreich vor Dillen versteckt und heimlich Kim beobachtet. Und ja, sie macht Ernst. Sie zeigt ihm ihre Werte. Nicht die inneren. Sie lässt lieber nackte Tatsachen sprechen. Die dafür umso deutlicher. Ellenlange Beine und einen Ausschnitt, von dem meine kleinen Brüste nur *träumen* können. Dillens Blick hat natürlich nichts preisgegeben. Die Gedanken blieben verborgen. So wie immer. Aber jeder Mann will eine Kim. Vielleicht nicht fürs Leben. Vielleicht nur für ein paar Monate. Vielleicht auch nur fürs Bett. Sie ist wie eine sexuelle Fantasie, die wahr wird. Gut, vielleicht ist sie nicht die Klügste, aber dumm ist sie eben auch nicht. Und mal im Ernst – es heißt schließlich nicht, *intelligent* fickt gut. Nicht, dass ich das beurteilen könnte. Bis vor ein paar Tagen war mein Mr. Darcy noch *geschlechtslos* und ich wollte mich mit ihm unterhalten. Jetzt hat er sich als Dillen verkleidet und trägt in meiner Fantasie meistens das, was ihm am besten steht: gar nichts. Mein neues Ich macht mich fertig. So viel Deo kann ich gar nicht schleppen, wie ich bräuchte, um meine diversen Schweißausbrüche zu kaschieren.

Ich bin so durcheinander, dass ich manchmal tatsächlich vergesse, wie leer und einsam ich mich eigentlich fühle. Dass ich auf dieser Welt meinen Platz verloren habe, mein Zuhause. Meinen Dad. Vielleicht ist das alles ein mieser Trick von meinem Hirn. Eine Art Selbsterhaltungstrieb. Ein Mechanismus, der mich von meinen heimlichen Selbstmordgedanken ablenken soll. Wenn es so ist, funktioniert es. Ich habe seit Tagen nicht mehr an den Tod gedacht.

• • •

Gerade als ich den Motor anlassen und zurück in die Festung fahren will, klopft es neben mir an die Scheibe und ich fahre erschrocken zusammen. Während mir das Herz panisch gegen die Rippen hämmert, kurble ich langsam das Fenster runter.

„Fuck, Katie, ich wollte dich ehrlich nicht erschrecken", prustet Greg und legt seine riesige Hand auf meinen Arm. „Es tut mir leid." Seine wachen Augen funkeln mich an. „Geht's wieder?"

„Doch, doch, alles okay...", antworte ich und verberge das Zittern meiner Hände. „Was ist?"

„Gib mir mal deine Nummer, dann schicke ich dir meine Adresse... wegen heute Abend."

„Ich weiß nicht, Greg...", stammle ich. „Ich kenne doch niemanden."

„Und wenn du nicht kommst, wird das auch so bleiben..."

Ich seufze.

„Komm schon, Katie, hab dich nicht so..."

„Okay... Gib mir dein Handy."

Greg reicht mir grinsend sein iPhone. Ich tippe meine Nummer ein und speichere sie.

„Ich schicke dir alles, was du wissen musst." Er drückt meinen Arm. „Carolina, eins noch..."

„Hm?"

„Versprich mir, dass du kommst."

„Ich werde es versuchen."

„Nicht gut genug", sagt er lachend.

„Okay, okay. Ich werde da sein."

„Los, versprich es."

„Ist ja gut. *Versprochen.*"

...

Ich parke am Pier, stelle den Motor ab und schaue in die Ferne. Ich will noch nicht in die Festung zurück, weil ich Angst habe, dass Andrew dort sein und sich dann wieder ungebeten in meine Gedanken schleichen könnte. In Gedanken, in denen ich mich stöhnend und schwitzend unter seiner Zunge winde. *Bloß nicht.*

Ich *mag* Andrew, ja, aber ich finde ihn nicht anziehend. Zugegeben, er sieht ziemlich gut aus. Er hat interessante Augen und ein markantes Gesicht. Aber er ist nicht mein Typ. Er ist viel zu fröhlich. Viel zu unbeschwert und gut gelaunt. Ganz im Gegensatz zu mir. Ich bin ein *Einzelgänger.* Jemand, an den man nicht leicht rankommt. Ruhig und in sich gekehrt, wenn ich jemanden nicht gut kenne. Manche würden es langweilig nennen. Vielleicht stimmt das ja. Keine Ahnung.

Andrew hingegen ist der Typ, der eine *kleine* Party mit 800 Leuten feiern würde. Und das wären nur seine *engsten* Freunde. Manchmal wäre ich gerne wie er.

Jemand, der in den Tag hineinlebt und das Leben genießt. Doch dann denke ich wieder an den bitteren Unterton, weil niemand etwas von ihm erwartet. Andrew weiß, dass sein Leben dauerhaft nicht so weitergehen kann. Er ist wie ein einsames Schlauchboot, das ziellos auf der Oberfläche umhertreibt. Vielleicht ist es das Geld. Vielleicht sind Leute ja so, die sich finanziell keine Sorgen machen müssen.

Mein Dad hat sein Studium kurz vor dem Abschluss abbrechen müssen, weil meiner Mutter eingefallen ist, dass sie so nicht leben will. Sie hat ihn sitzen lassen und ist zurück in die Arme ihrer Highschool-Liebe geflohen. Brian MacDougall hat seine Frau und seinen Sohn Andrew verlassen, um Laura zu heiraten. *Er* hatte das, was mein Dad ihr nicht geben konnte: Geld. Während also aus Laura Monroe Mrs. MacDougall wurde, hat mein Dad auf dem Bau gearbeitet und mich allein großgezogen. Er hat alles für mich getan.

Als ich klein war, hat er mir jeden Abend etwas vorgelesen. Und als ich irgendwann unbedingt selbst lesen lernen wollte, hat er es mir nach der Arbeit beigebracht. Er hat mir auch gezeigt, wie man angelt und Fußböden verlegt. Er hat mit mir im Wald übernachtet und mir ein Baumhaus gebaut. Ich hatte eine tolle Kindheit. Ich war glücklich. Jeden Tag. Bis zu dem Moment, als Mary in meine Klasse gestürmt ist und mir und 24 anderen gesagt hat, dass mein Dad tot ist.

Trotzdem. Ich hatte siebzehn Jahre mit ihm. Und etwas Besseres hätte mir wirklich nicht passieren können. Vielleicht hat Mrs. MacDougall mir eigentlich einen Gefallen getan. Ich weiß es nicht.

Wie auch immer. Ich komme aus einer anderen Welt. Einer Welt, in der die Lösungen für die Probleme zu teuer sind, um sie zu kaufen. Wir können sie uns nicht leisten. Also beseitigen wir die Probleme eben selbst. Mein Dad hat immer gesagt, dass uns erst diese Widerstände zu denen machen, die wir sein sollen. Sie schleifen und feilen an unserer Oberfläche. Sie definieren, wer wir sind. Sie lassen uns für das kämpfen, was wirklich wichtig ist. Ich bezweifle, dass Andrew je für etwas kämpfen musste. Außer vielleicht für die Anerkennung seines Vaters. Die eine Sache, die ich immer im Überfluss hatte.

Meine Augen verlieren sich im Horizont. Dem endlos blauen Himmel, der sich ins offene Meer mischt, als würde er eintauchen. Ich löse mich von der Ferne und schweife mit dem Blick über die Promenade, wo er über Dillen stolpert. Er sieht mich an, als hätte er mich bereits die ganze Zeit beobachtet. Sein Anblick spült Adrenalin durch meine Adern und legt winzige Schweißperlen auf meine Haut. Er stößt sich von der kleinen Steinmauer ab und kommt langsam auf mich zu. Der Sommerwind treibt seinen Duft vor sich her und trägt ihn durchs offene Fenster in den Pickup. Es reicht, ihn nur anzusehen, um mein Hirn Achterbahn fahren zu lassen. Seine geschmeidigen Bewegungen, die lässige Art, mit der er den Daumen in der Hosentasche eingehakt hat, das anliegende weiße T-Shirt, das meiner Fantasie eine weitere Steilvorlage bietet, und dieser düstere undurchdringliche Blick, der die Gänsehaut auf meinem Körper sprießen lässt. Meine Brustwarzen ziehen sich zusammen und zeichnen sich unter meinem Shirt ab, ganz so, als würden sie verzweifelt auf sich aufmerksam machen wollen.

„Katie."

„Dillen..."

„Komm schon", sagt er und macht die Tür auf. „Wir gehen ein Stück."

14. Kapitel

„Was machst du hier?“, frage ich, während ich unsicher neben ihm hergehe.

„Ich arbeite in dem Fischrestaurant da drüben.“

„Ah okay...“

„Ja, ich weiß, für jemanden wie dich muss das ein seltsamer Gedanke sein...“

„Wie meinst du das? Für jemanden wie mich?“

„Ach komm schon, Katie... du weißt, wie ich das meine.“

„Nein, Dillen, das tue ich nicht.“ Ich bleibe stehen und halte ihn am Arm fest. Diese Berührung ist wie ein Stromschlag, wie eine Ohrfeige, die mich so unvermittelt trifft, dass mir der Atem stockt. Einen Augenblick weiß ich nicht mehr, was ich sagen wollte. Ich spüre nur noch seine Haut unter meiner Hand. Die winzigen Härchen, die in der Sonne golden schimmern. Da ist nichts mehr außer meinem flachen Atem und dem Wasser, das mir beim Gedanken an seine Lippen im Mund zusammenläuft. *Schau nicht auf seine Lippen. Nur nicht auf die Lippen sehen.* Ich schlucke laut und angestrengt. Seine Augen fixieren mich. Der grüne Schleier tanzt über das dunkle Blau.

Er kommt einen Schritt näher und zwingt mich zu ihm aufzuschauen. Ich spüre seinen Brustkorb und die Hitze seines Körpers durch mein T-Shirt.

Sein feuchter Atem trifft auf meine Haut, sein Duft erstickt den letzten klaren Gedanken in meinem Kopf. Wäre ich mutig, würde ich ihn jetzt küssen. Nur meine Angst und ein paar Zentimeter trennen mich von seinen Lippen. Ich müsste mich nur auf die Zehenspitzen stellen.

„Was wolltest du sagen?“, flüstert er heiser und seine tiefe Stimme vibriert in meinen Knochen.

„KATE?!“

Mrs. MacDougalls schrille Stimme wirft mich in die Realität zurück. Ihr Blick zieht mich wie an unsichtbaren Fäden weg von Dillen, zurück in ihren goldenen Käfig. Eine Welt, in der ich fremd bin und in die ich nicht gehöre.

Sie sitzt in ihrem schwarzen Auto wie in einem Panzer. Versteckt hinter getönten Scheiben und einer sündhaft teuren riesigen Sonnenbrille. Das Fenster hat sie nur halb geöffnet, so als würde sie sich davor fürchten jeden Augenblick überfallen zu werden.

Alles in mir will sie ignorieren, will einfach weiter in Dillens Augen versinken und die Realität vergessen. Aber beim bloßen Gedanken daran, dass Mrs. MacDougall mir vor ihm eine Szene machen könnte, sterbe ich mehrere Tode.

„KATE?“

„Ich muss...“, sage ich schließlich und schlucke. „Wir sehen uns...“

Mein Blick sucht Dillens und trifft auf blankes Unverständnis. Er hat ein Bild von mir, das nicht stimmt. Von einem kleinen reichen Mädchen, einer verwöhnten Göre. Aber wie soll er auch ein anderes haben. Sobald ich in seiner Nähe bin, werde ich zu diesem stotternden Wesen, dieser unsicheren Version von mir, die sich für ihre zu kleinen Brüste entschuldigen und sich ihm an den Hals werfen will. Zu einem Wesen, das sich nichts sehnlicher wünscht, als seinen weichen Mund zu spüren, seine Haut zu berühren. Beim Gedanken, wie seine Zunge meine Lippen teilt, werden meine Knie weich und mein Magen zieht sich zusammen. Ich kann nicht sagen, was genau es ist, aber Dillen berührt mich.

•••

„Mutter."

„Kate, was soll das? Was machst du hier?"

„Wonach sieht es denn aus?"

„Ich werte das mal als rhetorische Frage und spare mir die Antwort." Sie schüttelt resigniert den Kopf. „Wir müssen los..."

„Ach?", frage ich kalt. „Wo müssen wir denn so dringend hin?"

„Wir fahren doch übers Wochenende zu Tante Claire." Sie greift nach meinem Arm. „Hast du das etwa vergessen?"

„Wie kann ich etwas *vergessen* haben, das mir nie irgendjemand gesagt hat?"

„Na, dann weißt du es eben jetzt."

„Ich fahre *sicher nicht* zu Tante Claire."

„Oh doch, das wirst du." Ihre Stimme erstickt jeden Zweifel. Mrs. MacDougall hat entschieden. Und solange meine Füße, wenn auch unfreiwillig, unter ihrem Tisch sind, hat sie das Sagen. *„Los jetzt."*

• • •

Ich werfe hastig die Fahrertür des Pickups hinter mir zu und flüchte vor Mrs. MacDougall, die in diesem Moment eine beeindruckende Bremsung mit ihrem schwarzen Cadillac Escelade hinlegt. Die Kieselsteine knirschen unter den Reifen.

„Kate.! Bleib.! Stehen.!"

Ich kann nicht sagen warum, aber meine Beine gehorchen ihr. Vielleicht ist es dieser autoritäre Tonfall oder der Blick, den ich deutlich im Rücken spüre. Wie ein Projektil, das mich durchbohrt.

„Was?!", frage ich und drehe mich um. „Was willst du?"

„So redest du nicht mit mir!"

„Ach nein?!"

„NEIN!", plärrt sie. „Ganz. Sicher. Nicht."

Ich höre, wie die Haustür aufgeht und spüre das Publikum, aber es ist mir egal. Sollen sie es doch hören.

„Und was, wenn doch?", frage ich und baue mich vor ihr auf. „Was dann, *Mutter?"*

Sie schüttelt den Kopf. Herablassend. In ihren eisblauen Augen brennt der Zorn. „Er hat dich so *verzogen."*

Ein Satz. Ein simpler Satz. Und doch reicht er, dass meine Hand ohne Vorwarnung hochschnellt und mit einem peitschenden Geräusch ihr Gesicht trifft. Ich schlage sie mit einer Wucht, die sie beinahe seitlich umwirft. Der Klang hallt in meinem Kopf und brennt auf meiner Hand. Mrs. MacDougall stolpert und hält sich die Wange.

Aus ihren klaren Augen strömen Tränen und Fassungslosigkeit. Ich gehe einen Schritt auf sie zu und sie weicht instinktiv zurück. Vorsichtig, ja, beinahe ängstlich. „Sprich. Nie. Wieder. Über. Meinen. Vater! NIE. WIEDER." Meine Stimme vibriert und meine Hände zittern.

„Katie... hey..." Andrew zieht mich vorsichtig von Mrs. MacDougall weg. „Es ist okay... alles ist in Ordnung."

„In Ordnung?", fragt Mrs. MacDougall, während immer neue Tränen über ihr Gesicht laufen. *„Nichts* ist in Ordnung. Sie ist *verrückt* geworden!"

„Laura, bitte", antwortet Andrew, bevor ich etwas sagen kann. „Du hast es darauf angelegt."

15. Kapitel

„Wie ist es eigentlich passiert?"

„Das mit meinem Dad?"

Andrew nickt und nimmt einen Schluck von seinem Bier.

„Es war ein Unfall", antworte ich vage.

„Was für ein Unfall?"

„Ich will lieber nicht darüber reden, wenn es dir nichts ausmacht."

„Kein Problem." Er nimmt einen weiteren Schluck. „Solltest du irgendwann mal jemanden zum Reden brauchen..." Er bricht ab und lächelt. „Du weißt schon..."

„Danke."

Wir sitzen auf unserem Platz, so als würden wir die Festung nur aushalten, wenn wir nicht darin sitzen. Ich mag dieses Dach. Es ist ein schöner Ort. So, als dürfte ich hier sein.

„Ich mag es hier draußen."

„Ja, ich auch", antwortet Andrew und schaut in die Ferne. „Ich habe meine halbe Kindheit hier verbracht."

„Du musst sie gehasst haben..."

„Wen? Laura?"

Ich nicke.

„Anfangs... aber das mit meinen Eltern hätte sowieso nicht funktioniert... Ich hätte meine Mom auch verlassen..."

Er sieht mich von der Seite an und ich spüre diese Blicke wie Hände, die mich berühren. Mein Kopf erinnert mich wieder an die Bilder, die ich nie ansehen wollte. Bilder, die eine verbotene Tür aufgestoßen haben. Ein mulmiges Gefühl legt sich eng um meinen Brustkorb.

„Ich wüsste *zu gern,* was du gerade denkst."

„Ich?", frage ich ausweichend. „An gar nichts."

Seine Augenbrauen wandern nach oben.

„An gar nichts?", fragt er schmunzelnd.

„Okay, das war gelogen."

„Ich weiß."

„Ich... ich habe mich gefragt, warum dein Dad Richard nicht mehr als Partner haben wollte... ich meine, in der Firma..."

Eine blödere Lüge ist dir wohl nicht eingefallen, Kate?!

„Das hast du dich gefragt?"

„Ja, warum?", lüge ich.

„Na, weil irgendwas ganz tief in deinen Augen verschämt gewirkt hat..." Er grinst mich an. „Und das scheint mir kein Gedanke zu sein, für den man sich schämen muss."

„Ja, du hast recht", improvisiere ich. „Ich habe mich geschämt. Aber nicht für den Gedanken, sondern für die *Neugierde.* Genau genommen geht es mich nichts an."

Er scheint mir zu glauben oder er kaschiert es ziemlich gekonnt.

„Neugierde ist etwas Gutes, Kate... sie lässt uns Dinge ausprobieren... nur ihretwegen überwinden wir Ängste... Es ist die beste Gier von allen..." Sein Blick fällt einen winzigen Moment auf meinen Mund, dann hebt er seine Flasche und prostet mir zu. „Auf die Neugierde."

In seinen Augen funkelt etwas, das mich hart schlucken lässt. Etwas, das ich nicht festhalten kann, das mir entwischt, bevor ich sagen kann, was es war. Ich weiß nur, dass es da war. Es war nur für den Bruchteil einer Sekunde in seinem Blick, dann wurde es von seinem breiten Grinsen abgelöst.

„Wer ist eigentlich Tante Claire?", frage ich um das seltsame Gefühl abzuschütteln.

„Eine Stiefschwester von meinem Dad... Es gibt insgesamt vier. Susanna, Rosie, Patricia und eben Claire." Er trinkt den Rest seines Biers in einem Zug leer. „Sie ist in Ordnung... aber ich fahre auch schon seit Jahren nicht mehr mit..."

„Warum?"

„Ach, ich weiß nicht...", sagt er und zuckt mit den Schultern. „Sie hat einen großen Hof, mit Tieren und allem... Für die Kleinen ist das ganz cool, aber für uns... wir sind zu alt für so was."

Dieses Mal lügt er, doch ich tue so, als würde ich es nicht merken. Es gibt einen anderen Grund. Aber genauso wie ich meine Geheimnisse habe, hat Andrew eben seine. Die Sonne verschwindet am

Horizont und taucht den Himmel und die Baumkronen in zarte Rot- und Rosatöne.

„Wir sollten ausgehen! Du und ich!“ Er schaut mich begeistert an. „Was meinst du? Wir beide?“

„Ich... ich gehe heute auf eine Party.“

„Eine Party?“ Er versucht die Enttäuschung zu verbergen, doch sie liegt überlebensgroß in seinem Gesicht. „Was für eine Party?“

„Einer aus meinem Englisch-Kurs wollte nett sein und hat mich eingeladen.“

„Ah, cool... und wer?“

Da Greg bestimmt in die Kategorie Sportler fällt, schaue ich einen Moment nachdenklich, so als würde ich versuchen, mich an den Namen zu erinnern. *„George,* glaub ich – ich kenne ihn kaum.“

„Dann findest du langsam Anschluss?“

„Nicht wirklich... Aber das macht nichts.“ Ich verdrehe die Augen. „Wie schon gesagt, ich suche nicht nach Freunden...“

Andrew nickt.

„Vielleicht klappt es ja ein anderes Mal... das mit dem Weggehen, meine ich.“

„Bestimmt... und hey... wenn du willst, komm doch mit?“ *Sag nein. Bitte sag nein.*

„Nah... nicht böse gemeint, aber das sind alles Kinder – du ausgenommen.“

„Kann sein“, antworte ich achselzuckend. „Das Angebot steht jedenfalls.“

„Danke, aber da fahre ich lieber mit meinen Jungs zum Feiern nach Boston." Er grinst mich an. „Sicher keine Lust?"

„Ich habe zugesagt", sage ich entschuldigend. „Ein anderes Mal wirklich gerne."

„Gib mir dein Handy."

Er streckt mir seine Hand entgegen.

„Warum?"

„Ich gebe dir meine Nummer... Nur für den Fall..."

Ich entsperre mein Handy und reiche es ihm.

„Hier."

Andrew tippt seine Nummer ein und speichert sie. Dann ruft er sich selbst an. Er schaut zufrieden auf sein Display.

„Sehr gut, jetzt habe ich auch deine..."

Andrew rappelt sich auf und schaut zu mir runter. „Soll ich dich irgendwo absetzen?"

„Lass mal, ich muss sowieso noch duschen..." Und wieder das Funkeln. Es war eindeutig da. „Fahr du ruhig..."

„Viel Spaß..." Er zwinkert mir zu und geht zu seinem Fenster. Bevor er reinklettert, schaut er noch ein letztes Mal zu mir hinüber. „Pass auf dich auf, Kleine... Und wenn was ist – ich bin nur *einen Anruf* entfernt."

16. Kapitel

Meine Augen strahlen mir in ihrem Zartbitterton zwischen den dicht getuschten Wimpern entgegen. Ich lege eine weitere Tuscheschicht auf, dann greife ich nach dem transparenten Gloss, der meine Lippen zart schimmern lässt. Ich betrachte mein matt gepudertes Gesicht. Die rosigen Wangen lenken gekonnt von den grauen Schatten darunter ab. Neben meinen Augen fallen sie kaum auf.

Nur das Outfit ist gewohnt unspektakulär. Enge Bluejeans und ein weißes Top. Aber es wird wohl reichen müssen. Erstens ist es bereits halb elf und zweitens habe ich nichts anderes.

Ich tupfe etwas Parfum auf meinen Hals, dann mustere ich mich von allen Seiten. Ja, gut, meine Brüste sind noch immer zu klein, und meine Oberarme sehen eher aus wie Streichhölzer, aber ich habe es versucht.

•••

Ich parke den Pickup am Straßenrand, traue mich aber nicht auszusteigen. Die Unsicherheit drückt mich in den Sitz. Vielleicht sollte ich einfach zurückfahren. Bestimmt sollte ich das. Ich meine, was wird dieser Abend bringen?

Junge Frauen in viel zu kurzen Röcken liegen angetrunken unter irgendwelchen Typen auf der

Wiese vor Gregs Haus herum. Und einer von ihnen könnte Dillen sein. Will ich das sehen? Vielleicht muss ich das, um endlich wieder in der Realität anzukommen. Vielleicht ist das das Einzige, was die alte Kate zurückholt.

Ich klettere aus dem Wagen. Auf den ersten Blick erkenne ich niemanden auf der Wiese. Zumindest sehe ich keinen Dillen. Eine Welle der Erleichterung bricht durch meinen Körper und ich kann nur resigniert den Kopf über mich selbst schütteln. *Ja, Dillen hat etwas mit mir gemacht. Etwas, das meinen Verstand übersteigt.*

Im Garten plantschen ein paar kreischende Mädchen im Pool herum, ein paar Typen grillen, andere tanzen. Die Stimmung ist ausgelassen und angetrunken. Alle haben Spaß. Sie sind jung und genießen das Leben. Zwischen ihnen steche ich hervor wie der Fehler im Bild. Ich kenne niemanden. Ich bin da, aber keiner bemerkt mich. Was habe ich mir gedacht? Dass Greg mir nicht von der Seite weicht und mich all seinen Freunden vorstellt? Ich denke an Nathan und Michelle, die ich mehr vermisse denn je und die ich unbedingt anrufen muss. Jeden Tag, den ich es aufschiebe, tue ich ihnen unrecht.

„*North Carolina!* Da bist du ja!“ Greg legt seinen schweren Arm um mich und zieht mich fest an sich. Seine Muskeln zerbrechen mich fast.

„Greg, hi...“

„Klasse, dass du gekommen bist... bisschen spät, aber hey..." Er grinst. „Ich dachte schon, du würdest kneifen..."

„Ich habe es versprochen."

„Richtig." Er nimmt mich bei der Hand und zieht mich zum Pool. „Willst du was trinken?"

„Ich trinke nicht."

„Ach komm schon..."

„Greg." Ich halte ihn am Arm fest. Seine Augen treffen meine. *„Ich trinke nicht."*

„Okay. Ist klar... Ein Wasser?"

Und da steht er, in einem dünnen Pullover. So dunkelblau wie seine Augen. Dillen lehnt an der Hauswand, die Hände in den Taschen vergraben, sein Blick auf mir, düster, undurchdringlich. Ich lächle schüchtern, doch sein Gesicht bleibt völlig unbeteiligt.

„Katie? Was ist? Willst du nun eins?"

„Ja, gerne... danke."

Als mein Blick wieder nach Dillens sucht, ist er verschwunden. Als hätte er sich in Luft aufgelöst. Ich schaue mich um, aber er ist nirgends zu sehen.

„Hier, dein Wasser..."

Am anderen Ende des Pools bemerke ich ein Mädchen mit schulterlangem hellbraunem Haar und einem Blick, der mich töten möchte.

„Ist das Megan?", frage ich vorsichtig.

Greg schaut sich um und nickt.

„Sie scheint mich nicht besonders zu mögen."

„Nimm es nicht persönlich“, schreit Greg über die Musik hinweg. „Megan schaut immer so, wenn ich mit anderen Frauen rede. Das hat nichts mit dir zu tun... Ehrlich...“

Er legt mir grinsend die Hand auf den Rücken, was Megans Augen tatsächlich noch wütender funkeln lässt.

„Wie lange seid ihr schon zusammen?“

„Fast ein Jahr... aber es läuft nicht besonders gut... irgendwie ist die Luft raus.“

Ich versuche, verständnisvoll zu nicken und nicht an Keira und den Seitensprung zu denken. Megan tut mir fast ein bisschen leid.

„Na, was meinst du, North Carolina? Ne kleine Runde schwimmen?“

„Auf *keinen* Fall.“

Er lacht dreckig und schüttelt den Kopf. „Das dachte ich auch nicht...“

Er bückt sich nach einer Flasche Bier.

„Du, Greg...“

„Hm?“

„Wer ist das?“, frage ich möglichst beiläufig.

Er folgt meinem Blick.

„Welche? Die da drüben?“ Greg nickt mit dem Kinn in Richtung Wohnzimmer.

„Mmhm...“

„Das ist Kim... Sie ist Cheerleaderin... Kennst du sie etwa?“

„Nicht wirklich. Nur vom Hörensagen...“ Ich nehme einen Schluck Wasser. „Ich hatte den

Eindruck, wir hätten *ähnliche Interessen"*, sage ich bitter.

„Du und Kim?", fragt er erstaunt. „Ich hätte dich nicht für eine Schlampe gehalten..."

„Was!?"

„Ich mache nur Spaß...", antwortet er lachend.

„Sicher..." Mein Lachen klingt aufgesetzt, aber es fällt ihm nicht auf. Dafür kennt er mich nicht gut genug. Ein Nathan hätte mich und mein falsches Lachen sofort durchschaut. „Und wie ist sie sonst so?"

Er mustert mich einen Augenblick.

„Sagen wir so, ich würde mich nicht zu eng mit ihr anfreunden, wenn ich du wäre..."

„Okay..."

„Versteh mich nicht falsch... Kim ist kein *schlechter* Mensch... sie ist in Ordnung... Aber sie..." Greg seufzt. „Na ja, also, immer wenn was echt Beschissenes passiert, ist Kim nicht weit weg, falls du verstehst, was ich meine..."

„Verstehe."

„Und dasselbe gilt für ihre Freundinnen... ganz besonders *Emeline.* Bleib lieber weg von denen."

Gerade als ich mich bedanken will, taucht wie aus dem Nichts Megan neben mir auf.

„Hallo, ich bin Megan, *Gregs Freundin.* Und du bist?"

Ich strecke ihr die Hand entgegen, doch sie ignoriert sie. *Okay, dann nicht.*

„Katie..." Ich versuche unschuldig auszusehen. „Greg hat gerade eben von dir erzählt."

„Tatsächlich?", fragt sie mit einem steifen Lächeln auf den Lippen. „Und was?"

„Babe, hör auf damit..."

„Dass ihr schon ein Jahr zusammen seid..."

„Das hat er gesagt?"

Ich nicke. Megan wendet sich Greg zu und strahlt ihn an. In ihrer Welt scheint es etwas Besonderes zu sein, dass er zu ihr steht. Seltsam, dass sie so ein Satz glücklich machen kann. Aber andererseits, was weiß ich schon? Ich meine, wenn es Dillen wäre, wäre vermutlich ich gerade die, die wie ein Idiot strahlt.

Megan stellt sich auf die Zehenspitzen, legt ihre Arme um Gregs Hals und küsst ihn. Erst ist es ein unschuldiger, sanfter Kuss, doch nach wenigen Augenblicken stellt er sein Bier zur Seite und küsst sie mit dem ganzen Körper. Die Luft scheint gerade wieder in Gregs Beziehung zurück zu finden und ich muss lächeln. Wer weiß, vielleicht ist das ja einer von diesen Abenden, die man nie vergisst?

In meiner Fantasie endet meiner in Dillens Armen. In einem Kuss, der die Welt anhält und den ich in jeder Zelle spüre. Beim Gedanken an seine Lippen sprießt bereits die Gänsehaut auf meinem Körper. Die Vorfreude pocht in meinem Bauch, als wollte sie mir zeigen, dass ich mich dieses Mal trauen würde, wenn mich nur noch die Angst und ein paar Zentimeter von seinem Mund trennen. In Gedanken versunken bemerke ich nicht, dass ich noch immer Greg und Megan anstarre. Als es mir endlich auffällt, steigt mir die Farbe ins Gesicht und ich drehe mich abrupt weg.

Und dann sehe ich einen Kuss, der tatsächlich die Welt anhält und mein Herz stolpern lässt. Das Schreien und Kreischen der Mädchen im Pool verstummt und die laute Musik verschwimmt mit den Tränen, die unvermittelt in meine Augen schießen. Sie laufen gegen meinen Willen und alles, was übrig bleibt, ist Schmerz. Meine Seele weint lautlos. Und mein rasender Herzschlag begleitet dieses grausame Bild wie ein Trauernachruf. So als würde ich gerade aufhören zu existieren. Und einfach so bricht mein Herz.

17. Kapitel

Die klare Flüssigkeit brennt bis in meinen Bauch. Als wollte sie mich auslöschen. Wie ein Feuer, das mich von innen auffrisst. Vielleicht wünschte ich das aber auch nur. Ich atme scharf ein.

Der Lärm liegt hinter mir. Vor mir rauschen die Wellen und werfen sich an Land, so wie Kim sich an Dillens Hals. Dieses Bild wird zu einem Krampf in meinen Eingeweiden und zu frischen Tränen, die wie aus einer offenen Wunde fließen.

Ich setze meinen Becher an, doch er ist schon wieder leer. Beim Versuch, etwas einzuschenken, schütte ich mir die Hälfte aufs T-Shirt. Meine Augen driften über den weißen Stoff, der durchsichtig auf meiner Haut klebt. Mein Leben ist ein Schlachtfeld. Eine Ruine. Und irgendwie dachte ich, Dillen wäre diese verwandte Seele, die alles erträglicher machen würde. Wie das Licht am Ende des Tunnels. Die Wahrheit ist, er hat alles nur noch schlimmer gemacht. Er hat sich als Hoffnung verkleidet, die sich nun als Albtraum entpuppt.

Ich lege mich auf den Steg und schaue in den Himmel. Die Sterne funkeln. Ich würde gerne glauben, dass mein Dad gerade auf mich hinunter sieht. Vielleicht tut er es ja. *Wenn du mich hören kannst, Dad, du fehlst mir. Du fehlst mir. Du fehlst mir.* Tränen laufen über meine Schläfen und versickern in meinem Haar.

Ich setze mich halb auf und trinke meinen Becher leer. Das Brennen in meinem Bauch zeigt mir, dass ich noch lebe, obwohl ich das eigentlich nicht wissen wollte.

Hätte ich es doch einfach nicht gesehen. Hätte ich doch *woanders* hingeschaut. Hätte er sie doch *im Haus* geküsst. Ich atme tief ein. Der Steg dreht sich mit mir im Kreis, erst langsam, dann immer schneller. Die Sterne werden erst zu Linien und schließlich zu Kreisen. Meine Augen versuchen zu fokussieren, finden aber nichts, woran sie sich festhalten können.

Ich schließe sie und sehe Dillen. Seine großen Hände auf ihrer Haut, auf ihren Brüsten, sein Körper, der sich gegen ihren stemmt. Sein Mund an ihrem Hals, seine Finger, die ihren Rock hoch und ihren Slip zur Seite schieben. Die in sie eindringen. Ich höre Kim aufstöhnen und sehe den schmerzverzerrten Ausdruck in ihrem Gesicht. Versinke im Muskelspiel unter Dillens warmer Haut und der Anspannung in seinem Blick. Das Raunen, das seine Lippen verlässt, jagt mir die Gänsehaut über den Körper und legt sich wie eine Faust um mein Herz.

Ich öffne die Augen und versuche mich zu orientieren. Die Sterne flirren und tanzen über den Himmel. Ich setze mich schwerfällig auf und greife nach der Flasche. Ich will *nichts* mehr spüren. *Gar nichts.* Keine Erregung, keinen Schmerz. Keine Trauer. *Nichts.* Ich will nur sinnlos existieren. Eine kleine Pause von meinem Leben.

Ich schenke den restlichen Wodka in meinen Becher. Er ist so voll, dass immer wieder etwas über den Rand läuft. Ich nippe vorsichtig. Einen Schluck nach dem anderen. Erste kleine, dann größere. Als der Becher leer ist, krampft sich mein Magen zusammen. Der Schmerz ist wieder da, nur ist es dieses Mal ein anderer. Mir ist dieser hier lieber.

Ich lege mich wieder auf den Rücken und drehe mich mit dem Steg. Wie ein Kind auf dem Rummelplatz. Das Karussell wird immer schneller, steigt immer höher, aber ich kann nicht aussteigen. Ich *bin* das Karussell. Meine Hände klammern sich an den warmen Steg und die Spucke sammelt sich verräterisch in meinem Mund. Sie macht sich bereit für das, was bald kommen wird. Bei der Vorstellung daran, an meiner eigenen Kotze zu ersticken, wälze ich mich auf die Seite und beobachte die Wellen. Lieber sie als diesen Kuss. Aber allein der Gedanke reicht, um mich in meine Fantasie zurück zu katapultieren. Zurück zu Dillens Lippen, die an Kims saugen, seiner Zunge, die mit ihrer spielt, den Händen, die sich in ihrem Haar vergraben. Zu seinem schweren Atmen und ihrem Seufzen. Der nackten Haut und dem Stöhnen.

„Katie? Bist du das?“

Die Übelkeit schwelt in meinem Magen. Ich schmecke die Säure. Das Karussell hat plötzlich angehalten. Ich öffne die Augen. Sie brennen. Sogar das Blinzeln ist anstrengend. Alles liegt langsam und verschwommen da. Die Wellen, der Strand.

„Katie?“

Ich will mich aufsetzen, aber meine Muskeln weigern sich. *„Geh weg!“*, spucke ich ihm entgegen.

„Entschuldige bitte, ich wusste nicht, dass das *dein* Steg ist..."

Ich kann nicht antworten. Meine Zunge ist zu schwer. Sie fühlt sich seltsam pelzig an und liegt träge und unbrauchbar in meinem Mund.

„Katie?"

Meine Augen versuchen scharf zu stellen. Ich will die Hand nach ihm ausstrecken. Vielleicht um ihn zu schubsen. Oder zu mir zu ziehen. Aber mein Arm reagiert nicht. Die Säure klettert weiter und weiter. Ich spüre seine Hand auf meiner Stirn.

„Mein Gott, Katie... Katie, hörst du mich?" Er versucht mich hochzuziehen. „Katie?"

Ich höre das Klirren einer Flasche neben mir.

„Hast du die ganze Flasche getrunken?" Er schüttelt mich. „Hast du das ALLES getrunken?"

„Dillen...", lalle ich wie in Trance. „Dillen..."

„Ja, Katie, ich bin's... alles wird gut."

Dillen legt den Arm um mich und zerrt mich in eine sitzende Position. Er streicht mir die Haare aus dem Gesicht und nimmt sie zusammen.

„Gleich wird es dir besser gehen, Katie, okay? Aber zuerst..."

Er drückt meinen Oberkörper nach vorne.

„... muss das alles raus."

Mit diesem Satz spüre ich seinen Finger tief in meinem Mund und würge alles hoch.

18. Kapitel

In meinem Schädel pocht ein dumpfer Schmerz. Wie ein zweiter Herzschlag. Ein Klopfen an der Tür dringt in mein Hirn. Erst ist es weit entfernt, doch dann wird es langsam lauter. Ich versuche die Augen zu öffnen, mich zu bewegen. Aber mein Körper gehorcht mir nicht. Ich liege reglos da. Mit Messern im Kopf.

Neben mir raschelt etwas und die Matratze bewegt sich. Ich will aufwachen, aber etwas in mir wehrt sich dagegen. Ich versuche mich an gestern Abend zu erinnern. Egal an was. Denk nach, Kate. Los. Wo warst du? Das Bild von diesem Kuss boxt mich in den Bauch. Ich sehe mich, wie ich nach der Flasche greife. *Der Steg.* Ich habe getrunken. Viel zu viel getrunken. Allein beim Gedanken an den Wodka zieht sich mein Magen beleidigt zusammen. Aber wie bin ich hierher gekommen?

„Katie? Bist du da?"

Mein Mund ist trocken. Kein Tropfen Spucke. Durst. Unbändiger Durst. Dieser Gedanke lässt mich letztlich die Augen öffnen. Der Raum ist nicht hell, und doch sticht das Licht in meinen Augen, wie ein Blitz, der sich in meinem Schädel entlädt.

Und wieder klopft es.

„Kate! Ich komme jetzt rein!!"

Ich höre, wie die Tür aufgeht. Gefolgt von Schritten. Weit entfernt höre ich Andrews Stimme. Ich höre, dass er etwas sagt, aber verstehe nicht, was. So als würde er nicht mit mir sprechen.

Dann sehe ich ihn über meinem Kopf. Nur verschwommen. Und trotzdem erkenne ich, dass er sich Sorgen macht. Mein Sichtfeld pulsiert und meine Haut glüht.

„Kate? Hat er dir etwas getan?!“ Andrews Stimme überschlägt sich. „Ich schwöre dir, wenn er dich *angefasst* hat!“

„Andrew... ich...“, flüstere ich.

„Kleine, hat er dir was getan?“

„Wer?“

„Der Typ, der eben aus dem Fenster geklettert ist!“

„Andrew, ich habe keine Ahnung, wovon du sprichst...“ Ich versuche mich aufzusetzen. „Ich brauche Wasser.“

„Wer war der Kerl, Kate? Los. Denk. Nach.!“

„Welcher Kerl? Da war *niemand.*“

„Aha, und wie bitte erklärst du dir dann das?!“ Andrew zeigt neben mich. Die Kuhle im zweiten Kissen und die zerwühlte Decke neben mir geben ihm recht. Und auch der dunkelblaue Pullover, der zerknüllt neben dem Bett liegt. Oh mein Gott. *Dillens* Pullover. *Oh nein, ich habe doch nicht etwa...?*

•••

„Hier, trink das.“ Er reicht mir ein Glas. Auf die Frage in meinen Augen antwortet er etwas gereizt: „Herrgott, Kate, das ist Aspirin...“

„Danke...“

Ich setze an und trinke es in einem Zug leer.

„Was machst du hier? Ich meine... ich dachte, du wärst in Boston...“

Andrew streckt mir sein Handy entgegen.

Kate: Mir geht ees so drekig. Ich wil sterbn.

Ich atme tief ein.

„Oh...“

„Ja... oh... Okay, also noch mal von vorn...“

„Andrew, wenn ich es dir doch sage, ich kann mich an nichts erinnern...“

„Wirklich an *gar nichts?*“ Er schüttelt den Kopf. „Verdammt noch mal, *wie viel* hast du getrunken?“ Er schaut mir direkt in die Augen. „Oder war es noch etwas anderes als Alkohol?“

„Was?! Nein!“

„Okay, ich wollte nur sichergehen...“ Andrew steht auf. „Also, was ist das Letzte, woran du dich erinnerst.“

„Ich lag auf einem Steg und habe in den Himmel geschaut.“

„Doch nicht etwa am Pier?!“

„Nein, Andrew, nicht am Pier. Bei Greg.“

Verdammt. Andrew mustert mich.

„Greg?“, fragt er ernst. „Sagtest du nicht, die Party wäre bei einem *George?!*“

„Ich habe die Namen verwechselt.“

„Verwechselt. *Ja, genau...*“, sagt er abschätzig und schaut mich wütend an. „Okay, du warst also bei Greg. Und dann?“

„Mein Gott, Andrew, ich habe einfach zu viel getrunken... Hast du denn noch nie zu viel getrunken?!“

„Doch. Mach ich dauernd...“

„Na siehst du.“

„Aber das ist was anderes.“

„Aha, und warum?“

„Weil das nicht du bist, Katie... du bist besser als das!“

„Verdammt noch mal, Andrew, jetzt krieg dich wieder ein!“

„Krieg dich wieder ein?“, fragt er scharf. „Dieser Kerl könnte dich *vergewaltigt* haben, und ich soll mich wieder einkriegen?“

„Andrew, glaubst du denn ernsthaft, dass mich jemand *erst* vergewaltigt und *dann* nach Hause bringt? Denk mal drüber nach.“ Ich schüttle den Kopf und bereue es sofort. Das Dröhnen pocht und mein Hirn schwillt an.

Einen Augenblick sagt er nichts, und dieses Schweigen schläfert mich ein. Dann plötzlich sieht er mich an.

„Du *weißt,* wer es war...“

„Was!? Blödsinn.“ *Menschenkenntnis.* Mein Magen zieht sich zu einem Klumpen zusammen.

„Du weißt, wer es war... du...“

„Nein, Andrew, das tue ich nicht.“

„Bitte nicht, Katie...“

„Was?“

„Bitte lüg mich nicht an...“

In seinen Augen schimmert etwas, das sich fest um meinen Hals legt und langsam zudrückt. Er wendet den Blick ab, steht langsam auf und geht in Richtung Tür. Als er fast schon draußen steht, bleibt er plötzlich stehen und dreht sich noch einmal zu mir um.

„Es war Dillen, richtig?“ Es ist nicht mehr als ein Flüstern, doch es schmerzt in meinem Kopf. „Los, komm schon. War es Dillen?“ Ich will antworten, aber ich bringe es nicht fertig. „Hast du... ich meine, habt ihr...“ Seine Stimme bricht weg. „Pass auf mit ihm...“

•••

Ich sitze noch immer im Bett und starre auf die Tür, durch die Andrew eben verschwunden ist. Aus meinem Zimmer. Und vermutlich auch aus meinem Leben. Ich habe ihn verletzt. Vielleicht mehr, als mir bewusst ist. Mein Blick fällt auf das offene Fenster. Und wieder verliere ich meinen Platz. Das Dach ist von nun an tabu.

Ich rapple mich auf und schleiche mit stechenden Kopfschmerzen ins Bad. Meine Beine sind schwer und meine Fingerkuppen taub. Ich schalte das Licht ein und eine zerstörte Version von mir starrt mir erbarmungslos entgegen. Meine Haare sehen aus wie ein verwaistes Vogelnest. Meine Lippen sind farblos und spröde und die Wimperntusche klebt in langen Schlieren in meinem Gesicht. Ich rücke näher an den Spiegel heran. *Mein Gott.* Geschwollene Lider, geplatzte Äderchen in den Augen, fleckige Haut.

Mit einem Abschminktuch kratze ich die Reste des gestrigen Abends von meinen Wangen. Ich lag auf dem Steg. Ich erinnere mich an die Sterne und das Rauschen der Wellen. Und an den *Kuss.* An dieses *abscheuliche* Bild. Und das Gefühl, als würde ich daran zerbrechen.

Mein Blick fällt auf meine Zahnbürste und die offene Zahnpastatube. Immerhin habe ich Zähne geputzt. Während ich versuche, mit dem Kamm durch die Knoten in meinen Haaren zu kommen, sehe ich Dillen, der mich im Arm hält. Er *war* am Steg. Aber was war dann?

Mein Hirn liegt kochend in meinem Schädel. Es drückt wütend gegen die Schläfen, so als wäre es eingesperrt und wollte raus. Erst mal duschen. *Kalt.* Ich ziehe mir das T-Shirt über den Kopf und erstarre. Ich bin nackt. Völlig nackt. Ich gehe zwei Schritte rückwärts und setze mich auf den kalten Wannenrand. Okay. Ich habe definitiv die Nacht mit Dillen verbracht. Zumindest war er hier. Und ich habe nichts an, außer diesem T-Shirt. *Oh mein Gott.* Ich habe doch nicht etwa? Mein Atem geht schneller. Mein Brustkorb hebt und senkt sich, Kristalle tanzen vor meinen Augen und mein Herz stolpert gegen meine Rippen. Ich meine, das hätte er doch nicht getan, oder? Und ich? Hätte ich es getan? Vermutlich. Ich meine, ich weiß nicht, was ich getan habe. Vielleicht habe ich es getan? Ich gehe ins Schlafzimmer zurück. Auf dem Boden liegt meine Kleidung. BH, Slip, alles. Überall verstreut. Ich sehe den passenden Film dazu. Dillen und ich eng verschlungen, wie wir uns hektisch küssen und uns auf dem Weg zum Bett gegenseitig ausziehen. Die Hüllen fallen. Eine nach der anderen. Ich gehe zum Bett und schlage panisch die Decken zurück. Kein Blut. Müsste da nicht Blut sein? Wenigstens *ein Tropfen?* Ich schaue in den Mülleimer. Keine Kondomhülle. Die Fragen nagen mir tiefe Löcher in den Kopf und mir wird übel.

Nein, das hätte ich nicht getan. Und bestimmt nicht, ohne zu verhüten. *Wunschdenken.* Die Wahrheit ist nämlich, dass ich *keine Ahnung* habe, was ich getan habe. Soweit ich weiß, könnte ich jemanden umgebracht und anschließend im Garten vergraben haben und würde mich nicht daran erinnern. Ein Glück, dass Mrs. MacDougall nicht zu Hause war.

Ich muss mit Dillen reden. Er ist der Einzige, der mir sagen kann, was passiert ist.

19. Kapitel

Ich starre auf das grelle Display. Der pochende Schmerz hinter meinen Schläfen ist noch da. Er lauert und schlägt bei jeder Bewegung wütend um sich. Die Sonne ist endlich untergegangen und die Hitze lässt langsam nach. Ich muss nur diesen Tag überleben, dann wird das flaue Gefühl vorbei sein. Morgen bin ich wieder ich und ich muss sagen, ich freue mich auf mich. Sogar dann, wenn nur die neue Kate zurückkommt.

Kate: Greg, weißt du zufällig, wie ich Dillen erreichen kann? Es ist wichtig.

Mein Finger schwebt über dem Senden-Button. Wenn ich das abschicke, dann gibt es kein Zurück mehr. Dann weiß Greg, dass da etwas zwischen Dillen und mir ist. Ich lösche den letzten Satz. Schon besser. Trotzdem hält mich etwas zurück. Vielleicht ist es mein müder Verstand, der mich davor bewahren will, gleich den nächsten Fehler zu machen. Ich sehe den Blick in Andrews Augen. Die Enttäuschung. *Sei vorsichtig mit ihm.* Was soll das heißen? Immer nur Fragen. Es ist nicht der richtige Zeitpunkt für noch mehr Fragen. Erst einmal brauche ich Antworten. Zumindest eine. Bei diesem Gedanken drücke ich auf *senden.*

Mehrere Minuten sitze ich auf der Bettkante und starre in meine Hand. Innerlich zittere ich, nach außen hin sieht man nichts. *Jetzt komm schon, Greg. ANTWORTE.* Als das Handy dann endlich vibriert, zucke ich trotzdem zusammen. Seine Antwort leuchtet mir entgegen.

Greg: Dillen? Der ist bei mir. Worum geht's?

Toll. Ich sehe die beiden nebeneinander sitzen und über mich lachen. Ginge es nicht um mich, würde ich mitlachen. Gestern hatte ich Prinzipien. Heute hab ich nur noch Kopfschmerzen.

Greg: Carolina? Bist du noch da?

Kate: Ja, bin ich. Hat sich erledigt. Danke, Greg.

Ich lege seufzend das Handy zur Seite, als es noch einmal brummt.

Greg: Falls das was hilft: Dillen hat heute die Spätschicht im *La Mer.* Um elf macht er Schluss. Bis morgen, Carolina.

Mein Herzschlag beschleunigt sich, bevor mein Hirn die Nachricht wirklich versteht. Gregs Worte rieseln langsam in mein Bewusstsein und mit ihnen die Erkenntnis, dass ich vielleicht noch heute Antworten auf die nagenden Fragen in meinem Kopf bekommen könnte. Mein Magen verkrampft sich und das Pochen in meinem Bauch erwacht zu neuem Leben.

Kate: Das tut es. Danke, Greg. Bis morgen.

Ich schaue auf die Uhr. Halb acht. Ich schlüpfe in Dillens Pullover, in dem ich ein kleines bisschen wie ein Gespenst aussehe, und lege mich aufs Bett. Die Nase tief im Ärmel vergraben, inhaliere ich diesen Duft, bis mir schwindlig wird. *Dillen.*

•••

Ich lehne an der kleinen Steinmauer, an der er stand und mich beobachtet hat, und warte. Auf Dillen. Und auf Antworten.

Die zweite Schmerztablette erstickt *endlich* das Dröhnen in meinem Kopf. Nur mein Magen fühlt sich noch immer flau an. Die Überreste meiner eigenen Dummheit wollen mich nicht loslassen.

Die Brandung donnert hinter mir an Land und schleppt sich kurze Zeit später wieder ins offene Meer zurück. Mein Blick fällt wieder auf das Handy-Display. 22:57. Die Nervosität legt sich eiskalt um meine Finger und lässt mich unruhig und flach atmen. Ich weiß nicht, ob es die Fragen sind, die mich quälen, oder der Gedanke, dass ich Dillen in ein paar Minuten sehen werde. Dieses Gesicht, das mich nicht mehr loslässt, diese tiefen Augen und die Lippen, die gestern noch Kims geküsst haben. Ich schiebe diesen Gedanken so weit weg wie möglich. Ich muss mich bewegen. So als könnte ich nur dann denken. Meine Beine kribbeln unruhig und ich gehe auf und ab. Rastlos. Nachdenklich. Ich brauche einen guten Anfang. Eine Art Eröffnung wie beim Schach oder im Gericht. Ich suche nach den passenden Sätzen. Nach Erklärungen. Nach guten Fragen. Aber meine Gedanken sind nicht gradlinig. Sie sind wirr und durcheinander. Ich gehe weiter auf und ab, wie ein Tiger im Käfig, der darauf wartet *endlich* gefüttert zu werden. Okay. Ich werde einfach fragen. Ich werde ihn fragen, wie es ihm geht und dann werde ich ihn fragen, was gestern passiert ist. Ganz einfach. Gerade raus. Ohne –

„Du wolltest mit mir sprechen?“

Ich blinzle und schlucke angestrengt. Fühle mich auf eine seltsame Art ertappt. Ich stehe nur da, mitten auf dem Pier, und kämpfe gegen die Übelkeit. Ich kann ihn das nicht fragen. Ich kann ihm ja noch nicht mal in die Augen sehen. Ich versuche krampfhaft an etwas anderes zu denken, aber die Fragen in meinem Kopf denken nicht daran zu verschwinden. Sie und die Angst laufen in Endlosschleife. Dillens Augen mustern mich wartend, während sich diese Fragen in meinem Kopf als Angstschweiß auf meine Haut legen und ein kalter Schauer ihr den Befehl gibt, sich zusammenzuziehen. Ich spüre meine Brustwarzen hart werden und am Stoff des BHs reiben.

„Was ist? Wolltest du nun mit mir reden oder nicht?“ Er klingt gereizt, was mich irgendwie anmacht. *Was ist nur los mit mir?*

„Ich...“

„Ja?“

„Was... Was ist gestern passiert?“

Er kommt langsam auf mich zu.

„Was denkst du denn, dass passiert ist?“

Da ist es wieder. Dieses Flüstern. Angestrengt. Heiser.

„Ich weiß es nicht, deswegen frage ich dich ja.“

„Du kannst dich wirklich nicht erinnern? An *gar nichts?*“

Oh Gott. Mein Magen verkrampft sich, schillernde Kristalle flirren um Dillens Augen und mein Herz droht mir den Brustkorb zu sprengen.

„Ich mag das Muttermal..."

Ich spüre den fragenden Ausdruck in meinem Gesicht. „Welches Muttermal?"

„Das kleine, das du in der Leiste hast..."

Oh nein. Ich schließe die Augen, so als würde das etwas ändern. Ich wollte Antworten und die habe ich bekommen. Nicht zu fassen. Da warte ich *jahrelang* auf den richtigen Kerl und den richtigen Moment. Auf meinen Mr. Darcy. Und was mache ich? Ich meine, vielleicht war es ja der richtige Mann. Aber es war ganz sicher nicht der richtige Moment. Ich hätte tatsächlich lieber eine *scheußliche* Erinnerung an mein erstes Mal gehabt als *gar keine.*

„War's das?"

Ich öffne die Augen. Ob es das war?! Meine Welt liegt in Trümmern und er fragt *war's das?*

„Wie bitte?", frage ich mit zitternder Stimme.

„Na, willst du noch etwas wissen?"

Ich schlucke die Schimpfworte, die ich ihm an den Kopf werfen will, und räuspere mich.

„Das heißt also, du und ich... wir..." Ich schaue ihn an. Doch er macht keine Anstalten mir die Peinlichkeit zu ersparen. *Okay, Kate. Frag. Frag ihn.*

„Du und ich, *was?"*

„Haben wir verhütet?"

In seinen Augen liegen die Gewitterwolken.

„Du denkst, wir hatten *Sex?"*

„Hatten wir nicht?“

„Das wird dich jetzt vielleicht wundern, aber ich mag meine Frauen bei *Bewusstsein.*“

„Ja... Ich...“

„Ich *ficke* keine Alkoholleichen, Kate.“

Dieser Satz schlägt mir ins Gesicht. Er trifft mich wie eine Faust und ich gehe zu Boden. Dillen geht auf einen alten Dodge zu, der direkt vor dem Restaurant geparkt ist. Ich muss ihn nicht ansehen, um zu wissen, was er von mir denkt.

„Woher weißt du das mit dem Muttermal?“, rufe ich ihm mit zitternder Stimme hinterher.

„Katie, du hast dich vor mir *ausgezogen...*“

Ich schlucke und schließe die Augen, weil ich ihn nicht länger ansehen kann. Während er ein abschätziges Geräusch macht und ich höre, wie er sein Auto aufsperrt, stehe ich nur da und versuche die Tränen so lange hinter meinen Lidern zu verstecken, bis er weg ist. Aber ich kann ihn nicht davon fahren lassen, ohne ihn noch einmal anzusehen. Als ich meine Augen aufmache, spüre ich sie heiß auf meinen Wangen.

Dillen steht regungslos neben der Fahrertür. So als würde ihn etwas davon abhalten, einzusteigen. Er schaut unvermittelt hoch. Als er die Tränen in meinem Gesicht entdeckt, ändert sich sein Blick. Und er trifft mich wie ein Projektil.

„Es ist *nichts* passiert“, sagt er leise. *„Gar nichts.“*

20. Kapitel

Das Brummen neben meinem Ohr reißt mich aus meinen Gedanken und meine Nase aus Dillens Pullover. Ich lese den Namen auf dem Display und atme tief ein. Ein Teil in mir will nicht in die alte Welt zurück. Aber in der neuen habe ich auch nichts verloren. Ich stecke zwischen den Welten. Als wäre ich auf der Durchreise in meinem eigenen Leben. Ich vermisse die alte Welt. Aber es gibt kein Zurück. Vielleicht weil der wichtigste Teil für immer gegangen ist, ohne sich von mir zu verabschieden. Und trotzdem bringe ich es nicht fertig, Michelle schon wieder wegzudrücken. Es ist nicht ihre Schuld, dass ich mich heimatlos fühle. Also trockne ich meine Tränen an Dillens Pulli, räuspere mich und gehe dran.

„Michelle?“

„Katie... *endlich...*“

Ich höre den Vorwurf, auch wenn sie sich Mühe gibt, ihn zu verbergen. Und ich habe ihn verdient. Ich habe mich verhalten wie ein Arschloch. Wenn ein Elternteil stirbt, darf man sich so verhalten. Alle lassen einem plötzlich alles durchgehen. *Für eine Weile.*

„Ich hätte mich melden sollen“, sage ich gleich. „Aber ich...“ Ich seufze und suche nach den richtigen Worten. „Ich konnte nicht.“

„Ich weiß.“

Im Hintergrund höre ich vertraute Geräusche. Das Leben geht einfach ohne mich weiter.

„Wie ist Oceanside?“

„Nicht meine Welt...“

„Und Mrs. MacDougall?“

Ich rieche an Dillens Pullover.

„Ich glaube, wir würden einander gern im Schlaf ersticken...“ Ich höre Michelle grinsen. „Aber das müssen wir verschieben... sie ist übers Wochenende nicht da.“

„Frisches Botox?“

„Nein, Familienausflug zu irgendeiner Tante“, antworte ich lachend.

„Soll das heißen, du bist *allein?* Wieso sagst du nichts?? Ich wäre gekommen?!“

„Ich... das weiß ich... aber Andrew ist da.“

„Wer ist Andrew?“

Einen Moment spiele ich mit dem Gedanken, Michelle alles zu erzählen. Aber ich weiß nicht mal, wie ich anfangen soll. Außerdem würde sie vermutlich der Schlag treffen. Michelle kennt die neue Katie nicht, und ich weiß nicht, ob ich will, dass sie von ihr weiß. Genau genommen will ich selbst nichts von ihr wissen.

„Bist du noch dran?“

„Ja, bin ich... Andrew ist mein Stiefbruder.“

„Und?“

„Was und?“

„Na, wie sieht er aus?“ Die Neugierde flackert in ihrer Stimme.

„Er sieht ganz gut aus..." Das ist untertrieben. Andrew sieht *verdammt* gut aus.

„Also, wenn *du* das sagst, dann muss er echt *toll* aussehen..."

„Wieso interessiert dich das überhaupt? Du hast schließlich einen Freund..."

Schweigen.

„Ist irgendwas mit dir und Nathan?"

„Ist nicht so wichtig..."

„Michelle? Was ist?"

„Es ist nichts. Ehrlich, Katie, mach dir keinen Kopf."

„Worüber soll ich mir keinen Kopf machen?", frage ich und setze mich auf. *„Was* ist passiert?"

„Katie, wir..." Sie seufzt. „Scheiße..." Ich höre, wie sie tief einatmet und die Luft ausstößt. „Wir haben Schluss gemacht."

„Was?!"

Ich sitze auf dem Bett und starre ins Regal, während etwas in mir stirbt. Ich sitze da, wo noch vor ein paar Stunden Dillen gelegen hat. *Schluss?* Das kann nicht sein.

„Wann?"

„Vorgestern..." Ihre Stimme bricht weg und sie räuspert sich. „Es... es hat einfach nicht mehr gestimmt. Es ist besser so."

„Wer hat Schluss gemacht?!?"

„Wir beide."

„Ihr beide?", frage ich verständnislos. Wieso kann nichts bleiben, wie es war. Wieso bricht alles auseinander. „Ihr habt euch also getroffen und seid beide darauf gekommen, dass es keinen Sinn mehr macht?“

„Nein.“ Sie schluckt. „Wir haben uns nur noch gestritten. Andauernd.“

„Aber warum...? Ich meine *weswegen?*“

„Er hatte was mit ner ANDEREN, okay?! Ist es *das,* was du hören wolltest?“

„Er hatte *was?*“ Ich kann nicht denken. Mein Kopf ist leer. „Aber ihr beide... ihr...“

„Ich weiß“, sagt sie und ich höre die Tränen in ihrer Stimme. „Ich wollte es auch nicht glauben.“

„Wer ist es?“

„Was spielt das für eine Rolle, Katie? Es ist aus. Wir haben uns getrennt.“

„Deswegen hast du so oft angerufen.“

„Nein! Also auch, ja... aber natürlich nicht *nur* deswegen, ich wollte auch hören, wie –“

„Es tut mir so leid...“, falle ich ihr ins Wort.

„Mir auch.“

„Kann ich etwas tun?“

„Du kannst mir von *Andrew* erzählen.“

„Okay...“ Ich atme tief ein. „Andrew ist groß und schlank... muskulös... hat kurze dunkelbraune Haare und stechend blaue Augen.“ Ich stelle ihn mir vor. Beim Gedanken an sein Grinsen muss ich lächeln. „Doch, ich denke, er würde dir gefallen.“

„Gefällt er *dir?*“

„Ich... nein! Wie kommst du darauf?!“

„Katie?“

Toll, sie glaubt mir nicht.

„Andrew ist wirklich nicht mein Typ.“

„Ich wusste gar nicht, dass du einen Typ hast?“, sagt sie mit einem Unterton, den ich ignoriere.

„Also, wenn ich einen Typ *hätte,* dann wäre es nicht Andrew, okay?“

„Okay... Und wie alt ist er?“

„22.“

„Oho... Am College?“

„Na ja, im Moment nicht... *mal wieder.*“

„Ein Bad Boy. *Gefällt mir.*“

„Seit wann?“

„Seit *jetzt.*“

Es scheint nicht nur eine neue Kate zu geben.

„Gehst du zum Abschlussball?“

„Keine Ahnung. Nein, vermutlich nicht.“ Weil Dillen mich nie fragen wird.

„Doch, das wirst du. Mit mir. Was denkst du?“

Ich zögere einen Augenblick, dann hole ich tief Luft und sage: „Ich muss dich vorwarnen...“

„Ich höre...“

„Ich... ich habe mich verändert... ich bin nicht mehr die Person, die Wilmington verlassen hat. Und ich meine nicht wegen meinem Dad.“

„Okay.“

„Okay?“, frage ich erstaunt. „Einfach so?“

„Jetzt erzähl mir schon endlich von ihm...“

„Von wem?“, frage ich und schlucke.

„Na, von diesem Nicht-Andrew, von dem du mir nicht erzählen willst... Von dem Typen, der dir nicht aus dem Kopf geht.“

21. Kapitel

Es ist bereits fast ein Uhr morgens, als ich endlich auflege. Ich bin hellwach. Zum ersten Mal seit ich aufgewacht bin. Vielleicht, weil ich endlich mit jemandem reden konnte, ohne die Wahrheit in Watte zu packen.

Ich stecke mein Handy zum Aufladen an den Netzstecker, schalte das Licht aus und lege mich ins Bett. Ich liege nur da. Wach. Nachdenklich. Und weil ich nicht an Dillen denken will, drehe ich mich auf die Seite und starre aus dem offenen Fenster. Ich warte darauf, dass die Dunkelheit mich endlich verschluckt, mich in einen tiefen traumlosen Schlaf reißt.

Die Nacht ist pechschwarz und mondlos und die schwüle Sommerluft liegt als kalter Schweiß auf meiner Haut. Vielleicht sind es aber auch meine Gedanken. Die Luft hängt zäh und heiß in meinem Zimmer. Sie steht still, während sich die Bilder in meinem Kopf im Kreis drehen.

Ich ficke keine Alkoholleichen, Kate. Dieser Satz windet sich in meinem Hirn. Hätte er mit mir geschlafen, wenn ich nicht betrunken gewesen wäre? Oder war er nur hier, *weil* ich so betrunken war? Und warum hat er sich überhaupt um mich gekümmert? Ich meine, er hätte mich doch auch einfach auf dem Steg liegenlassen können? Oder hat das seine Pfadfinder-Ehre nicht zugelassen?

Ich rieche an seinem Pullover und betrachte sein Gesicht. Ja, Dillen wäre der richtige Mann. Der Einzige. Beim Gedanken daran, mit ihm zu schlafen, kribbelt die Gänsehaut meinen Körper entlang. Ich drehe mich auf den Rücken und schließe die Augen. Seine warmen Lippen saugen an meinen, seine Zunge schmeckt süß. Große sanfte Hände gleiten über meinen Körper, über meine erhitzte Haut. Das saugende Pochen in meinem Bauch wird unruhig, so als hätte es das ewige Warten langsam satt. Dillens Haut brennt auf meiner. Sein Brustkorb reibt sanft über meine Brüste. Unser Schweiß vermischt sich. Alles in mir reagiert auf ihn. Mein Herzschlag, mein Atem, meine Brustwarzen, die hart und sensibel werden, das Stöhnen, das meine Lippen verlässt und meine Beine, die sich für ihn spreizen. Sein Becken schiebt sich zwischen meine Schenkel. In der Sekunde, als ich seine Härte spüre, atme ich scharf ein.

Meine Hand gleitet zwischen meine Schenkel. Mit Dillens Duft in der Nase und geschlossenen Augen stelle ich mir vor, meine Finger wären seine, während sie zögernd meine Schamlippen teilen und in heißer Flüssigkeit versinken.

Er bewegt seine Finger, massiert diesen Punkt, der mich fast über die Klippe treibt, mich schwer atmen lässt, Stromstöße durch meinen Körper jagt. Ich will ihn spüren. *Spüren,* wie er in mich eindringt, mich ausfüllt, ausdehnt. Spüren, wie mein Körper sich eng um ihn legt.

Das Atmen wird zum Seufzen, mein Herz hämmert aufgeregt gegen meine Rippen, der Schweiß läuft in Perlen über meine Haut. Es fühlt sich an, als würde ich meinen Körper verlassen, als gäbe es nur noch Millionen von Zellen, die auf die Explosion warten. Ich atme unkontrolliert, meine Muskeln zucken, ich höre mich unvermittelt aufstöhnen, winde mich unter Dillens Fingern, unter seinen Bewegungen. *Oh mein Gott.* Gleich. Jeden Augenblick wird die Welle brechen. Die Erlösung greift nach mir. Sie streckt die Hand aus, berührt mich beinahe, ich atme scharf ein und ersehne den freien Fall – als mich das Piepen des Handys in die Realität zurückkatapultiert und ich orientierungslos die Augen öffne.

Ich bin wie im Rausch. Völlig verwirrt und schwer atmend ziehe ich die Hand aus meinem feuchten Slip und setze mich auf. Schweiß benetzt meine Haut und mein Herz schlägt, als hätte mich jemand auf frischer Tat ertappt. Die Scham steigt rot in meine Wangen, doch sie fällt nicht auf. Mein ohnehin hochroter Kopf und die schützende Dunkelheit verstecken sie. Ich greife nach einem Kleenex und wische mir die Finger ab.

Ich habe mich in meinen Fantasien verloren. Ich war wie in einer anderen Welt. In Trance. Was, wenn mich nicht das *Handy* unterbrochen hätte? Was, wenn es Mrs. MacDougall gewesen wäre? Oder schlimmer noch: *Andrew.*

Ich wische mit einem weiteren Kleenex über mein Gesicht. Der Schweiß wird aufgesaugt, aber neue Perlen warten bereits. Ich greife nach meinem Handy. Auf dem Display entdecke ich eine unbekannte Nummer und eine Nachricht.

Du hast noch meinen Pullover. Dillen

Ich starre auf das Display. Mein Verstand ist noch im Rausch. Er hat Startschwierigkeiten. Und auch mein Körper will nur in die Fantasiewelt zurück. Bei dieser Realität nicht weiter verwunderlich.

Arschloch. Ich schalte die Nachttischlampe ein und schaue mich suchend nach dem Pullover um. Wütend knülle ich ihn zusammen und werfe ihn ans andere Ende des Zimmers. So weit weg wie möglich. *Ihn und diesen Geruch.* Und die Fantasien, die niemals wahr werden. Ich klettere mit dem Handy in der Hand aus dem Bett und gehe zum Fenster hinüber. So als wären meine Gedanken ans Bett gefesselt und könnten mir nicht folgen. Ich schaue durch den Garten, der schwarz und ruhig daliegt, während mein Herz wütend vor sich hin pocht. Ich atme tief ein. Alles ist ruhig. Es ist nichts zu sehen außer ein paar glitzernden Flecken auf der Wasseroberfläche. Ansonsten liegt der Ozean wie ein schlafender Riese hinter den Bäumen. Das entfernte Rauschen der Wellen begleitet die Stille. Ich will mich gerade wieder ins Bett legen, da fällt mein Blick auf den zerknüllten Pullover. *Lass ihn da liegen.*

Als die erste Träne über meine Schläfe kullert, hat mich bereits die Dunkelheit verschluckt. Ich habe nur noch eine Nacht mit diesem Duft. Ich drehe mich auf die andere Seite, weg von dem Pulli, der wie ein winselnder Welpe an meiner Zimmertür kauert. Ich will es nicht tun. Aber ich *kann* nicht anders.

Mit Dillens Duft in der Nase und schweren Tränen, die in seinem Pullover versickern, schließt mich der Schlaf eine knappe Stunde später endlich in seine rettenden Arme.

22. Kapitel

Die schwarzen Wolken rollen über uns hinweg. Mein Top klebt klamm an meinem Körper. Diese Hitze ist kaum *auszuhalten.* Als ich auf dem Parkplatz vor der Schule ankomme, fallen dann die ersten Tropfen. *Endlich.* Sie platschen auf die Frontscheibe und laufen träge an ihr hinunter.

Ich parke gerade den Wagen und ziehe den Schlüssel ab, als die Wolken brechen. Sie reißen auf und ergießen sich auf die staubtrockene Erde. Einen Augenblick bleibe ich im Pickup sitzen und beobachte, wie das Wasser in Strömen über die Scheibe läuft und sich in kleinen Flüssen über den Boden schiebt. Das prasselnde Geräusch auf dem Dach ist ohrenbetäubend. Der Regen hat gewartet und jetzt will er raus.

Ich suche nach etwas, das ich mir über den Kopf halten kann und finde eine alte Papiertüte. *Okay. Dann mal los.* Ich öffne die Tür, halte mir die Tüte über den Kopf und springe in die Sintflut. Als ich die Tür zuwerfe, rutscht mir der Schlüssel durch die nassen Finger und fällt zu Boden. Ich fische ihn fluchend aus der Pfütze und sperre ab, dann renne ich in Richtung Eingang.

Als ich ankomme, bin ich klatschnass und die Tüte reißt in meinen Händen. Ich stehe tropfend unter dem Vordach, so wie Strandgut, das an Land gespült wurde. Das Wasser läuft zwischen meinen Brüsten hinunter. Ich zupfe an meinem weißen Shirt herum, als würde es das weniger durchsichtig machen.

„Katie. Hi."

Ich drehe mich um. Die Haare kleben strähnig in seinem Gesicht. Einzelne Tropfen hängen in seinen langen Wimpern und rollen wie Tränen über seine Wangen. Sein Mund glänzt nass. Der Stoff seines weißen T-Shirt und der Jeans haben sich an seiner Haut festgesaugt und meine Knie werden bei diesem Anblick zu Fremdkörpern. So als würde ich sie gerade zum ersten Mal benutzen. Ich atme, als wäre ich nicht nur ein paar Meter, sondern einen Marathon gerannt, und mein Herz klopft so aufgeregt, dass sein Schlag meine Brüste vibrieren lässt. Es schlägt mir bis zum Hals und noch weiter.

„Hast du den Pulli?" Er streicht sich die Haare aus dem Gesicht.

„Den Pulli?"

„Ja, den Pulli."

„Im Auto", sage ich knapp. „Ich habe ihn im Auto vergessen."

Dillen sieht mich nur an. Wartend.

„Das ist nicht dein Ernst", sage ich, doch sein Ausdruck bleibt dunkel und undurchdringlich.

„Was denn? Brauchst du ihn denn unbedingt *jetzt?*"

„Halt mich für komisch, aber ich hätte nichts gegen was *Trockenes* zum Anziehen."

„Da bist du nicht der Einzige", flüstere ich durch gefletschte Zähne.

Ich werfe die durchnässte Tüte kopfschüttelnd in den Mülleimer und ein abschätziges Lächeln überspielt die Wut in meinem Bauch. Mein Blick sucht nach dem Pickup und findet ihn nicht. Da ist nur Regen. Regen, der wie ein Wasserfall aus den Wolken bricht. Es peitscht wütend auf den Boden. Der Wind wirbelt Blätter durch die Luft und treibt mir die Gänsehaut über den Körper.

„Weißt du was, Dillen?" Ich drehe mich zu ihm um. „Du bekommst ihn später." Ich verschränke die Arme vor der Brust. „Außer natürlich, du willst ihn dir selbst holen." Ich strecke ihm die Schlüssel entgegen.

„Was soll das?"

„Wieso sollte *ich* ihn holen? Immerhin hast *du* ihn bei mir vergessen."

„Ja, als ich dich *nach Hause* gebracht habe."

„Stimmt, warum eigentlich?"

„Was!?" In seiner Stimme vibriert die Wut.

„Du hättest mich einfach liegenlassen können... du hättest zu *Kim* zurückgehen können... Sie *ficken* können. Ich meine, *sie* war doch bei Bewusstsein." Meine Augen fordern ihn heraus. „Keiner hat dich dazu gezwungen, dich um mich zu kümmern... Warum also? Warum hast du es getan?"

„Du bist einfach unglaublich." Dillen schüttelt abschätzig den Kopf und streicht sich die Haare aus der Stirn.

„*Warum* Dillen?"

„Warum was?!“ Er kommt einen Schritt näher und baut sich vor mir auf.

„Warum hast du mich nach Hause gebracht?“

„Was willst du von mir?“, brüllt er und die Wut brennt in seinen Augen. Anspannung. Funken. Jeder Muskel in seinem Körper arbeitet. Und seine Fassade bröckelt. So als würde ich ihn zum ersten Mal wirklich sehen.

„Sag mir, warum – “

„WARUM, WARUM?“ Er packt mich an den Oberarmen. Sein nasses T-Shirt reibt über meine Brüste. „ICH HABE ES GETAN. OKAY?“

„Aber warum...?“

„Du. Machst. Mich. Wahnsinnig.“ Es ist wieder dieses heisere Flüstern. Dieses Flüstern, das mich hart schlucken lässt und mir die Gänsehaut über den Rücken treibt. Sein feuchter Atem trifft mein Gesicht und sein nasser Körper presst sich an meinen. Ich spüre seinen rasenden Herzschlag, seine Wärme, die Reibung seiner Brust, jeden Atemzug, jeden einzelnen Muskel. Mein Blick fällt auf seine Lippen. Diesen Mund, der mich anzieht, mich um den Verstand bringt. Ich atme flach, mein Herz hämmert gegen meine Rippen, meine Knie sind weich und meine Muskeln angespannt. Verkrampft.

Dillen schließt einen Moment die Augen und eine Falte legt sich zwischen seine Brauen. So als würde er mit sich kämpfen. Ich spüre, wie er mich von sich schiebt, versucht mich wegzudrücken. Die Vernunft kommt zurück. Ich spüre die Fassade und den undurchdringlichen Blick. Dann sieht er mich an.

Das Knistern pocht in meinem Bauch und zwischen unseren Körpern. Das dunkle Blau seiner Augen vermischt sich mit dem grünen Schleier. Da ist nichts mehr. Nur der Donner, der weit entfernt in den Wolken grollt, der Platzregen, der wie eine Naturgewalt über uns hinwegzieht, und mein Herzschlag, der wie ein Gefühlsgewitter in mir tobt. Dillens Körper zittert, sein Atem geht flach und unruhig. Er lässt meine Arme los. Jeden Moment wird es vorbei sein. So wie die Fantasien, die nie wahr werden.

„Fuck, Katie."

Dann packt er mich und zieht mich an sich. Seine Arme halten mich fest, seine großen Hände vergraben sich in meinen Haaren, seine Zunge teilt meine Lippen, nimmt mich ein. Das Kribbeln jagt durch meinen Körper, peitscht das Pochen in jede Zelle, wie Millionen winziger Explosionen. Ohne seine Arme würde ich fallen. Meine Beine halten mich nicht mehr, mein Verstand gibt auf, gibt sich hin, ertrinkt in seinem Mund, in diesem Kuss, der mir das Adrenalin durch die Adern treibt. In diesem Augenblick gibt mein Leben wieder Sinn. *Dillen* gibt ihm Sinn.

23. Kapitel

Die Welt steht still. Mein Leben hat angehalten. Und trotzdem habe ich mich nie lebendiger gefühlt als in diesem Kuss. Seine Lippen, die an meinen saugen, seine Hände, die mich noch fester an ihn ziehen, die Härte seines Körpers an meinem. Sein rasender Herzschlag, den ich an meinen Brüsten spüre. Das Pochen zwischen meinen Beinen und unser Atem, der sich feucht vermischt.

Dillen zu spüren, seine Erregung an meinem Bauch, dieses elektrische Knistern, das mich mit einer Wucht trifft, die mich zittern lässt. Ich spüre nicht mehr, wie kalt mir ist, höre keinen Donner mehr, keinen Regen. Alles um mich herum wird bedeutungslos. Es gibt nur diesen Moment.

Seine Lippen lösen sich von meinen und er drückt mich weg. Schwer atmend, keuchend. Ich blinzle orientierungslos. Außer Atem. Ich suche seine Augen und finde für den Bruchteil einer Sekunde einen Blick, der sich wie eine Faust um mein Herz legt. Dann ist er weg. Dillen mag noch nach Luft ringen, doch seine Fassung hat er wieder.

„Das war ein Fehler."

„*Was?!* ... Warum?!"

„Katie... das mit uns... das wird nie passieren."

Mit diesem Satz bricht er mein Herz in tausend Stücke und lässt mich in der Kälte zurück.

...

Mein Brustkorb bebt, die Tränen fließen wie der Regen draußen fällt und die Kälte der nassen Kleidung hat meine Knochen erreicht. Ich friere und ersticke das Schluchzen in meiner Armbeuge.

„Kate, richtig?“

Eine besorgte Stimme lässt mich erschrocken aufschauen. *Verdammt, ich will allein sein.* Die Leere bekämpfen, die sich mit aller Macht in mir breit macht. Ich versuche mit den Augen so abweisend zu schauen, dass ich es nicht aussprechen muss. Ohne Erfolg.

„Ich bin Josh... wir... wir haben zusammen Geschichte.“ Er sucht etwas in seiner Tasche und reicht mir wenig später ein Kleenex. „Hier...“

Ich nehme es und versuche zu lächeln. „D-d-danke.“

Das Beben in meiner Brust ebbt ab, so als hätte ich keine Kraft mehr. Vielleicht liegt es aber auch an Josh. Vielleicht will ich lieber erst etwas später zusammenbrechen. *Wenn mir niemand dabei zusieht.*

„Du bist nicht die Erste, die auf ihn reinfällt...“ Josh legt den Kopf schräg und sieht mich von der Seite an. „Dillen... er... er macht das mit jeder so...“

Alles in mir zieht sich zusammen. Ich spüre, wie die Muskeln sich verkrampfen und meine Atmung sich beschleunigt. Wie die Hitze in meine Wangen steigt. Die Unterhaltung zwischen Kim und Em schießt mir wie ein Pfeil durch den Kopf und hinterlässt einen stechenden Schmerz. Der Kloß in meinem Hals schwillt wieder an.

„Du hast uns gesehen?“ Meine Stimme bricht weg und immer neue Tränen laufen heiß über meine Wangen.

„Also, ich habe euch nicht beobachtet, falls du das denkst... ich wollte nur...“ Er seufzt. „Tut mir leid.“

Mein Blick fällt peinlich berührt zu Boden. Zu meiner Hoffnung, die in Scherben liegt. Ich spüre Joshs warme Hand auf meiner Schulter.

„Katie... Dillen ist ein *Wichser...*“ Ich will gerade protestieren, da hebt er entschuldigend die Hände. „Ich weiß, ich weiß, das willst du nicht hören, aber es ist die *Wahrheit.*“

Ich sehe Dillens markantes Gesicht vor mir, diese unwahrscheinlich blauen Augen mit dem grünen Schleier, hinter denen er im Verborgenen die Gedanken wälzt. Ich kann es nicht glauben. Etwas an Dillen lässt mich nicht los.

„Ich weiß, was du denkst... *was weiß der schon...*“ Josh zuckt mit den Schultern. „Aber *bitte* lass dich nicht von seinem Aussehen täuschen...“

„Das tue ich nicht.“

„Doch, Katie, das tust du, und *hey,* ich verstehe dich, *ehrlich...*“ Er schaut mir tief in die Augen. „Ich kenne diesen Blick...“

„Welchen Blick?“

Vor ein paar Minuten glaubte ich noch zu schweben. Ich dachte, ich wäre wieder bei mir angekommen. Die flüchtigen Sekunden in Dillens

Armen haben mich den Schmerz vergessen lassen. Die Einsamkeit. Und die Realität.

„Genau *den*... Diese Sehnsucht..."

Mein Blick findet Joshs Augen. Ich habe den Schmerz vergessen, mich in Gedanken versteckt, in denen mein Leben eine völlig andere Wendung genommen hat.

„Willst du wissen, woher ich den Blick kenne?"

Ohne weiter darüber nachzudenken, nicke ich. Josh atmet tief ein.

„Monica und ich waren über eineinhalb Jahre zusammen..." Er schluckt und befeuchtet sich die Lippen. „Sie ist... bildhübsch, sehr intelligent... so wie du."

Einen Moment schaue ich verlegen zu Boden.

„Vor drei Monaten habe ich sie dann auf einer Party mit Dillen im Bett erwischt."

Er schüttelt den Kopf und schließt die Augen, auf seinen Lippen ein schmerzliches Lächeln.

„Ich habe sie *geliebt.*" Er sieht mich an. „Für Dillen war es nur ne schnelle Nummer." In seinen eisblauen Augen schimmern Tränen.

Ich will ihm nicht glauben. Ich will weiter daran glauben, dass sich unter Dillens harter, gleichgültiger Schale etwas Sanftes verbirgt. Etwas, das er nicht zeigen kann. Dass er diese Fassade braucht – aus welchem Grund auch immer. Dillen hat mich nach Hause gebracht. Er hat sich um mich *gekümmert.* Zumindest denke ich das. Er hätte die Situation auch ausnutzen können, *aber das hat er nicht.* Dann fällt mein Blick wieder auf Joshs glasige Augen, und es fällt mir schwer ihm *nicht* zu glauben. Entweder ist er ein wirklich verdammt guter Schauspieler, oder er sagt die Wahrheit.

„Das..." Ich räuspere mich. „Das tut mir leid."

„Ja, mir auch." Er mustert mich ernst. „Du musst wissen, was du tust, Katie, und hey, es geht mich wirklich *nichts* an." Um seine Mundwinkel legt sich ein schüchternes Lächeln. „Ich wollte dich nur warnen..." Seine Augen leuchten mir entgegen. „... irgendjemand muss dir doch sagen, worauf du dich da einlässt... auch, wenn das bedeutet, dass ich die Illusion zerstöre und deswegen wie ein Arsch dastehe..." Als ich Luft hole, um etwas zu sagen, schüttelt er den Kopf. „Katie, ich nehme das gerne in Kauf, wenn das bedeutet, dass er dir dann nicht wehtut."

Mit diesem Satz lächelt er, zwinkert mir zu und verschwindet.

24. Kapitel

Der Regen hat nachgelassen und die Sonne durchbricht die dunkelgrauen Wolken, die wie ein Felsmassiv im Himmel stehen. Sie kämpft sich durch die Lücken. Ihr warmes Licht schimmert in den Regentropfen und hinter ihr liegt der blaue Himmel, als würde er mir zuflüstern, dass alles gut wird.

Ich steige in den Pickup – und da liegt er. Ich greife danach. Sein Duft strömt mir in die Nase und ich schmecke wieder diesen Kuss, der so weit weg erscheint, als hätte es ihn nie gegeben. So als wäre er ein weiterer seltsamer Traum dieser neuen fremden Kate.

„Carolina... hey!"

Greg grinst mich frech an und winkt mir zu.

„Greg, hi."

„Alles okay? Du... du siehst traurig aus."

Ich schlucke.

„Alles gut...", lüge ich. „Was gibt's?"

„Ich hoffe, es war okay, dass ich Dillen deine Nummer gegeben habe..."

„Ach so, ja sicher... er hatte mir seinen Pulli geliehen und wollte ihn zurück..."

„Seinen Pulli? Wann?"

„Ach, bei deiner Party..."

Ich schaue kurz zu dem blauen Bündel, das unschuldig neben mir liegt. Ein Teil in mir bricht in Tränen aus, doch es macht keinen Sinn, sich an etwas zu klammern, das nur in meinem Kopf existiert. Das in meiner Fantasie so gut ist, es aber nie in die Realität schaffen wird.

„Kannst du ihm vielleicht den Pullover geben? Ich habe Dillen nicht gefunden und ich muss wirklich los..."

Der Kloß drückt gegen meine Stimmbänder.

„Klar..." Er nimmt mir den Pulli aus der Hand und es fühlt sich so an, als würde er mir das Herz aus der Brust reißen. „Mach ich..."

„Wir sehen uns, Greg..."

„Carolina?"

„Hm?"

„Wenn ich was für dich tun kann..."

Ein Lächeln schleicht sich auf meine Lippen.

„Danke, Greg... das weiß ich zu schätzen."

...

Ich parke den Pickup am Pier. Mein Blick wandert über die seltsam triste Landschaft, die sonst in allen Farben schillert. Der Strand ist ungewohnt unordentlich mit all den Ästen und Blättern, die verstreut herumliegen.

Ich steige aus und gehe hinunter. Meine Füße hinterlassen tiefe Spuren im schweren nassen Sand. Ich ziehe den Block aus meiner Tasche und schlage das Deckblatt um. Dillens Augen mustern mich.

Düstere Gedanken liegen wie Nebel in ihren Tiefen. Um seine Lippen liegt dieses winzige Lächeln, das es nicht bis in seine Augen schafft. Vielleicht stimmt es ja und Dillen ist ein Arsch. Im Grunde weiß ich, dass es so ist. Ich rede mir ein, dass er sich um mich gekümmert hat, aber *wissen* tue ich das nicht. Ich erinnere mich an gar nichts. Da ist nur noch der Steg und dann das üble Erwachen. Und die Hoffnung, dass er doch mehr für mich empfindet, als er zeigen kann. Diese naive Hoffnung, dass dieser Kuss mehr war als eine Kurzschlusshandlung. Dass seine Lippen auf meinen nicht gelogen waren.

„Katie? Hi..."

Als ich sein Gesicht sehe, klappe ich den Block schnell zu und verstaue ihn in meiner Tasche. Ich stelle mich an wie der erste Mensch. Und das nur, weil ich mich ertappt fühle. Als ginge es Josh etwas an, wen ich zeichne. Ich schaue ihn an. Entweder hat er das Bild nicht gesehen, oder aber er ist klug genug, es nicht zu erwähnen.

„Hi Josh..."

Der Wind zerzaust sein hellbraunes Haar, die Hände hat er tief in den Taschen vergraben. Sein Lächeln ist makellos und seine Augen strahlen mich aus dichten hellen Wimpern an.

„Ist dir nicht kalt?"

„Nein, es geht...", sage ich und ignoriere die Gänsehaut, die emsig über meinen Körper kriecht.

„Darf ich mich zu dir setzen?"

„Natürlich..." Ich zeige auf den Sand. „Aber es ist nass..."

„Das ist mir egal..."

Eine Weile sitzen wir nur da und schweigen. Wir schauen auf die Brandung, die sich wütend an Land wirft, und beobachten die schweren grauen Wolken, die sich wie Wellen über den Himmel wälzen.

„Es tut mir leid, wenn ich dir heute Morgen zu nahe getreten bin..."

Ich schaue zu ihm hinüber.

„Das bist du nicht."

„Doch, das bin ich..." Er sieht mich an. „Es geht mich nichts an, was du tust... ich..." Er wischt sich die Haare aus dem Gesicht. „Es ist manchmal einfach hart, dabei zuzusehen, wie die tollsten Mädchen auf die übelsten Typen reinfallen... Ich meine, gegen jemanden wie Dillen hat einer wie ich doch keine Chance..."

Ich betrachte Joshs Gesicht. Er ist weniger kantig, weniger markant. Seine Wangen sind voller und sein Kiefer kindlicher, aber er sieht gut aus. Wache Augen, volle Lippen, eine gerade Nase. Sein Blick ist nicht so tief, aber das gilt für die meisten Menschen.

Man sieht ihm den Reichtum an. Die guten Schulen, die teure Kleidung. Alles an ihm schreit nach Geld. Er sieht aus, als wäre er auf dem Weg zu seinem Boot oder zu den Pferdeställen.

„Was ist? Warum siehst du mich so an?"

„Nur so...", antworte ich und schaue weg.

„Weißt du, wenn er Kim das Herz bricht, ist das eine Sache, aber du..." Er legt seine warme Hand auf meinen Arm. „Du bist einfach so... so *unschuldig*... irgendwie zerbrechlich."

Eigentlich will ich ihn nicht ansehen, aber ich kann nicht anders. Meine Augen entscheiden ohne mich.

„Josh, ich..."

„Oh nein, ich tue es schon wieder, richtig? Ich mische mich schon wieder ein..." Er schüttelt den Kopf und seufzt. „Wird nicht mehr vorkommen, Katie, ehrlich."

Ich suche angestrengt nach irgendeiner guten Ausrede, warum ich dringend weg muss, aber mir will keine einfallen.

„Ich...", stammle ich. *Los, komm schon, Kate, sag etwas und verabschiede dich.* „Ich sollte dann mal los."

„Ich habe etwas Falsches gesagt, richtig?"

„Nein, das ist es nicht", lüge ich. „Ich..."

„Und wenn ich verspreche, nichts mehr über Dillen zu sagen", fällt er mir ins Wort. „Und mich nicht mehr einzumischen? Bleibst du dann noch ein bisschen?"

Ich versuche in seinen eisblauen Augen zu lesen, aber sie sind glatt, und ich komme nicht über die Oberfläche hinaus.

„Bitte..."

25. Kapitel

„Ja, das kenne ich... ein wirklich gutes Buch. Wie bist du darauf gekommen?"

Die Sonne geht bereits unter und taucht den Horizont in dramatische Farben.

„Mein Dad hat es mir geschenkt."

„Ernsthaft?", fragt er erstaunt. „Okay... Wow, das hätte ich Brian gar nicht zugetraut."

„Brian ist nicht..." Ich schlucke und schüttle den Kopf. „Er ist nicht mein Vater."

„Moment... Dann bist du *Lauras* Tochter?"

„Sie ist meine leibliche Mutter, ja."

„Du willst nicht darüber sprechen", stellt Josh fest und sieht mir in die Augen.

„Nein, nicht wirklich."

„Okay, dann reden wir über etwas anderes."

Eigentlich ist mir gar nicht mehr nach Reden zumute. Wir reden seit Stunden, und außerdem ist es spät. Und auch, wenn ich nicht in die Festung will, irgendwann *muss* ich etwas essen.

„War das etwa gerade dein Magen?"

„Ich... ja." Ich rapple mich auf und greife nach meiner Tasche. „Ich habe Hunger."

„Das hört man..." Er steht auf und greift nach meiner Hand. „Komm schon... ich hab eine Idee."

...

„Das ist das beste Fisch-Restaurant der Stadt... wir sind Stammgäste..."

„Nein, lieber nicht..."

„Was ist? Magst du keinen Fisch?"

„Das ist es nicht..."

„Was dann?"

In seinen Augen schimmert die Enttäuschung.

„Es ist nur ein Abendessen..."

Ich seufze. „Na gut, aber danach muss ich gleich los..."

Er hält noch immer meine Hand, als er mich hinter sich in das Lokal zieht. Ein Ober mit dunklen Haaren, schwarzer Anzughose und einem tadellosen schneeweißen Hemd nimmt uns in Empfang. Er ignoriert meinen unpassenden Aufzug und lächelt.

„Mr. Goldbloom, schön Sie zu sehen..." Er nimmt ihm die Jacke ab. „Den üblichen Tisch?"

„Ist einer an der Seeseite frei?"

„Selbstverständlich."

Er macht einen Diener und bringt uns zu einem Tisch mit Meerblick.

„Ihr Kellner wird gleich bei Ihnen sein."

„Danke, Peter."

„Sir."

„Schöner Ausblick, nicht wahr?"

Meine Augen folgen seiner Hand. Das tosende Meer liegt brodelnd unter uns. Es ist pechschwarz und unheimlich. Ich betrachte die Dunkelheit, die mich unerbittlich ansieht und durchschaue mich. *Oh Gott.* Ich mache das *absichtlich.* Ich wusste, wie das ausgehen könnte. Ich habe Josh meine Hand halten lassen und sie *nicht* weggezogen. Ich habe zugesagt, obwohl ich wusste, was das bedeuten könnte. *Ich spiele Spielchen.* Und das schnürt mir die Luft ab. Weil ich nie so war. Andererseits habe ich auch noch nie so etwas empfunden.

Ich lege mir gerade eine Ausrede zurecht und schiebe meinen Stuhl ein Stück zurück, als ich ihn im Augenwinkel sehe und zusammenzucke. *Dillen.*

Das Unbehagen ist tatsächlich noch größer als mein Hunger. Es vertreibt jedes Gefühl, und alles, was übrig bleibt, ist der Fluchtinstinkt. Mein Herz schlägt zu schnell und zu laut und beim Anblick seiner Lippen höre ich mich hart schlucken. Ich wusste, dass das passieren könnte. Ich wusste, dass er hier arbeitet. Aber ich wusste nicht, wie es sich anfühlen würde. Meine noch kühle Haut zieht sich bei dieser Erkenntnis zusammen und es läuft mir eisig über den Rücken. Ich betrachte sein Gesicht, diesen Blick, den ich ganz tief in meinem Bauch spüre.

Unsichtbare Funken sprühen. Die Luft knistert elektrisiert. Dillens Gesicht zeigt keinerlei Regung, doch in den Tiefen seiner Augen schimmert etwas. Es ist nur ein Hauch, ein winziger Anflug. Und ich kann nicht sagen, wovon.

„Mr. Goldbloom."

Dillen reicht Josh die Weinkarte.

„Wir haben auch heute wieder eine erlesene Auswahl fangfrischer Spezialitäten für unsere Gäste zusammengestellt."

Mir wird schlecht. In meinem leeren Magen sammelt sich die Säure und stößt mir auf. Ich höre nicht mehr, was Dillen sagt. Ich will mich nur in Luft auflösen, im Boden versinken. Was habe ich mir nur dabei gedacht? Ich gehöre nicht in Joshs Welt. Und ich passe nur dann in dieses Lokal, wenn ich die Toiletten putze. Aber sicher nicht an diesen Tisch. Nicht zu Josh und nicht in dieses Restaurant.

„Und für Sie, Miss?"

Miss? Heute Morgen hat er mich noch geküsst. Es war nicht einmal eine Minute, aber dieser flüchtige Augenblick hat gereicht. Er hat alles geändert. Eine Tür aufgestoßen und mich einen Blick darauf werfen lassen, was *möglich* wäre. Wie meine Zukunft aussehen könnte. Wie sie sich anfühlen könnte. Seine Lippen auf meinen haben etwas in mir zum Leben erweckt.

„Katie?"

Ich will etwas sagen, doch meine Stimme bricht weg. Sie versteckt sich vor diesem Augenblick der Hölle. Meine Hände zittern und mein Puls steigt mir zu Kopf.

„Katie?"

Josh legt seine Hand auf meine. Auf den ersten Blick eine unbedachte Berührung. Spontan und ohne Hintergedanken. Auf den zweiten besteht sie aus nichts anderem. Der Augenblick ist zu perfekt. Die Bewegung zu berechnend. Ich frage mich, wie oft

Josh das bereits gemacht hat. Bei wie vielen Mädchen. Und wie oft er damit schon landen konnte. Dillens Augen streifen unsere Hände, diese liebevolle Geste, die so nicht gemeint ist. Zumindest nicht von mir.

„Vielleicht erst mal ein Wasser und etwas Brot mit Kräuterbutter, was meinst du?"

„Wasser..." Ich räuspere mich. „Gerne..."

Dillen nickt kurz und wendet sich ab. Und für den Bruchteil einer Sekunde sehe ich, wie seine Kiefermuskeln hervortreten. Als er verschwunden ist, ziehe ich meine Hand unter Joshs hervor.

„Was sollte das?"

„Was sollte was?", fragt er und lächelt sein jungenhaftes Lächeln. „Was meinst du?"

„Na, das gerade eben... *das mit der Hand.*"

„Ich habe keine Ahnung, wovon du sprichst."

„Komm schon, Josh, hör auf... du hast eben meine Hand genommen..."

Er will gerade etwas entgegnen, als uns Dillen frisches Brot, kleine Schälchen mit hausgemachter Kräuterbutter und eine große Flasche Wasser an den Tisch bringt.

„Darf ich Ihnen Wasser einschenken?"

Josh nickt nur, ohne ihn anzusehen, und macht eine herablassende Handbewegung in Richtung eines der Wassergläser. Etwas in mir will aufstehen und gehen, der Rest hat Hunger und will keine Szene machen. Ich kenne mich so nicht.

Das eigentliche Problem ist aber, dass ich nicht einmal weiß, was genau ich mir erhoffe. Ich weiß mehr denn je, dass ich Dillen will. Ich sitze neben dem falschen Kerl, aber der richtige will nicht, dass ich an seiner Seite stehe. Und deswegen sitze ich neben Josh. Er mag falsch sein, aber er ist da. Und er stößt mich nicht weg. Ganz im Gegenteil.

Ich will Dillen nicht ansehen, aber meine Augen tun es trotzdem. Sie beobachten jede seiner Bewegungen. Ich habe Durst. *Schrecklichen* Durst. Aber nicht auf das klare kalte Wasser, das Dillen in diesem Augenblick in mein Glas füllt, sondern auf seine Lippen. Diesen Mund, der meine Welt angehalten und meine Fantasien beflügelt hat. Der meinen Verstand schachmatt gesetzt und mir einen neuen Weg eröffnet hat. Diese Gedanken legen sich trocken auf meine Zunge. Wie Staub.

„Möchten Sie bestellen?“

„Ich möchte nur eine Vorspeise“, sage ich mit überraschend fester Stimme.

Josh sieht mich erstaunt an.

„Bist du sicher?“

„Ich will wirklich nur eine *Kleinigkeit.*“

„Dann nehmen wir ein Mal die Grillplatte für zwei.“

Die Tatsache, dass er es *wagt,* für mich mit zu bestellen, beschleunigt meinen Atem. Mein Herz schwillt an und presst sich gegen meine Lungen, die sich heben und senken, als wäre ich gelaufen. Um mein Leben, wenn nicht weiter. Ich spüre Dillens Blick, aber ich kann ihm nicht in die Augen sehen.

Nicht mit dieser Wut und dem ohrenbetäubenden Pochen im Bauch, und nicht mit diesen Gedanken.

„Das wäre dann alles“, sagt Josh angespannt. Er klingt, als würde er mit einem ungezogenen Hund sprechen. Oder einem Bediensteten, der an seinen Platz in der Hierarchie erinnert werden muss. „Danke.“

26. Kapitel

Während wir schweigend auf die Rechnung warten, fällt mein Blick ein weiteres Mal auf ein Paar am Nachbartisch. Ich merke erst, dass ich sie schon wieder anstarre, als sie erneut meinen Blick kurz erwidert und ich peinlich berührt in meinen Schoß starre.

Sie ist vielleicht zwei, drei Jahre älter als ich. Kurzer Pixie-Haarschnitt, große Augen. Sie schaut kritisch und ernst, da ist nichts Sentimentales, kein Lächeln. Nur ein wunderschönes Gesicht mit tiefen Augen und schweren Gedanken. Sie trägt diesen Blick wie eine Uniform. Eine Rebellin.

An irgendjemanden erinnert sie mich, aber mir fällt nicht ein, an wen. Ihre ebenmäßigen Züge, die schmalen geschwungenen Brauen, die sanften Lippen und die ausdrucksstarken Augen. Ihr Blick, ein Schutzschild. Eine Mischung aus abweisend und verletzlich. Ich kann nicht sagen, ob sie *wirklich* so tough ist, oder ob sie nur so tut. Ist es Fassade? Ihr Weg, die Menschen auf Abstand zu halten? So wie ich mit meinem Schweigen?

Ihr Blick trifft mich wie eine Faust, als sie mich erneut beim Starren erwischt. Ich will wegsehen, aber irgendetwas an ihr lässt mich nicht los. Sie ist der erste Mensch in Oceanside, der aus dem Raster fällt. Neben Dillen.

Der Mann, der ihr lässig gegenüber sitzt, passt perfekt ins Bild. Der *Bad Boy*. Ich verstehe gut, was sie an ihm findet. Er strahlt diese Stärke aus, und gleichzeitig fühlt er sich nicht bedroht von einer Frau, die ihm ebenbürtig ist. Man sieht, dass sie zusammen gehören. So als hätte man sie für ein Shooting gecastet. Fast unwirklich.

Ich frage mich noch immer, an wen sie mich erinnert, als ihr Begleiter etwas sagt, das ihr ernstes Gesicht in der Mitte bricht und sie unvermittelt lächeln lässt. Dieser Anblick legt sich direkt auf meine Mundwinkel. Und zum ersten Mal an diesem Abend habe ich Hoffnung. Vielleicht werde ich auch mal so sein. So unabhängig. Ein bisschen rebellisch. Sie sieht zu mir hinüber und lächelt. Am liebsten würde ich aufstehen und mich zu den beiden an den Tisch setzen. Stattdessen lächle ich einfach zurück.

„Soll ich dich nach Hause fahren, Katie?“

Joshs Stimme drängt sich in meinen Kopf und holt mich in mein Leben zurück.

„Nicht nötig, danke...“

„Bist du sicher? Es macht mir nichts aus...“

„Mein Pickup steht vor der Tür.“

„Verstehe.“ Sein nachdenklicher Blick liegt laut zwischen uns. „Das mit vorhin...“

„Was meinst du?“

„Als ich deine Hand genommen habe...“

„Ja?“

„Ich habe nicht nachgedacht...“

„Das glaube ich dir nicht, Josh“, sage ich ruhig und schaue ihm fest in die Augen.

„Die Rechnung, Mr. Goldbloom.“

Joshs Blick haftet an meinem und springt zwischen meinen Augen hin und her. Ohne nachzusehen, was der Abend ihn kostet, wirft er eine Kreditkarte auf das silberne Tablett.

„Hier...“

Dillen verschwindet wortlos.

„Kein Trinkgeld!?“ Ich kann den abschätzigen Unterton nur schwer verbergen.

„Das wäre herablassend, denkst du nicht?“

„Herablassend?“

Ich stehe kopfschüttelnd auf und schlüpfe in meine Strickjacke. Ich spüre den galoppierenden Herzschlag und diesen fassungslosen Ausdruck, der mein Gesicht versteinert. Die Wut, die mich flutet. Meine Hände ballen sich zu Fäusten und die Fassungslosigkeit verschlägt mir die Sprache. Bloß raus hier.

„Katie...“

Meine Stimme lässt mich im Stich, aber meine Beine folgen dem Fluchtinstinkt.

„Katie... warte...“

•••

Ich knalle gerade die Fahrertür zu, als er aus dem Lokal stürmt und auf mich zuläuft.

„Ich habe ihm *deinetwegen* kein Trinkgeld gegeben, okay?“, schreit er.

„Meinetwegen?!“

Ich kurble das Fenster runter und lasse den Motor an.

„Warum bitte meinetwegen?“

„Warum? Na, wegen heute Morgen...“ Josh sieht betreten zu Boden. „Wie kannst du ihn verteidigen? Er... er hat dir das Herz gebrochen...“

Die Wut ebbt ab, so als hätte sie ein Ventil gefunden. Seine eisblauen Augen tasten sich langsam wieder hoch.

„Er hat dir wehgetan, Katie... deswegen habe ich dich ins *La Mer* eingeladen... deswegen habe ich auch deine Hand genommen... und deswegen habe ich ihm kein Trinkgeld gegeben...“

„Aber warum? Warum das alles, Josh?“

„Ganz einfach, weil ich dich mag...“ Er sieht mich von unten an. „Wenn du sauer auf mich sein willst, dann sei sauer, Katie... aber ich werde mich nicht dafür entschuldigen, wie ich mich verhalten habe...“ Er lächelt und zuckt mit den Schultern. „Ich könnte jetzt sagen, dass es ein Fehler war, aber das wäre gelogen. Ich würde es immer wieder so machen...“

Ich weiß nicht, ob ich ihm glaube, weil ich ihm glauben will, oder weil ich ihm tatsächlich glaube. Vielleicht ist es ein bisschen von beidem.

„Okay.“

„Okay?“, fragt er grinsend.

„Okay...“

„Dann sehen wir uns morgen?“

Ich nicke.

„Dann gute Nacht, Katie..."

„Gute Nacht, Josh... und danke..."

Er zwinkert mir zu und ich sehe ihm nach, bis die Dunkelheit ihn schließlich verschluckt.

27. Kapitel

Es ist schon nach zehn und ich sehe bereits, wie Mrs. MacDougall mich im Flur überrascht. Ich sehe ihre strengen Augen und ihr verkniffenes Gesicht bei dem Versuch mir endlich Manieren beizubringen. Und ich höre ihre schrille Stimme. Seit der Ohrfeige haben wir nur noch mit Blicken kommuniziert. Und ich denke, es ist uns beiden lieber so. Ich parke den Pickup und gehe ums Haus. Aus Angst vor einem plötzlichen Anfall mütterlicher Fürsorge, entscheide ich mich für ein Hintertürchen.

Ich steige die Leiter hinauf aufs Dach und schleiche an Andrews Zimmer vorbei. Alles ist dunkel, er scheint nicht da zu sein. Ich klettere in mein Hotelzimmer, schalte die Nachttischlampe ein und stecke das Handy ans Ladegerät. Dann schäle ich mich aus der Jeans und schlüpfe in meine Jogging-Hose.

Bewaffnet mit einem Buch lege ich mich ins Bett und warte darauf müde zu werden. Und während meine Augen so tun, als würden sie lesen, denke ich heimlich an Dillen. An diesen Kuss und seinen Körper an meinem. Ich versinke gerade in schweißnasser Haut und schwerem Atmen, als ein Streitgespräch im Flur mich eiskalt erwischt.

„Herrgott! Sie ist doch kein Kind mehr!“

„Halt dich da raus, Andrew... Laura-Honey, ist sie denn sicher nicht da?“

„Ich habe vor etwas über einer Stunde geklopft – keine Antwort.“

„Vielleicht wollte sie nur ihre Ruhe?“

„Andrew, das reicht jetzt! Das geht nur Laura und Katie etwas an!“

„Laura, komm schon... Katie baut nie Mist, sie ist ein absolutes Musterkind... ihr Dad ist gerade gestorben... lasst sie doch einfach mal in Ruhe...“

„Ich weiß, du meinst es gut, Andrew, aber wie dein Dad bereits mehrfach gesagt hat, das geht nur Katie und mich etwas an.“

„Und *gerade weil* sie viel durchgemacht hat, machen wir uns Sorgen...“, wirft Brian ein. „Wir können doch nicht dabei zusehen, wie sie sich ihre Zukunft verbaut...“

„Katie hat ein volles Stipendium für *Kensington*“, sagt Mrs. MacDougall leise.

„Wie bitte!? Ein *Vollstipendium?*“ Respekt tränkt Brians Stimme. „Eine *verdammt* gute Schule. Eine der *besten* des Landes.“

„Ja, ich weiß, Dad“, antwortet Andrew genervt. „Ich bin eine einzige Enttäuschung...“

„Das habe ich doch gar nicht gesagt!“

„Du sagst es mit jedem Wort, Dad.“

„Meine Güte, bitte nicht schon wieder dieses Thema...“, höre ich Mrs. MacDougall resigniert seufzen. Für einen Moment legt sich Stille über alle. „Also,

Andrew“, sagt sie schließlich. „Hast du nun Katies Nummer oder nicht?“

„Zum zehnten Mal, *ich habe ihre Nummer nicht.*“

„Als ob du sie mir geben würdest, wenn du sie hättest...“

„Vermutlich nicht...“

„Andrew!“, schreit Brian.

„Was denn? Sie hat doch gefragt...“

„Gib ihr endlich die Nummer!“

„ICH HABE SIE NICHT!“

Ich lege das Buch zur Seite, klettere aus dem Bett und gehe in Richtung Tür. Als ich sie öffne, schrecken Brian, Laura und Andrew zusammen und starren mich an.

„Was ist los?“

Mrs. MacDougall findet ihre Stimme als erstes wieder. „Wo. Warst. Du!?“

Ich schaue an mir hinunter.

„Ähm... hier?“

„Ich habe vorhin geklopft. Du warst nicht da.“

„Ich habe gebadet und Musik gehört.“

„Hm...“

Ich sehe ihr an, dass sie mir nicht glaubt.

„Hast du gegessen?“

„Ich habe keinen Hunger.“

„So kann das einfach nicht weitergehen...“ In ihrer Stimme flackert Verzweiflung. „Du bist fast nur noch Haut und Knochen!“

„Falls du es dir anders überlegst, es gibt noch Lasagne“, sagt Andrew und zwinkert mir zu.

„Danke...“, antworte ich, dann drehe ich mich zu Mrs. MacDougall. „Wenn es sonst nichts gibt, würde ich gerne weiterlesen...“

„Ach ja, bevor ich es vergesse, Katie... deine Mutter und ich sind für ein paar Tage in New York...“ Brian lächelt entschuldigend. „Da sind einige Benefiz-Veranstaltungen... wir haben leider schon vor Ewigkeiten zugesagt.“

„Das ist kein Problem“, antworte ich und schaue zu Andrew hinüber. „Wirst du hier sein?“

„Keine Ahnung... wahrscheinlich.“

„Sehr gut. Und wenn du noch etwas brauchen solltest, Katie, lass es uns wissen...“

Mit diesem Satz stützt Brian Mrs. MacDougall vom Schlachtfeld.

Andrew ist bereits fast in seinem Zimmer verschwunden, als ich seinen Namen flüstere. Er dreht sich zu mir um.

„Hm?“

„Danke...“

„Doch nicht dafür...“ Er grinst und zwinkert mir zu, dann stehe ich alleine im Flur.

...

Es ist fast halb zwölf, als ich das Buch zur Seite lege und das Licht ausschalte. Hinter meinen Augenlidern warten bereits der nackte Dillen und meine Fantasien, als das Brummen meines Handys mich fast zu Tode erschreckt. Das Adrenalin flutet mich und mein Herz stolpert aufgebracht gegen meine Rippen.

Meine Hände zittern unkontrolliert. Und beim Anblick der Nachricht rutscht mir das Handy aus den Fingern und fällt zu Boden.

Dillen: Bist du noch wach?

28. Kapitel

Ich starre auf das Display. Mein Verstand glaubt an Wunschdenken. An eine *erschreckend* reale Form der Fantasie.

Dillen: Jetzt komm schon, Katie. Wenn du wach bist, antworte.

Schweißperlen laufen mit der Gänsehaut um die Wette, und die Aufregung perlt in mir wie Champagner. *Verdammt noch mal, Kate, reiß dich zusammen.*

Kate: Was willst du?

Dillen: Du bist also noch wach.

Pause.

Dillen: Störe ich dich bei irgendwas?

Ich schlucke.

Kate: Nein.

Dillen: Bist du allein?

Ja, was denkt der denn?

Kate: Ähm... ja.

Dillen: Können wir reden?

Kate: Das tun wir doch gerade...

Dillen: Ich meine persönlich.

Ich schaue auf die Uhr. Mein Herz rast, meine Finger zittern, und ein brennendes Gefühl kriecht meine Haut entlang, als wäre ich eine Zündschnur.

Dillen: Kate?

Kate: Wieso willst du auf einmal reden?

Pause.

Ich spiele mit meinen Fingernägeln. *Hallo?!*

Kate: Ich kann hier nicht einfach weg.

Dillen: Das musst du auch nicht.

Kate: Wie meinst du das? Wo bist du?

Dillen: An eurem Steg.

Was?! Mit dem Handy in der Hand klettere ich aus dem Bett und gehe zum Fenster hinüber. Mein Blick streunt durch den Garten, der schwarz und ruhig daliegt. Es ist nichts zu sehen außer ein paar glitzernden Flecken auf der Wasseroberfläche. Ansonsten liegt der Ozean wie ein schlafender Riese hinter den Bäumen. Das entfernte Rauschen der Wellen begleitet die Stille. Mein Blick sucht den Steg ab, aber er ist zu weit entfernt und ich erkenne nichts.

Dillen: Kate?

Wie ist er hier bitte reingekommen? Ich dachte, dieses Anwesen wäre gesichert wie ein *Gefängnis*.

Dillen: Es ist wirklich wichtig.

Kate: Okay, gib mir 5 Minuten.

Ich schleiche an Andrews offenen Fenstern vorbei. Sein Zimmer liegt geisterhaft schwarz wie eine Gruft neben mir, während sich die schweren Wolken düster über den Nachthimmel wälzen. Kein Mond, keine Sterne. Nichts als schwüle Luft, getränkt mit elektrischem Knistern. Das Gewitter hängt wie eine

Drohung über mir, als ich vorsichtig die knarzenden Sprossen der Leiter hinunterklettere.

Meine Knie sind wie Fremdkörper, fast so als würde ich sie gerade zum ersten Mal benutzen. Ich atme flach und mein Herz klopft so aufgeregt, dass sein Schlag meine Brüste zittern lässt. Es schlägt mir bis zum Hals und noch weiter.

Die Luft umhüllt mich wie warmes Wasser. Der Sommer gibt selbst nachts keine Ruhe. Er legt sich schwer und träge auf meine glühende Haut. Ich setze einen Fuß vor den anderen. Wie in Trance. So als würde ich schlafwandeln. *Also, Kate, wenn du ihn jetzt gleich siehst, lass dich nicht gleich wieder von ihm einwickeln. Er hat gesagt, dass das zwischen euch nicht passieren wird. Ganz egal, was jetzt kommt, lass es nicht an dich rankommen. Hör dir an, was er zu sagen hat, und dann geh. Und bitte: Reiß dich zusammen.* Ich atme tief in den Bauch zu dem dumpfen Pochen und weiter zu den weichen Knien. Das Rauschen der Wellen wird langsam lauter und ich erkenne die Umrisse des Stegs. Und da steht er. Sein Anblick ist wie ein Feuerwerk in meinem Kopf, mein Verstand macht sich zum Ausschalten bereit und meine Fantasie drängelt sich ans Steuer.

„Katie...“, flüstert er. „Danke, dass du – “

„Was. Willst. Du?“, spucke ich ihm entgegen. „Was bitte ist so wichtig?“

Er kommt einen Schritt auf mich zu, aber schweigt.

„Ich dachte, du wolltest reden? Dann red.“

„Es... es geht um Josh.“

„WAS?“, frage ich kopfschüttelnd. „Das kann unmöglich dein Ernst sein.“

„Hör mir bitte einfach zu!“

„Nein! Ganz sicher nicht.“

Als ich mich umdrehe, packt er mich am Arm, und der Wind fällt mir in den Rücken. Er umgibt mich mit Dillens Duft und meine Fassade beginnt zu bröckeln.

„Katie, ich weiß, es geht mich nichts an...“

Ich reiße mich von ihm los.

„Ganz richtig, es geht dich nichts an...“, zische ich. „Jeder andere, aber bitte nicht DER!“

„Sag mal, hast du den Verstand verloren?“ Meine Stimme zittert. „Dillen, es ist eine Sache, dass du nichts von mir willst – “

Er greift so schnell nach meinen Handgelenken, dass ich keine Chance habe zu reagieren, und zieht mich mit einem Ruck fest an sich. „Dass ich nichts von dir will?!“, fragt er schwer atmend.

Sein warmer Körper presst sich an meinen. Ich spüre seine Muskeln, rieche diesen Duft, der mich schachmatt setzt. Die Antwort jagt als Gänsehaut über meinen Rücken, weiter über die Schenkel, bis zu meinen Waden. Sein undurchdringlicher Blick brennt auf mir.

Mein flacher Atem vermischt sich mit seinem und der drückenden Luft. Die ersten Tropfen fallen groß und schwer auf mein Gesicht, aber ich spüre sie nicht.

„Ich will dich, Katie...“, flüstert er heiser.

„Aber... aber du hast gesagt...“

„... dass das mit uns nicht passieren wird...“, fällt er mir ins Wort. Sein Blick durchbohrt mich. „Das sind zwei völlig verschiedene Dinge.“

Und obwohl sich alles in mir dagegen wehrt, drücke ich ihn von mir weg. Zumindest versuche ich es.

„Warum bist du hergekommen, Dillen?“, frage ich außer Atem.

„Um dich vor ihm zu warnen...“

„Das hast du ja nun getan... dann kannst du ja jetzt wieder gehen...“

Sein Herz schlägt gegen meines. Er hält noch immer meine Handgelenke wie in Handschellen und unsere Körper trennt wieder nur der dünne Stoff zweier T-Shirts. Ich versuche nicht daran zu denken, wie sich seine nackte Haut auf meiner anfühlen würde. Sein Becken, das sich zwischen meine Schenkel drängt. Ich schlucke hart, während meine Augen in seinen versinken.

Dillens Lippen treffen meine so plötzlich, dass mich diese Berührung trifft wie ein Blitzschlag, während der Sommerregen warm meine Haut bedeckt. Er prasselt auf mich nieder und fühlt sich an wie tausende trommelnde Fingerkuppen. Ich spüre seine großen Hände auf meinem Rücken. Ihre Wärme, die durch mein Shirt strahlt. Seine Lippen, die an meinen saugen, sanfte Bisse, schwerer Atem. Dieser Kuss kribbelt meine Wirbelsäule entlang. Ich spüre ihn überall. Er pocht tief in meinem Unterleib und zieht meine Brustwarzen zusammen. Seine

Zunge lenkt mich, dirigiert meinen Körper wie eine Symphonie.

Ich verliere mich in diesem Kuss, bis sich seine Lippen unvermittelt von meinen lösen. Ich öffne die Augen und der Blick, der mich aus seinen trifft, legt sich wie eine Faust um mein Herz.

„Was machst du mit mir, Katie?“

Sein heiseres Flüstern jagt den nächsten Schauer über meine Haut. Jedes Härchen richtet sich auf und streckt sich ihm entgegen. Die Zeit steht still, es gibt nur noch diesen Moment und weit entfernt den grollenden Donner und gleißend helle Blitze im pechschwarzen Nachthimmel. Das Knistern zwischen uns entlädt sich auch in den Wolken über unseren Köpfen. Die Spannung ist überall. Die Regentropfen vermischen sich mit den hohen Wellen, die voller Wucht gegen den Steg brechen.

Die Wolken reißen plötzlich auf und das Wasser fällt in Strömen vom Himmel. Wie in kleinen Bächen läuft es meinen Körper entlang, zwischen meinen Brüsten, zu meinem Bauchnabel. Das T-Shirt saugt sich voll und der stürmische Wind lässt mich erschauern.

„Wenn das, was du sagst, stimmt“, hauche ich, „... warum bist du dann noch hier?“

„Weil ich nicht anders kann...“

29. Kapitel

Dillen nimmt mich bei der Hand und zieht mich hinter sich her. Er läuft voraus und ich folge ihm durch den Regen. Ich bin völlig durchnässt, alles klebt an mir, aber ich spüre nichts, außer der Wärme von Dillens Hand und dem Adrenalin. Der Rausch tränkt mein Blut und der matschige Boden schmatzt unter meinen Füßen. Auch wenn das Geräusch von der Brandung verschluckt wird, ich spüre es bei jedem Schritt. Der Donner rollt durch die schwarzen Wolken und die Blitze lassen die Wasseroberfläche aufleuchten.

Die Baumkronen wiegen sich und die Blätter fliegen hektisch durch die Luft. Erst jetzt bemerke ich den Holzverschlag zwischen den Bäumen. Dillen macht sich an der Tür zu schaffen und zieht mich in den Schuppen. Dann ist alles dunkel.

„Wo... wo sind wir?", frage ich, während Dillen ein paar Meter entfernt in einem Schrank nach etwas sucht.

„In eurem Bootshaus..."

Erst höre ich etwas zischen, dann tanzen plötzlich Kreise auf den Wänden und tauchen alles in warmes Licht. Der Regen prasselt auf das Holzdach und die Wellen heben und senken das Segelboot, das im Zentrum des Verschlags liegt.

Dillen geht zu einem weiteren Schrank und zieht zwei Handtücher hervor.

„Hier..."

Ich nehme ihm eines aus der Hand.

„Wieso kennst du dich hier so gut aus?"

„Ich war früher oft hier..."

Zum ersten Mal, seit ich Dillen kenne, klingt er bitter.

„Dein Bruder und ich... wir..."

Er bricht ab.

„Meinst du Andrew?"

Er nickt.

„Andrew ist nicht mein Bruder..."

„Was?"

Dillen sieht mich kopfschüttelnd an.

„Ist er nicht?"

„Wir sind nicht verwandt", antworte ich. „Ich dachte, das wüsstest du..."

„Nein, wusste ich nicht..."

Einen Moment schweigen wir.

„Ach so, na ja, ich war mir sicher, du hast Mrs. MacDougall, schon mal gesehen." Ich schaue zu Boden. „Ich..." Meine Stimme bricht weg. „... ich sehe ihr sehr ähnlich."

„Das ist lange her", antwortet Dillen mit einem seltsam düsteren Ausdruck in den Augen. „Ich kann mich kaum noch an sie erinnern."

„Verstehe..."

„Wie auch immer...“, antwortet Dillen kühl. „Das alles ist wirklich lange her.“

Ich erinnere mich daran, was Andrew erzählt hat, sage aber nichts.

„Du solltest dich abtrocknen...“

Mit diesem Satz wendet er sich zur Seite und zieht sich das T-Shirt über den Kopf. Sein nackter Oberkörper schimmert im Kerzenlicht. Muskeln drängen sich unter leicht gebräunter Haut hervor, der Bizeps schwillt an, als er das Shirt auswringt. Ich will wegsehen, aber meine Augen gehorchen mir nicht. Sie streichen über seine Haut und es kribbelt in meinen Händen. Ich bemerke nicht, wie flach ich atme. Ich bemerke auch nicht, dass das Handtuch neben mir auf den Boden fällt, während meine Hand davon überzeugt ist, es noch immer festzuhalten. Dillen wischt sich die nassen Strähnen aus der Stirn, seine Lippen glänzen. Als er sich umdreht, wandern meine Augen über den schwarzen Bund seiner Boxershorts und die feine Linie aus Haaren, die sich von seinem Bauchnabel nach unten zieht und langsam breiter wird. Ich spüre seinen Blick und schaue hoch. Das laute Schlucken knackt in meinen Ohren und die Farbe glüht in meinen Wangen.

Ich will mich abtrocknen, so tun, als hätte ich ihn eben nicht angestarrt, aber meine Hand greift ins Leere. Das Handtuch liegt auf dem Boden. Gerade als ich mich danach bücken will, hebt er es auf und reicht es mir.

Ich kann seine Wärme riechen. Seine Wärme und den Duft seiner Haut. Die Härchen an seinem

Körper glänzen golden. Sie bedecken die Härte seiner Muskeln mit einem kaum sichtbaren Flaum. Und wieder schlucke ich laut und angestrengt. Mein Brustkorb ist zu eng, mein Atem zu flach. Ich bemerke die Gänsehaut nicht mehr, vielleicht, weil sie mich schon seit einer Ewigkeit fest umhüllt. Meine Brustwarzen drängen sich an den BH, meine Unterlippe zittert.

„Du zitterst ja..."

Seine Nähe und dieses harte Flüstern laufen mir eisig über den Rücken. Ich will mich bewegen, aber ich kann es nicht. Meine Muskeln sind gelähmt von seinem Anblick. Dillen steht nur da und sieht mich an. In den Tiefen seiner Augen leuchten die grünen Schleier. Die Fantasie wirft mich zu Boden. Sie spreizt meine Beine und lässt mich Dillens nackten Körper auf meinem spüren. Die Bilder in meinem Kopf werden zu Schweiß auf meiner Haut und diesem gierigen Pochen in meinem Unterleib. Mein Blick fällt auf seinen Mund. Während mir schwindlig wird, legt sich um seine Lippen ein winziges Lächeln, so als wüsste er, was ich gerade denke.

„Darf ich?"

Er streckt die Arme aus. Seine Finger greifen nach dem Saum meines T-Shirts. Ich schlucke, dann nicke ich.

Ohne mich aus den Augen zu verlieren, zieht Dillen mir das T-Shirt aus und lässt es fallen. Sein Blick konzentriert sich auf mein Gesicht, obwohl ich mir einbilde, dass es ihn Kraft kostet, nicht hinunterzusehen. Er trocknet meine Arme, meine

Schultern, meinen Rücken. Dann breitet er das Handtuch aus und legt es wie eine Decke um meine Schultern. Und gerade als sich die Angst in mir ausbreitet, dass er weggehen wird, legt er seine Arme um mich und zieht mich an sich heran. Seine nackte Haut trifft auf meine wie ein Stromschlag. Ich schlinge meine Arme um seinen Nacken und das Handtuch rutscht mir von den Schultern. Doch bevor Dillen sich danach bücken kann, stelle ich mich auf die Zehenspitzen, ziehe mich an ihm hoch und küsse ihn. Dieses Mal öffnet meine Zunge seine Lippen, dieses Mal mache ich den Schritt, weil mein Körper ein Nein nicht gelten lässt. Ich habe nichts zu verlieren. Es gibt nur diesen Moment. Und den muss ich nutzen, weil Dillen wieder zur Vernunft kommen wird. Wenn der Regen erst nachgelassen hat, werden ihm all die Gründe wieder einfallen, warum das mit uns nicht passieren wird. Er wird mich von sich stoßen und mir wehtun. Dieser undurchdringliche Blick wird die Leichtigkeit in seinen Augen verschlucken. Vielleicht gibt es nur diesen einen Moment. Diesen Augenblick und diesen Kuss. Den Geschmack seiner Lippen und die Hitze seiner Haut auf meiner, das Pochen tief in meinem Bauch und die Bilder von seinem nackten Körper auf meinem, seinem Becken, das sich zwischen meine Schenkel schiebt und seiner Härte, die langsam in mich eindringt.

„Katie... warte..."

„Nein, nicht", flüstere ich außer Atem und ziehe mich wieder an ihm hoch. Meine Lippen finden seine und sein Körper spannt sich an. Ich spüre seine

Erregung, seinen Atem, seine Stärke. Ich küsse ihn. Mit jeder Faser meines Körpers, weil ich den Moment noch nicht gehen lassen kann. Nur noch ein paar Sekunden.

Ich taste blind nach dem Verschluss meines BHs und öffne ihn. Meine Finger zittern, als ich die Träger über meine Schultern gleiten und ihn auf den Boden fallen lasse.

„Katie... wir..."

Dillen sieht zu mir hinunter. Er will etwas sagen. Ich sehe es ihm an. Sein Verstand will ihn abhalten, genauso wie mich meine Angst. Seine Augen gleiten über meine Brüste und bei diesem Anblick spüre ich ein Pulsieren an meinem Bauch.

Ich knöpfe die Jeans auf, die klatschnass an meinen Beinen klebt. Mein Handrücken streift seine Leiste. Jeden Moment werde ich aufwachen. Ich werde schweißgebadet im Bett liegen und statt der nassen Jeans werden wieder nur feuchte Laken meinen Körper bedecken. Ich werde kalt duschen gehen und danach versuchen einzuschlafen.

Aber ich wache nicht auf. Noch nicht. Ich spüre Dillens Wärme, seinen Körper dicht an meinem. Dieser Duft, auf den ich reagiere wie auf eine Droge. Sein Atem trifft mein Gesicht. Gleich wird er mich aufhalten. Gleich wird er mir sagen, dass wir das nicht tun dürfen. Ich warte auf seine Vernunft. Doch stattdessen öffnet er erst den Knopf und dann den Reißverschluss seiner Jeans. Ich befreie mich unbeholfen von meinen schlammigen Schuhen, den

Socken und der Hose. Als ich in nichts als meinem schwarzen Höschen vor ihm stehe, schluckt er hart.

Seine Lippen brennen auf meinen, seine Hände sind überall. Sie greifen nach meinem Hintern. Das Schamgefühl will sich einmischen, aber mein Verstand ist so weit weg, dass ich es nicht mehr bemerke. Meine Hände gleiten über seinen breiten Rücken, hinunter zu seinem Becken und langsam nach vorne. Seine Berührungen pochen in meinem Unterleib und die Reaktion auf meine spüre ich pulsierend an meinem Bauch. Er ist hart und dieses Pulsieren wie eine Einladung. Ich will ihn anfassen, wissen, wie er sich anfühlt. Noch trennt der Stoff der Boxershorts meine Handfläche von dieser Härte, die sich gleichzeitig so seltsam sanft anfühlt. Meine Fingerkuppen kribbeln.

Dillen hebt mich hoch, ich schlinge meine Beine um sein Becken und lasse mich von ihm und den Bildern in meinem Kopf davon tragen. Ich spüre Holz unter meinem Po. Dillen zieht mich zur Kante vor und schiebt sich zwischen meine Beine. Als seine Hand langsam zwischen den Bund meines Höschens und meinen Bauch gleitet, atme ich scharf ein. Ich erstarre. Mein Körper steht unter Strom und die Anspannung schießt durch meine Muskeln. Das Pochen wird lauter. Alles in mir hält den Atem an. Seine Finger tasten sich langsam vor, während er mich weiter küsst. In dem Augenblick, als seine Fingerkuppen endlich meine Schamlippen teilen, seufze ich unvermittelt auf. Seine Finger gleiten in Flüssigkeit und finden einen Punkt, der mich plötzlich aufstöhnen lässt, einen Punkt, der mein Becken kontrolliert und durch meine Beine zuckt.

„Fuck, Katie...“, flüstert Dillen gegen meinen Mund, während seine Finger mich kreisförmig massieren. Mein Herz rast, der Schweiß dringt an die Oberfläche, mein Seufzen wird zum Stöhnen und das Kribbeln bahnt sich langsam durch meine Adern. Gerade als ich denke, dass ich explodieren werde, spüre ich, wie Dillen mit einem Finger in mich eindringt. Mir wird schwindlig, Kristalle tanzen durch die Dunkelheit. Sein Duft und die Wärme seiner Haut legen sich gegen den eisigen Schauer. Dillen gleitet ganz tief in mich und bleibt dort. Seine Lippen küssen mich, seine Zunge spielt mit meiner, sein Daumen kreist. Als er plötzlich anfängt seinen Mittelfinger in mir zu bewegen, vergesse ich mich. Ich vergesse alles. Ich spüre nur noch den Druck seines Fingers, der eine Stelle in mir berührt, von der ich nichts wusste. Eine Stelle, die ich in jeder Zelle spüre. Ich weiß nicht, ob ich stöhne, ob ich schreie oder keinen Laut von mir gebe. Jeder Muskel spannt sich an, das Pochen überschlägt sich, meine Hände krallen sich an ihm fest. In der Sekunde, als die Welt stehenbleibt, öffne ich die Augen. Ich sehe ihn an, verliere mich in seinem Blick, während mein Körper explodiert. Ich spüre nur noch die Detonation und die Flutwelle, die wie ein Tsunami durch meinen Körper walzt.

•••

Ich denke nicht. Ich zittere nur. Und ich will nicht, dass es aufhört. Ich taste mich langsam in seine

Boxershorts vor und spüre sanfte Haut. Dillen erstarrt. Das Gefühl der Härte passt nicht zu dieser unbeschreiblich weichen Haut. Meine Hand gleitet langsam auf und ab. Dillen schließt die Augen und atmet schwer.

Ich will es sagen. Ich muss es sagen. Weil es vielleicht nie wieder so einen Moment geben wird. Weil ich es ganz bestimmt bereuen würde, wenn ich es nicht laut ausspreche.

„Ich will mit dir schlafen."

Dillen öffnet die Augen und sieht mich an.

„Was?"

„Schlaf mit mir..."

Ich bewege weiter meine Hand.

„Warte..." Dillen ringt nach Luft und legt seine Hand auf meine. „Ich..."

„Bitte."

Er sieht mir tief in die Augen.

„Nicht hier... das ist... das wäre nicht richtig."

„Es fühlt sich richtig an."

„Ich weiß... aber das ist es nicht."

30. Kapitel

Während Dillen den Reißverschluss seiner Jeans zu macht, kriecht die Kälte über meine Haut. Sie war die ganze Zeit da, aber ich habe sie nicht bemerkt. Jetzt ist sie überall. Da, wo eben noch seine Hände waren, bin ich plötzlich nackt. Es ist wie in meinem Traum, nur dass es dieses Mal wahr ist.

„Habe ich etwas falsch gemacht?"

Dillen hebt sein Shirt vom Boden auf und dreht sich um. Er hat diesen düsteren Blick. Die Kälte formt meine Brustwarzen zu festen kleinen Knospen, und obwohl er versucht, es nicht zu tun, verirren sich seine Augen zu meinen Brüsten, und dieser Anblick lässt Dillen hart schlucken.

„Komm schon, Katie, zieh dir was an..."

Ich sitze noch immer auf der Werkbank und schaue ihn an. Barfuß. Bis auf das Höschen nackt.

„Warum?"

Er weicht einen Schritt zurück.

„Du weißt, warum..."

Jeden Moment wird er das T-Shirt anziehen und dann ist es vorbei. Mit dem T-Shirt kommt die Vernunft. Aber mein Körper brennt. Das Pochen ist inzwischen ein handfestes Trommeln, so laut, als würde es ihn anlocken wollen. Ich will ihn spüren. Ich will den Traum zu Ende träumen.

„Katie, bitte...“

Er hält mir mein nasses T-Shirt entgegen, aber mein Arm bleibt regungslos. Ich sehe ihn nur an und spreize meine Schenkel. Dillen atmet scharf ein.

„Hör. Auf.“

„Schlaf mit mir.“

„Ist das dein Ernst?“ Er wirft das Shirt auf die Werkbank. „Ein alter Holzverschlag?! Das kann unmöglich der Ort sein, an dem du dein erstes Mal haben willst...“

Dieser Satz ist wie ein Befehl an meine Knie, sich zusammenzuziehen. Mein ohnehin schon heißes Gesicht wird noch heißer. Ich greife nach dem Shirt und ziehe es mir über den Kopf.

„Katie, ich...“

„Woher willst du wissen, dass ich nicht schon mit ... ich weiß nicht... *tausend* anderen geschlafen habe?“

„Weil ich es weiß.“

„Ach, und von wem?“

„Von dir.“

Das T-Shirt klebt kalt auf meiner Haut.

„Was?!“

Er seufzt. „Du hast es mir gesagt, als ich dich nach Hause gebracht habe...“

Ich will etwas sagen, aber ich bekomme keinen Ton raus. Meine Stimme ist unbrauchbar. Ich weiß nicht, wo die Tränen herkommen, doch sie fließen über meine Wangen, eine nach der anderen.

„Hey...“, flüstert er und sieht mich von unten an.

„Ich bin zu unschuldig, richtig?“

„Was?!“

„Du... ich meine... du bist...“

„Ich bin was?“

„Na ja... erfahren...“, antworte ich und starre in meinen Schoß.

Dillen schiebt sich zwischen meine Schenkel und zieht mich mit einem Ruck an sich. Ich spüre seine Erregung im Schritt. Sie presst sich hart gegen den Stoff meines Höschens, der feucht an mir klebt.

„Ich will dich...“, flüstert er heiser. *„Fuck, Katie,* du hast keine Ahnung wie sehr...“

„Dann schlaf mit mir...“, hauche ich außer Atem.

Er streicht mit dem rechten Zeigefinger über das Muttermal in meiner Leiste.

„Nicht hier...“

„Warum?“

„Na, ganz einfach, weil es etwas bedeuten soll... Es ist keine schnelle Nummer.“ Er atmet tief ein. „Glaub mir, das willst du nicht...“ Das Kerzenlicht funkelt in seinen Augen. „Katie... ich hatte *einige* Frauen...“

Dieser simple Satz ist wie ein Kinnhaken, der mich ohne Umwege niederstreckt. Er brennt in meinen Augen und lässt den Kloß in meinem Hals anschwellen. Ich will die Tränen verstecken, doch es sind zu viele. Dillen wischt mit dem Daumen über meine Wangen.

„Wärst du eine von ihnen, würde ich dich ohne mit der Wimper zu zucken in diesem modrigen Holzschuppen entjungfern...“ Er lächelt mich verwegen an. „Glaub mir, ich würde dich ficken und ich würde keinen Gedanken an dich verschwenden. An dich, oder wie du dich fühlst, oder wie es dir damit geht..."

Ich versuche mir diesen Dillen vorzustellen. Diesen gefühllosen Dillen. Er greift unter mein Kinn und zwingt mich, ihn anzusehen.

„Aber du bist *keine* von diesen Frauen."

„Was ist an mir bitte so anders?"

„Einfach alles."

•••

„Ich will mich aber noch nicht verabschieden...", flüstere ich, als wir die Leiter erreicht haben.

„Wir sehen uns morgen."

„Ja, aber morgen wird es anders sein."

„Warum, was meinst du?"

„Du wirst wieder distanziert sein und mich mit deinem undurchdringlichen harten Blick ansehen... du wirst mich ignorieren und nicht lächeln..."

„Ich lächle nicht?", fragt er flüsternd.

„Nie."

„Wirklich nie?"

„Nein. Nie."

„Nur weil du es nicht sehen kannst, heißt das nicht, dass ich nicht lächle."

„Was?", frage ich lachend.

„Ich lächle jedes Mal, wenn ich dich sehe. Ich verstecke es nur."

„Warum?"

„Ich bin kein offenes Buch. Für niemanden." Dillen zuckt mit den Schultern. „Außer vielleicht für Greg."

„Warum Greg?"

„Weil er mich nie hat hängen lassen." Er sieht mich nachdenklich an. „Du kannst dir nicht vorstellen, wie erleichtert ich bin, dass zwischen euch nichts ist..."

„Was?! Zwischen Greg und mir?", frage ich verständnislos.

„Warum glaubst du bitte, hatte ich was mit Kim..."

Ich spüre den fragenden Ausdruck in meinem Gesicht, während die Erinnerung an diesen Kuss mich genüsslich quält und meinen Magen verkrampft.

„Moment... du hast Kim geküsst, weil du dachtest, es wäre etwas zwischen Greg und mir?"

„Er hat dich dauernd angefasst... *ständig.*"

„Was?! So ein Blödsinn..."

„Komm schon Katie...", flüstert Dillen. „Du weißt, dass das stimmt..."

„Das war *rein* freundschaftlich..."

„Dann willst du mir sagen, du kennst meinen besten Freund besser als ich?"

Ich mache den Mund auf, um etwas zu sagen. Aber es gibt nichts zu sagen. Sein Argument setzt mich schachmatt.

„Glaub mir, ich weiß, wie es aussieht, wenn Greg sich an ein Mädchen ranmacht..." Dillen lächelt. „Ich habe es *oft genug* gesehen..."

„Mag sein...“, antworte ich. „Aber ich will nichts von ihm.“

„Willst du nicht?“, fragt er grinsend und seine Augen leuchten in der Dunkelheit.

„Nein...“ Ich stehe auf der ersten Sprosse und bin plötzlich genauso groß wie er. Seine Lippen sind nur ein paar Zentimeter von meinen entfernt. Er hält mich fest im Arm. „Dillen...?“, flüstere ich.

„Hm?“

„Kommst du noch mit hoch?“

„Spinnst du?“, fragt er lachend.

„Nur zum... Reden...“

„Ja, genau. *Zum Reden.* Kommt nicht in Frage... auf gar keinen Fall.“

„Aber – “

„Katie, vergiss es... ich halte das heute sicher kein zweites Mal aus...“

„Das musst du doch auch gar nicht“, antworte ich lächelnd.

Er versucht ernst zu schauen, aber das Grinsen ist stärker. Es legt sich frech in sein Gesicht.

„Katie, was machst du nur mit mir?“ Er küsst mich auf die Wange. „Ich hau jetzt ab. Wir sehen uns morgen.“

„Versprichst du mir, zu lächeln?“

Er grinst und nickt, dann geht er einen Schritt zurück und sieht mir zu, wie ich die alte Leiter hochsteige.

„Katie...“

Ich schaue zu ihm hinunter.

„Was?“, flüstere ich.

„Ich mag dich...“ Er befeuchtet sich die Lippen. „Sehr sogar.“

31. Kapitel

Meine Augen suchen die Flure der Oceanside High nach ihm ab, aber er ist nirgends zu sehen. Er hat doch versprochen zu lächeln. Je länger unser letzter Kuss her ist, desto mehr zweifle ich daran, dass es den gestrigen Abend tatsächlich gegeben hat.

Als mir jemand die Hand auf die Schulter legt, zieht sich mein Herz abrupt zusammen und die Gänsehaut kriecht mir über den Rücken.

„Katie, hi."

„Oh, hey Josh..."

Meine Stimme klingt normal, während die bittere Enttäuschung sich langsam durch meinen Körper frisst. *Wo ist er?*

„Wie geht's dir?"

„Ganz gut... und dir?", frage ich und schaue an ihm vorbei in Richtung Eingang.

„Gut, gut... Suchst du jemanden?"

„Ich... ähm..."

„Du wirkst... nervös. Ist alles okay?"

„Sicher, alles bestens."

Josh schenkt mir sein jungenhaftes Lächeln und seine eisblauen Augen funkeln mir entgegen.

„Bevor ich es vergesse..."

„Hm?"

„Danke für gestern... Das war echt ein schöner Abend."

„Na ja, bis auf meinen Ausbruch...", sage ich und schaue zu Boden. „Tut mir übrigens leid."

„Ach, mach dich nicht lächerlich..."

Josh macht eine abwinkende Handbewegung.

„Du konntest ja nicht wissen, *warum* ich es tue..." Er grinst. „Und glaub mir, es hat ihm ganz bestimmt nicht gefallen, uns beide zusammen zu sehen."

„Hm..."

„Glaub mir, er wird *angekrochen* kommen... Und wenn du klug bist, lässt du ihn eiskalt abblitzen."

Dillen packt mich und zieht mich an sich. Sein Mund trifft auf meinen, seine Zunge teilt meine Lippen und mein Magen fährt Karussell. Seine Haut ist getränkt in diesem frischen Duft. Mein Herz pumpt verzweifelt, meine Hände werden feucht. Dieser Kuss katapultiert mich in eine Realität, die es bisher nur in meinen Träumen gab. Es besteht kein Zweifel. Ich bin Dillen Walker hoffnungslos verfallen.

Seine Lippen lösen sich von meinen.

„Hey Babe...", flüstert er atemlos und küsst mich auf die Wange.

Ich schaue zu ihm hoch. Seine Augen leuchten. Er lächelt. Und dieses Lächeln lässt meine Knie weich werden. Seine weichen Lippen hinterlassen einen feuchten Abdruck auf meinem Mund, wie einen winzigen Beweis, dass wir mehr sind als ein Hirngespinst.

Dillen grinst und wendet sich Josh zu. „Wen soll sie abblitzen lassen?“

„Was? ... Ähm... niemanden...“

Josh sieht aus, als wäre ihm plötzlich übel. So als hätte er eine Vision. Oder einen Albtraum, aus dem er unbedingt aufwachen will.

„Du...“ Josh sieht zu mir. „Du bist mit ihm *zusammen?*“

Dillen sieht mich an und dieser sanfte Blick bricht mir fast das Herz. Das dunkle Blau seiner Augen, die grünen Schleier und die Funken, die wie Sterne glitzern. Er ist so unbeschwert, so frei.

„Katie gehört zu mir...“

„Ich habe *sie* gefragt – nicht dich.“

Tränen schießen in meine Augen und der Kloß breitet sich aus. Das, was nie passieren wird, passiert gerade. Seine Worte und die Muster, die er mit den Fingerspitzen auf meine Haut zeichnet, peitschen mir die Gänsehaut über den Körper. Sie verteilt sich genüsslich und richtet jedes Härchen langsam auf.

„Ja, ich gehöre zu ihm.“

Josh schaut mir tief in die Augen. Enttäuscht, vielleicht sogar verletzt. Dann schluckt er und sieht hastig weg.

„Verstehe...“

Josh dreht sich abrupt um.

„Hey Josh, warte...“, ruft Dillen ihm hinterher.

„Was?!“

„Danke wegen gestern.“

„Was?“, fragt Josh irritiert.

„Na, dass du dich um Katie gekümmert hast..." Dillens Blick ist ernst. „Ich musste arbeiten... du weißt ja, wie das ist..." Dann verdreht er die Augen. „Ach nein, richtig... *tust du nicht...*"

Josh will etwas sagen, es liegt ihm auf der Zunge, aber die Blicke der Gaffer scheinen ihn abzuhalten. Insbesondere der von Greg. Dieser Anblick schlägt Josh in die Flucht und legt ein breites Grinsen auf Gregs Gesicht. Er zwinkert uns zu, zieht Megan enger an sich und sie gehen in Richtung Unterricht.

Dillen drückt mich gegen den Spind und küsst mich. Unvermittelt. Einfach so. Vor den Augen der gesamten Schule. Ich spüre die Blicke, aber sie stören mich nicht. Im Gegenteil. *Dillen Walker küsst mich.* Sein Körper reibt gegen meinen. Ich spüre seinen heißen Atem und höre sein Herz hektisch schlagen. Er lehnt sich gegen mich, spielt mit meinem Körper und meiner Fantasie, die in diesem Moment bis zum Hals in Wunschdenken badet. Seine Lippen lösen sich von meinen.

„Los, komm schon", flüstert er schwer atmend. „Lass uns abhauen."

„Wohin?"

„Ganz egal... Einfach weg..."

•••

Wir liegen auf der Ladefläche meines Pickups und schauen in den blauen Himmel. Ich spüre Dillens Puls im Nacken und schließe die Augen. Mein Körper steht unter Strom. Fast schon krampfhaft versuche ich mich zu entspannen, mich fallen zu lassen. Aber sein Körper lässt mich nicht. Er ist zu nah. Er und dieser Duft, der meiner Fantasie die Zügel übergibt. Ich spüre seine Muskeln in der Seite. Die Anspannung. Ich spüre jeden Atemzug. Wie sich sein Brustkorb hebt und senkt. Ich will klar denken, aber meine Gedanken driften immer wieder ab.

Dillen streicht mit Daumen und Zeigefinger über meinen Handrücken und alles, woran ich denken kann, ist, was er gestern damit getan hat. Die Erinnerung lässt mich scharf einatmen und läuft mir als eisiger Schauer über den Rücken. Ich spüre Dillen lachen.

„Ich wüsste zu gern, was zu denkst", flüstert er heiser.

„Ich..."

„Falls es dich tröstet..." Sein Atem trifft meine Stirn. „Ich kann auch an nichts anderes denken."

Ich atme schneller und mein Magen verkrampft sich.

„Ehrlich?"

Er stützt sich auf dem Ellenbogen ab und sieht mich fragend an. Der Himmel liegt wolkenlos hinter seinem Kopf und lässt das Blau seiner Augen noch blauer erscheinen.

„Glaubst du mir nicht?"

„Ich... doch..." Ich spüre, wie die Hitze in meine Wangen steigt. „Ich dachte nur..."

Er unterbricht mich mit seinen Lippen. Seine Zunge dringt in meinen Mund und das Pochen schießt Signale durch meinen Körper. Ich reagiere auf ihn. Auf alles. Jede Berührung. Ich halte es kaum aus, halte mich an ihm fest. Er hat mich noch nicht einmal wirklich angefasst, da spüre ich bereits dieses verräterische Kribbeln in mir hochkriechen. Ich seufze in seinen Mund, da drückt er mich weg.

„Halt... warte."

Ich öffne die Augen. Im Taumel, zitternd.

„Lass uns reden..."

„Reden!?", frage ich entgeistert.

Dillen bricht in schallendes Lachen aus. Der Pickup bebt unter seinem kehligen Klang.

„Katie...", sagt er lachend. „Du machst mich völlig fertig..."

Ich will nicht lachen, aber seine leuchtenden Augen und dieser gelöste Ausdruck in seinem markanten Gesicht ziehen meine Mundwinkel nach oben.

„Hast du eine *Vorstellung* davon, wie schwer es mir fällt, aufzuhören?"

Als ich Luft hole, um etwas zu sagen, hebt er abwehrend die Hände.

„Und *nein,* die Ladefläche eines Pickups ist ganz bestimmt nicht der richtige Ort. *Vergiss es."*

Der enttäuschte Ausdruck frisst sich in mein Gesicht, bevor ich ihn unterdrücken kann.

„Kate Williams, ich muss schon sagen, ich bin entrüstet", sagt er grinsend. „Ich hätte nie gedacht, dass du zu den Frauen gehörst, die nur Sex im Kopf haben."

„Das tue ich auch nicht..." Mir bricht die Stimme weg und ich räuspere mich.

„Ach nein?"

„Nein."

„Man könnte fast den Eindruck bekommen, es geht dir nur um meinen Körper..."

Dieses freche Grinsen macht mich fertig.

„Das tut es nicht."

„Beweis es."

Das Pochen in meinem Bauch rebelliert und ich schlucke. Trotzdem setze ich mich auf, lehne mich an die Fahrerkabine und nicke.

„Okay. Lass uns reden."

32. Kapitel

„Lieblingsfarbe?"

Ich denke kurz an seine Augen und antworte: „Blau... Und deine?"

„Blau."

Dillen grinst. An dieses Lächeln könnte ich mich gewöhnen. Dieses Lächeln, das schon ausreicht, um mich glücklich zu machen. Ich lächle gegen meinen Willen. Ich könnte nicht aufhören. Es ist wie mit Tränen, die von alleine kommen.

„Lieblingslied?" Er sieht mich fragend an.

Ich weiß es sofort. Und doch hält mich etwas zurück. So als wäre es zu intim. Ein Geheimnis, das man nicht verraten darf. Dann fällt mein Blick auf Dillens Gesicht. Ich kann nicht sagen warum, aber ich traue ihm. Einfach so. Blind. Da ist etwas an ihm, das mich nicht an seiner Aufrichtigkeit zweifeln lässt. Dillen würde nichts tun, das mich verletzt. Zumindest nicht absichtlich. Bei ihm bin ich völlig anders und gleichzeitig so sehr ich selbst, wie seit Ewigkeiten nicht mehr.

„Und? Welches ist es?", fragt er und schaut mich von unten an.

„Es ist... *This year's Love* von David Gray."

„Das kenne ich gar nicht."

„Willst du... willst du es hören?"

„Unbedingt."

Ihm dieses Lied vorzuspielen, ist wie mein Geheimnis mit ihm zu teilen. Weil es mir etwas bedeutet. Weil ich es *liebe.* Es ist ein Lied, das mich überall berührt. Ich ziehe mein Handy aus der Tasche, atme tief ein und drücke *Play.* Und in der Sekunde, als es einsetzt, passiert, was immer passiert. Die Gänsehaut breitet sich aus. Erst am Rücken, dann auf den Armen. Ich genieße den Schauer, der von Zelle zu Zelle springt und immer die nächste ansteckt.

Ich betrachte Dillen, der mit geschlossenen Augen zuhört. Mit dem ganzen Körper. Als würde er es spüren. Er ist wie dieses Lied. Wunderschön und irgendwie tieftraurig. Schwer und gleichzeitig federleicht. Melancholisch und nachdenklich.

Ich weiß nicht, warum mich genau *dieses* Lied so berührt. Ich weiß nicht, was es ist. Es ist nichts Bestimmtes und es ist alles. Irgendwas daran berührt mich jedenfalls wie *kein anderes* Lied. Wenn ich es höre, könnte ich lachen und weinen. Aber es würde mich nie kaltlassen. Vielleicht ist es *Liebe.* Fest steht, es ist mein Lied. So, als hätte es mein Leben geschrieben. So, als könnte nur *ich* mich so fühlen, wenn es gespielt wird. Als könnte niemand sonst verstehen, was es wirklich bedeutet. Ein Geheimnis eben. Gerade war es nur meins. Und jetzt ist es unseres.

Da sind nur noch der Wind und das Rauschen der Wellen. Und mein Herzschlag. Als Dillen die Augen öffnet, sind sie glasig. Und dieser Anblick lässt mich kurzzeitig vergessen zu atmen.

„Was ist?“, frage ich und schaue ihn von der Seite an.

„Es ist... wie du...“, antwortet er mit belegter Stimme. „Dieses Lied...“ Er schluckt hart. „Es ist wie du.“

Dillen streicht mir sanft über die Wange. Zart, vorsichtig. Liebevoll. Und jede Sekunde falle ich tiefer. In jedem Augenblick, den ich mit ihm teile, verliebe ich mich ein bisschen mehr in ihn.

„Was ist dein Lieblingslied?“, frage ich, aber meine Stimme bricht weg.

„The Cinematic Orchestra, *To build a home.*“ Er lächelt mich an. „Kennst du es?“

Ich nicke, wähle das nächste Lied aus und es fängt an zu spielen. Und wir schweigen. Mein Dad hat immer wieder gesagt, dass man mit vielen Menschen reden kann, aber nur mit den wenigsten schweigen. Bei diesem Gedanken legt sich ein Lächeln auf meine Lippen. Vielleicht auch, weil es das erste Mal nicht wehtut, an ihn zu denken. Ich habe mich an etwas erinnert, ohne den stechenden Schmerz, der mich von innen zerfrisst.

•••

„Warum das Kensington? Warum kein anderes?“

Ich zucke mit den Schultern.

„Spricht etwas gegen das Kensington?“

„Nichts... es ist nur...“

„Was?“

„Ach nichts...“

Dillen sieht auf sein Handy und seufzt.

„Ich muss bald los...“

Es beginnt bereits zu dämmern. Die Wolken schweben wie rosafarbene Wattebällchen über den Himmel.

„Ich will nicht, dass du gehst.“

„Ich will auch nicht gehen... aber ich muss.“

„Die Abendschicht?“

Er nickt.

„Und was machst du?“

„Ach...“ Ich atme tief ein. „Lesen vermutlich.“

„Was denn? Gar kein Familienessen?“

„Sie sind in New York auf irgendeiner Benefizveranstaltung.“

„Okay... also lesen...“

Dillen streckt die Hand aus und nimmt eine Haarsträhne zwischen Daumen und Zeigefinger.

„Was liest du?“

„Eine Liebesgeschichte.“

„Und? Ist sie schön?“, flüstert er.

Nicht so schön wie diese, denke ich, sage aber nichts. Stattdessen nicke ich nur.

Er schaut auf die Uhr.

„Du musst los, richtig?“

„Ja, gleich... Aber bevor wir fahren...“ Seine Finger spielen mit meiner Haarsträhne. „... erzähl mir noch etwas von dir. Etwas, das keiner weiß. Etwas, das du noch nie zuvor laut ausgesprochen hast.“

Seine Stimme zittert, als er das sagt. So als wüsste er, dass ihn die Gegenfrage erwartet.

Ein Teil in mir möchte ihm von meinem Dad erzählen, von dem Unfall und davon, wie oft ich mir gewünscht habe, *ich* wäre gestorben. Ich will ihm erzählen, wie oft ich darüber nachgedacht habe, mich umzubringen. Aber wenn ich das tue, wird der Schmerz mich zusammenbrechen lassen. Er wird über mich hereinbrechen und mich mitreißen. Ich werde wieder weinen. Und ich will nicht mehr weinen. Bei Dillen bin ich glücklich. In seiner Gegenwart spüre ich den Schmerz nicht. Bei ihm bin ich lebendig und frei. Schwerelos.

Ich will den Schmerz nicht. Aber lügen will ich auch nicht. Ich kann ihn nicht belügen, weil man Lügen nicht zurücknehmen kann. Man denkt, man kann es, doch das stimmt nicht. Man kann sie nur beichten. Aber wenn man das dann tut, stirbt das Vertrauen.

„Vielleicht war das eine blöde Idee..."

„Nein...", antworte ich und schüttle den Kopf. „Es... es fällt mir nur schwer."

„Okay... ich fange an."

Er zögert. Seine dunkelblauen Augen schauen aufgeregt zwischen meinen hin und her.

„Ich..." Er befeuchtet seine Lippen. „Ich habe vor drei Tagen einen Brief bekommen."

„Was für einen Brief?"

„Harvard."

„WAS? Wirklich?"

Er seufzt und schüttelt den Kopf.

„Und ich werde nicht gehen."

„Aber...", sage ich verständnislos.

„Jetzt du."

In seinen Augen erkenne ich, dass ich nicht nachfragen soll. An dem Blick und diesem finalen Tonfall. Er musste es loswerden. Es jemandem erzählen. Und er hat es *mir* erzählt.

„Okay... ich bin dran..." Der Wind wirbelt mir die Haare ins Gesicht und ich streiche sie mir hinter die Ohren. „Als mein Dad gestorben ist... da...", sage ich nach einer Weile und atme tief ein. „Da habe ich mir insgeheim gewünscht, es wäre meine Mutter gewesen."

Ich sehe ihn an. Fragend. Dillen schweigt, doch sein Blick sagt alles. Ich habe das so oft gedacht. Aber nie laut ausgesprochen. Ich wollte das nicht denken. Ich habe mich dafür geschämt und mir immer wieder Vorwürfe deswegen gemacht. Aber das habe ich gedacht. Hätte es doch *sie* getroffen. Wie kann ich so was denken?

„Macht mich das... ich meine..." Mein Magen zieht sich zusammen und mein Herz hämmert gegen meine Rippen. „Macht mich das zu einem schlechten Menschen?"

„Nein... nein, das tut es nicht."

Einen Augenblick sehen wir einander nur an. Ich weiß, dass er fragen will, was passiert ist. *Wie* genau mein Dad gestorben ist. Ich warte. Mache mich darauf gefasst. Überlege, was ich sagen soll. Aber er fragt nicht. Er schweigt. Vielleicht, weil er weiß, dass ich ihm nicht antworten kann, ohne zusammenzubrechen. Ohne zu weinen. Weil es zu wehtun würde. Dillen lächelt mich nur an, so als hätten meine Augen alles gesagt, was ich nicht sagen kann, dann küsst er mich auf die Wange.

„Lass uns fahren..."

Er springt von der Ladefläche und geht rüber zu seinem Wagen, der ungefähr so abgenutzt und alt aussieht wie der von meinem Dad.

„Fährst du direkt nach Hause?"

„Nein... ich begleite dich noch zum Pier."

•••

Mit seinem Duft in der Nase fahre ich ihm hinterher. Der Himmel sieht aus wie gemalt, fast so, wie auf einer dieser kitschigen Urlaubskarten. Mein Blick schweift über die Brücke, die sich über die glitzernde Wasseroberfläche spannt. Die vielen Lämpchen auf der Restaurant-Terrasse schimmern im Abendlicht.

Dillen parkt, steigt aus und kommt langsam auf mich zu. Ich stelle den Motor ab.

„Das war ein schöner Tag..."

„Finde ich auch...", flüstert er und zieht einen Kugelscheiber aus seiner Hosentasche.

„Gib mir deine Hand."

Ich strecke sie ihm entgegen und beobachte seine Augen, während er etwas auf die Stelle zwischen Daumen und Zeigefinger auf meinem Handrücken malt. Die Stiftspitze kitzelt.

Bevor ich sehen kann, was er gezeichnet hat, greift er mit beiden Händen nach meinem Gesicht und küsst mich. Seine Lippen auf meinen, und meine Gedanken implodieren.

„Viel Spaß bei der Liebesgeschichte..."

Sein feuchter Atem streift mein Ohr und seine tiefe Stimme vibriert durch meinen Körper.

„Schreibst du mir später noch? Ich meine, wenn du fertig bist?", frage ich außer Atem.

Er lächelt nur und zwinkert mir zu. Dann geht er in Richtung Restaurant.

„Dillen..."

Er dreht sich noch einmal zu mir um.

„Was?"

„Mein Dad...", sage ich und schlucke. „Es war ein Autounfall."

Er kommt näher. In seinen Augen schimmert etwas, das ich nicht deuten kann. Vielleicht ist es Mitgefühl.

„Er wollte nur über die Straße laufen... er..."

Dillen legt seine Hand auf meine. Sie und sein Blick trösten mich.

„Er hatte es eilig... und dann ist er... einfach... auf die Straße... ohne..."

Ich schüttle den Kopf und atme tief ein. Gegen die Tränen und den dumpfen Schmerz, der sich in meiner Brust aufbäumt.

„Der Truck-Fahrer hat versucht zu bremsen..."

Dillen öffnet die Fahrertür und zieht mich aus dem Wagen. Seine Arme halten mich fest. Liegen warm um meinen Körper, während sein T-Shirt meine Tränen aufsaugt und sein breiter Brustkorb das Beben dämpft, das mich erschüttert.

„Er ist tot...“, schluchze ich. „Er hat mich *allein* gelassen...“

„Du bist nicht allein, Kleines... ich bin bei dir.“

33. Kapitel

Ich sitze auf dem Dach. Erleichtert. Glücklich. Ungeduldig. Die schwüle Luft steht still. So als hätte sie aufgegeben. Es ist kurz nach elf und ich warte darauf, dass die Zeit endlich vergeht. Dass sie Mitleid mit mir hat. Die vergangenen zwei Stunden habe ich alle paar Minuten auf die Uhr gesehen und zwischendurch so getan, als würde ich lesen. Ich habe mir ein paar Sandwiches gemacht, wieder auf die Uhr gesehen und ein weiteres Mal den Zeiger verflucht, weil der sich einfach nicht bewegen wollte. Ich habe geduscht, weil der Sommer und die Gedanken an Dillen zu sehr auf meiner Haut geklebt haben. Also alles bis auf meine linke Hand – die *musste* trocken bleiben. Ich lächle und betrachte wieder dieses winzig-kleine Kugelschreiber-Herz, das Dillen mir auf den Handrücken gemalt hat. Es ist etwas blasser, aber noch immer da. Und ich wünschte, es würde nie weggehen. Ich habe also einhändig geduscht und mich in der Hoffnung auf eine kühle Brise dann aufs Dach gesetzt – in einem Unterhemd und meiner kurzen Schlafhose, weil es für alles andere zu heiß wäre – und weitergelesen. Na ja, zumindest habe ich so getan. Letztlich waren es vielleicht drei Seiten in einer halben Stunde. Ich habe aufgegeben. Stattdessen zeichne ich und höre Dillens Lied.

Zeit. Heute Nachmittag verging sie wie im Flug und heute Abend ist es, als würde sie es wieder gutmachen wollen, nur, dass sie es damit nur noch schlimmer macht.

Das Vibrieren des Handys unterbricht die Musik und ich greife danach. Dieses Brummen ist wie eine Erlösung. Wie das Weckerklingeln nach einer durchwachten Nacht. Mein Herz klopft voller Vorfreude auf Dillens Nachricht. Als mein Blick dann aber auf das Display fällt, rutscht es mir in die Magengrube.

Andrew: Ich bleibe ein paar Tage in Boston. Ryan hat ein Rennen, das ich nicht verpassen darf. Du musst ihn kennenlernen. Das nächste Mal nehme ich dich einfach mit. Was meinst du? Boston – du und ich? Wie auch immer. Wenn etwas ist – du weißt, *ein Anruf* genügt. Pass auf dich auf und bau keinen Scheiß. ;-) xxx Andrew

Kate: Alles klar. Boston? Da war ich nie – wollte aber immer hin. Sag Ryan Grüße von mir. Viel Spaß in Boston. Und danke. Für alles. xxx KT

Ich drücke auf senden, lege das Handy wieder neben mich und zeichne weiter. Ich schaue wieder auf die Uhr. 23:42. Vielleicht schläft Dillen bereits. Ich meine, bestimmt war er müde. Ich versuche, die Enttäuschung ganz weit wegzuschieben und konzentriere mich stattdessen auf sein Lied. Ich mochte es immer, aber seit heute *liebe* ich es. Seit heute ist es anders. Es ist, als hätte ich es davor nicht wirklich verstanden.

Ich höre die Endlosschleife. Das sanfte Licht der Kerzen erhellt die mondlose Nacht. Hier auf dem Dach und hinter mir. Wie Glühwürmchen. Ihr frischer Duft hängt träge in der lauen Luft. Dieser Ort wird immer mehr Teil meiner Geschichte. Einer Geschichte, die ich mir nie ausgemalt hätte. Zu einem ganz neuen Leben, in das ich gestoßen wurde, das mir plötzlich den Atem raubt. Mein Blick schweift über die Laubbäume, weiter zum Steg. Das offene Meer glitzert endlos unter den Sternen. Meine Augen suchen das Ufer nach dem Bootshaus ab und entdecken es zwischen dichtem Geäst. Ich verliere mich in Erinnerungen, während ich zum vierhundertsten Mal *To Build a Home* von The Cinematic Orchestra höre.

Als das Lied gerade wieder von vorne beginnt, wird es von einem Brummen unterbrochen und das Handy-Display leuchtet auf. Es wirft einen kalten Lichtkegel in die Nacht. Ich nehme die Kopfhörer ab. Das Bellen der Nachbarshunde zerschneidet die Stille. Sie klingen aufgeregt. Als ich seinen Namen auf dem Display entdecke, legt sich ein breites Lächeln auf meine Lippen, und allein beim Gedanken an seine Nachricht läuft mir ein Schauer über den Rücken.

Dillen: Ich hoffe, Andrew ist nicht da.

Kate: Nein, warum?

Dillen: Das hat viele Gründe.

Kate: Zum Beispiel?

Ein knackendes Geräusch rechts von mir lässt mich unvermittelt aufschauen, doch ich sehe nichts.

Alles ist ruhig, bis auf die bellenden Hunde. Als ich wieder auf das Display schaue, wartet Dillens Antwort.

Dillen: Ich habe dich vermisst.

Ich lächle mein Handy an.

Kate: Ich dich auch.

Pause.

Kate: Was für Gründe?

Dillen: Wegen Andrew?

Kate: Ja, wegen Andrew.

Dillen: Er ist scharf auf dich.

Kate: Andrew *mag* mich.

Dillen: Das ist nicht nur mögen.

Pause.

Dillen: Ich wette, deine Beine machen ihn *völlig wahnsinnig*.

Kate: Was?!

Dillen: Es ist gut, dass er nicht da ist, weil es mir gar nicht recht wäre, wenn er dich so sieht...

Mein Blick schnellt hoch. Erst sehe ich nichts. Meine Augen suchen Dillen in der Dunkelheit und finden ihn am Ende des Daches neben der Leiter. Mein Herz pumpt. Ich bemerke nicht, wie flach ich atme. Spüre nur das Kribbeln und die feuchten Hände. Versinke in Gedanken, in denen ich ihn bereits küsse, während er langsam auf mich zukommt. Sein Duft erreicht mich noch, bevor er es tut, und ich atme tief ein.

„Was machst du hier?", frage ich überrascht.

„Ich musste dich sehen..." Er lächelt und zeigt auf den Platz neben mir. „Darf ich?"

„Sicher..."

Sein Blick fällt auf den Block, der noch immer in meinem Schoß liegt, und er entdeckt das Bild bevor ich es verstecken kann.

Ich will ihn wegziehen und zuklappen, aber Dillen ist schneller.

„Komm schon... lass es mich sehen."

„Bitte nicht..."

Seine Augen mustern mich.

„Warum?"

„Weil es peinlich ist..."

„Hey... Sieh mich an...", flüstert er und sein Atem berührt meine Wange.

Ich will ihn ansehen, aber ich kann es nicht. Meine Augen schauen stur nach unten.

„Katie..."

Er legt die Hände um mein Gesicht und zwingt mich hochzusehen.

„Nicht vor mir", haucht er lächelnd, und dieses Lächeln pocht bis tief in meinen Bauch. „Vor mir braucht dir *nichts* peinlich zu sein... *gar nichts.*"

Ohne das Bild anzusehen, streckt er mir den Block entgegen. Mein Magen verknotet sich, und trotzdem schiebe ich den Block zu ihm zurück.

„Okay..."

„Okay?", fragt er und schaut mich von der Seite an.

„Ja..."

Ich beobachte seine Augen, die andächtig über das Papier gleiten. Über unsere Gesichter, diesen Kuss, der niemals endet, weil ich ihn nicht enden lasse. Über unsere Körper, die verschlungen auf der Ladefläche des Pickups liegen.

„Es ist wunderschön..."

Er sagt das so leise, dass ich es kaum hören kann. Dann schlägt er vorsichtig den Block zu und legt ihn zur Seite. Dillens Blick findet meinen. Und er ist so intensiv, dass ich ihn überall spüre. Er brennt auf meiner Haut und in meinem Bauch. Befiehlt den Schweiß aus meinen Poren und den Schauer über meinen Rücken. Ich lege das Handy und die Kopfhörer weg.

Ich spüre Dillens Wärme. Seinen Atem. Rieche seinen Duft. Mein Blick fällt auf seine großen Hände. Meine Haut kribbelt ungeduldig. Sie wartet darauf, sich unter ihnen zusammenzuziehen. Er zieht mich fest an sich und der flache Atem zwischen unseren Lippen vermischt sich. Seine Zunge findet meine und die Gänsehaut erfasst mich. Sie legt sich um meinen Körper, während seine Hände sich zu meinen Schenkeln vortasten und seine Zunge meinen Hals findet. Mein Atmen wird zum Seufzen, als seine warmen Lippen mein Schlüsselbein küssen und seine Fingerspitzen meine Wirbelsäule entlang fahren. Sein Griff wird fester, fast grob, und mit ihm wird das Pochen lauter.

Wir liegen auf dem Dach. Da sind nur wir und die Sterne. Zwischen flackernden Kerzen. Mein Herz schlägt aufgeregt gegen seines, während seine Hand langsam unter mein Unterhemd gleitet, über meinen

Bauch, weiter zu meinen Brustwarzen, die sich unter seinen Fingerkuppen zusammenziehen.

Dillen legt sich auf mich, schiebt sich zwischen meine Schenkel. Jeder Muskel in meinem Körper spannt sich an, als ich seine Erregung zwischen meinen Beinen spüre. Das Pulsieren, das auf das Pochen in meinem Bauch reagiert.

Als sich seine Lippen von meinen lösen wollen, halte ich ihn fest. Ich ziehe ihn an mich und küsse ihn weiter, lasse ihn nicht aufhören, weil ich nicht vernünftig sein kann. Ich spüre seinen Atem auf meinem Gesicht, die Härte, mit der er mich will.

„Katie...“, flüstert er heiser.

„Nein, bitte...“

Er drückt sich von mir weg und sieht mich an. Sein Blick lässt mich schlucken.

„Lass uns reingehen...“, haucht er und streicht mir eine Haarsträhne aus der Stirn. *„Ins Bett...“*

34. Kapitel

Der sanfte Schein der Kerzen liegt auf uns, unter uns weiche Decken. Die Luft knistert elektrisch. Ich versuche zu atmen, ich versuche ruhig zu bleiben, aber nichts ist ruhig. Der Rausch schlägt hohe Wellen durch meinen Körper, das Adrenalin brennt in meinen Adern, der Puls vibriert unter meiner glühenden Haut, die feucht im gedämpften Licht schimmert. Dillen sieht mich an, während er mir langsam die Shorts auszieht. Sein Blick fragt mich, ob ich mir sicher bin. Er fragt mich, ob es zu schnell geht, ob wir warten sollten. Aber ich kann nicht warten. Und ich bin mir sicher. Ich habe keinen Zweifel. Dillen ist der, auf den ich gewartet habe. Und er war jede Sekunde des Wartens wert. Die Trockenheit legt sich in meinen Mund und ich schlucke hart. Dillen zögert einen Augenblick. Seine Augen fragen noch immer. Ich will ihm antworten, aber ich kann nicht sprechen. Meine Stimmbänder sind wie gelähmt. Ich hebe mein Becken leicht an und meine Beine zittern. Jeder Muskel in meinem Körper ist angespannt. Es wird wirklich passieren. Bei diesem Gedanken wird das Saugen in meinem Unterleib stärker. Dillen zieht mir die Shorts aus und wirft sie auf den Boden. Er greift nach dem Saum seines Shirts und zieht es sich über den Kopf. Meine Augen baden in diesem Anblick. Sie versinken in den Muskeln, die sich durch seine Haut drängen. So wie er vor mir kniet, kann ich seine Erregung deutlich sehen. Er ist hart und seine Jeans spannt sich im Schritt. Der Reißverschluss stemmt sich dagegen. Ich will wegsehen, aber ich kann nicht. Ich atme flach und angespannt, als Dillen erst den Knopf seiner Hose, dann den Reißverschluss öffnet. Er springt hervor, presst sich gegen den schwarzen Stoff der Boxershorts. Sie hält ihn noch bedeckt, aber ich sehe ihn darunter pulsieren.

Eine Sekunde überfällt mich die Angst, dass es wehtun wird. Ich versuche nicht daran zu denken, wie groß er ist oder wie lang. Ich versuche nur daran zu denken, wie es sich anfühlen wird, ihn zu spüren. Ganz tief in mir.

Dillen zieht sich die Jeans und die Socken aus, dann legt er sich zu mir. Als er mir das Unterhemd über den Kopf zieht, streifen seine Finger meine Haut und die Gänsehaut breitet sich aus wie ein Flächenbrand. Meine Nippel werden hart, ziehen sich zusammen und strecken sich ihm entgegen. Seine Hände bedecken meine Brüste und ich spüre die Feuchtigkeit zwischen meinen Beinen und das Pulsieren, ich spüre die Hitze zwischen meinen Schenkeln und Schweißperlen auf meiner Haut. Als er anfängt an meiner Brustwarze zu saugen und leicht zu beißen, atme ich scharf ein und bäume mich auf. Seine heiße Zunge gleitet über die empfindliche Haut und schickt dumpfe harte Stöße zwischen meine Beine. Meine Hände vergraben sich in seinem Haar. Bartstoppeln reiben über meine Brüste und dieses kratzende Gefühl lässt mich schwerer atmen. Das Kribbeln beginnt tief in meinem Bauch und kriecht durch meinen Körper. Ich bewege mein Becken, winde mich unter ihm. Unwillkürlich, wie in Trance. Als er mit der Hand zwischen meine Schenkel gleitet, zucken meine Beine. Ich spüre ihn durch den dünnen Stoff des Höschens, der feucht an mir klebt. Dillen zieht es mir aus und ich halte den Atem an. Völlig nackt liege ich da. Entblößt und zitternd. Erregt. Angespannt. Dann der Moment, als sein Finger meine Schamlippen teilt und in Flüssigkeit versinkt. Ich stöhne auf, atme hektisch und flach.

„Fuck...", raunt Dillen heiser. „Oh, fuck..."

Seine Stimme bebt durch meinen Körper, während er mich massiert. Er zeichnet Kreise. Erst mit dem Mittelfinger, dann mit dem Daumen. Ich spüre, wie er langsam mit einem Finger in mich eindringt und seufze auf. Alles kribbelt, meine Stimme vibriert, mein Herz rast. Ich werde fallen, ich werde mich verlieren. Das Stöhnen, das meine Lippen verlässt, klingt fremd und wird immer lauter. Es klingt verzweifelt. Fast wie ein Betteln. Ein Flehen. Mein Körper windet sich unter Dillens Fingern. Er hat mich in der Hand, kontrolliert mich. Und dann bricht die Welle los, wirft mich aus der Bahn. Mein Körper steht unter Spannung. Zuckt und pocht. Ich japse nach Luft und bäume mich auf. Dann krampft sich alles zusammen und ich explodiere.

Vor meinen Augen tanzen Kristalle, mein Herz erschlägt mich, meine Haut brennt. Ich liege mit gespreizten Beinen nackt vor Dillen und bin völlig entspannt. Ich will mich bewegen, mich aufsetzen, ihn küssen, aber mein Körper ist wie betäubt. Ich spüre mich nur zittern. Überall.

Als ich die Augen öffne, sehe ich, wie er neben dem Bett steht und in seinem Geldbeutel nach etwas sucht. Ich beobachte ihn dabei, wie er die Boxershorts auszieht. Sein Blick trifft meinen und ich schlucke. Als er nackt neben mir steht, schaue ich ihn an, mein Blick wandert seinen Bauch hinunter, die Haarlinie entlang. Dann kniet sich Dillen zwischen meine Beine.

„Bist du dir sicher?“, flüstert er angespannt.

„Ich bin mir sicher.“

„Wir können warten...“

„Ich nicht...“ Meine Stimme bricht weg und ich schlucke. „Ich will mit dir schlafen.“

Einen Moment mustert er mich, so als würde er in meinen Augen lesen. Dann reißt er die Kondomhülle auf. Ich sehe ihm dabei zu, wie er es langsam über seine komplette Länge abrollt. Dabei lässt er mich keine Sekunde aus den Augen.

Dillen schiebt sich zwischen meine Schenkel. Die Aufregung erfasst mich, mein Magen zieht sich zusammen und mir bricht der Schweiß aus. Das Pochen wird lauter und mein Atem flach. Dillen drängt sich ganz nah an mich. Ich spüre die Schwere seines Körpers, seine Wärme, seine Haut. Ich rieche ihn und spüre seinen feuchten Atem. Er greift zwischen unsere Beine und ich spüre seine Spitze zwischen meine Schamlippen dringen.

Er sieht mich ein letztes Mal an und ich nicke. Dann, ganz langsam, Millimeter für Millimeter, schiebt er sich in mich, dringt in mich ein. Dehnt mich aus. Es tut nicht wirklich weh. Es ist fremd und seltsam, es kribbelt und zieht.

„Gott, Katie... *Fuck...*“

Ich kann nicht atmen. Ich zittere. Spüre Stellen, die ich noch nie gespürt habe. Dann plötzlich ein stechender Schmerz, der mich erstarren lässt. Ich reiße die Augen auf und atme abrupt ein. Dillen bewegt sich nicht, sieht mich nur an, sein Gesicht fast schmerzverzerrt.

„Bist du okay?“, flüstert er.

Ich atme langsam aus und nicke. Eine Träne läuft meine Schläfe hinunter und versickert.

„Sicher?“

„Ja“, hauche ich.

Er schiebt sich weiter in mich. Und noch weiter. Mein Körper legt sich eng um ihn, nimmt ihn auf. Ich spüre seine Härte und das Pulsieren.

„Tut es weh?“, raunt er angestrengt.

Ich schüttle den Kopf. Und dann fängt er an, sich zu bewegen. Langsam, ganz langsam. Dillen gleitet ganz tief in mich hinein und wieder aus mir heraus. Er gleitet in Flüssigkeit, reibt gegen meinen Körper. Da ist kein Schmerz mehr, nur noch dieses unbeschreibliche Gefühl. Er. In. Mir. Ein Teil von mir.

Er küsst mich, atmet schwer, als er plötzlich diese Stelle in mir trifft, die mich laut aufstöhnen lässt. Meine Arme klammern sich um seinen Nacken, während er mit mir schläft, während alles in mir kribbelt und mein Herz mir bis in den Hals schlägt.

Er seufzt mir in den Mund und wird langsam schneller. Er massiert den Punkt, der mich flach atmen lässt. Immer und immer wieder. Er drückt ihn und gleitet wieder weg. Mein Körper bebt und zittert. Etwas in mir baut sich auf, schwillt an. Immer weiter, bis ich es kaum noch aushalte. Ich stöhne auf, werfe den Kopf in den Nacken. Ich klammere mich an ihm fest, versuche, Halt zu finden, seufze laut. Dillens Körper spannt sich an.

„Dillen... ahh... ahhh... gleich...."

Er atmet schwer, hält mich an der Hüfte. *Jeden Augenblick, gleich.* Und dann der Moment, in dem ich mich vergesse, in dem die Welt stehen bleibt. Ich stehe auf der Klippe. Er dringt ein letztes Mal ganz tief in mich ein und stößt mich über den Rand. Dillen erstarrt und ich falle. Und alles in mir explodiert.

35. Kapitel

Alles ist still. Bis auf unseren Atem, der flach und angestrengt unsere Lungen verlässt. Mein Körper zittert, jeder Muskel, jede Zelle. Dillen liegt auf mir. Sein Gesicht auf meiner Schulter, seine Haut klebt auf meiner, Schweißperlen laufen zwischen uns hindurch. Ich spüre ihn in mir. Er pulsiert, während mein Körper an ihm saugt, sich eng um ihn legt.

Dillen hebt den Kopf und ich öffne die Augen. Das Lächeln auf seinen Lippen und dieser Ausdruck in seinen Augen brechen mir fast das Herz. Sein feuchter Atem trifft mein Gesicht und sein Mund findet meinen. In der Sekunde, als seine Zunge um meine kreist, fängt er wieder an, sich in mir zu bewegen. Ich seufze auf. Das Kribbeln bricht wieder aus, während alles in mir noch immer bebt. Ich bin süchtig nach ihm, dieser Nähe, diesem Gefühl. *Ihm* in mir. Dillen erfüllt mich. Voll und ganz. Mein Herz und meinen Körper.

Dillen gleitet langsam aus mir heraus und wieder tief in mich hinein. Sein Körper steht unter Strom und schiebt mich immer näher in Richtung Abgrund. Ich verliere mich in dem Rausch, der meinen Körper erfasst. In dieser Woge, die sich langsam zu einer riesigen Welle aufbaut. Die mir immer weiter in den Kopf steigt, meinen Verstand schachmatt setzt und mich nur noch fühlen lässt. Dillen atmet angestrengt.

Ich seufze gegen seinen Hals, während seine Zunge über meinen gleitet.

Mein Stöhnen wird lauter, meine Lider fallen zu. Ich ergebe mich, lasse mich fallen, vergehe, will schreien, kann nicht mehr atmen. Was Dillen tut, ist so gut, dass ich es kaum aushalten kann. Wie eine Qual, die ich für immer ertragen will, wie ein kleiner Tod, der mich mit sich reißt. In dem Bruchteil einer Sekunde, bevor ich komme, öffne ich die Augen und finde Dillens angespannten Blick. Dann erreicht die Welle ihren Höhepunkt. Sie bricht und wirft mich zu Boden.

Mein Körper saugt und zuckt. Betäubt und berauscht liege ich unter Dillen. Schwerelos und glücklich. Das Lächeln besiegt die Erschöpfung und legt sich breit auf meine Lippen. Dillen sieht mich an. Sanft, zärtlich. Er küsst mich, dann, ganz langsam, zieht er sich aus mir heraus.

•••

Das warme Wasser prasselt und trommelt auf meine Haut, während Dillen mich mit Duschgel einreibt. Erst meine Arme, weiter über meine Brüste, dann meinen Bauch. Er gleitet tiefer und verschwindet zwischen meinen Schenkeln. Seine nassen Lippen streifen mich am Hals. Er greift nach der Handbrause, duscht mich ab und macht das Wasser aus.

„Komm schon..." Er gibt mir einen Klaps auf den Po. „Lass uns was essen..."

•••

Wir sitzen auf dem Dach und essen Sandwiches. An Dillens Kinn klebt ein Klecks Mayonnaise. Ich strecke den Finger aus und wische ihn weg. Vor ein paar Tagen hat noch alles in mir wehgetan. Ich war allein und Dillen war abweisend. Und jetzt sitzt er neben mir und grinst mich frech an. Das tiefe Blau seiner Augen schimmert und die Flecken glitzern wie Sterne.

Dillen legt den Rest seines Sandwiches zur Seite und wischt sich mit dem Handrücken über den Mund.

„Kleines?"

Es ist ein Flüstern.

„Hm?"

Er rückt näher an mich heran und nimmt mein Gesicht zwischen seine warmen Hände.

„Das Schuljahr ist fast vorbei..."

Er schluckt und ein unsicherer Ausdruck legt sich auf sein Gesicht.

„Du wirst aufs College gehen und ich werde hier bleiben..."

„Dillen..."

„Nein, nicht..." Er seufzt. „Wir haben noch ein paar Tage... *ein paar Tage,* bevor alles anders wird."

Der ernste Blick in seinen Augen schnürt mir die Kehle zu.

„Scheiße, wir haben echt ein *denkbar* schlechtes Timing...", sagt er und lacht verzweifelt.

„Dillen... Boston ist nicht weit weg...“

„Nein, Boston nicht...“, gibt er zu. „Aber du wirst weit weg sein. Du wirst ein anderes Leben leben und neue Leute kennenlernen und ich werde hier sein. Ohne dich.“

„Was ist mit Harvard? *Wieso* kannst du nicht gehen?“

„Es *geht* einfach nicht.“

Und wieder hat er diesen finalen Tonfall. Den, der mir sagt, dass er nicht weiter darüber reden will.

„Und was ist mit uns?“, frage ich und schlucke. „Ich meine, wenn ich gehe? Was... was ist dann mit uns?“

„Ich weiß es nicht...“ Er schüttelt den Kopf und mein Magen verkrampft sich. „Ich weiß nicht, was passieren wird, Kleines, ich habe echt keine Ahnung, aber ich weiß ganz genau, dass ich jeden einzelnen Augenblick, der uns bleibt, mit dir verbringen will...“

Das Lächeln findet in sein Gesicht zurück, während sich in mir alles zusammenzieht. Es klingt, als würde er gerade Schluss machen. Etwas beenden, das es erst seit ein paar Stunden gibt. Es fühlt sich an, als würde er mich verlassen. Oder zumindest darauf vorbereiten. Auf den Moment, der in seinen Augen unvermeidbar zu sein scheint.

„Eigentlich hat mich der Abschlussball nie interessiert und ich hatte nicht vor, hinzugehen...“

Dillen streicht mir sanft über die Wange.

„...aber jetzt würde ich wirklich gerne gehen... mit *dir...*“ Er schaut mich von unten an. „Was denkst du? Gehst du mit mir zum Abschlussball?“

Ich kämpfe gegen den dumpfen Schmerz in meiner Brust und das Brennen in meinen Augen, aber die Tränen lassen sich nicht aufhalten. Als ich jedoch nicke und in seine Arme sinke, deutet er sie als Freude und ich beschließe, die Wahrheit zu verschweigen. Weinen kann ich auch noch, wenn ich dann in Boston bin und Dillen ein Teil meiner Vergangenheit. Bis dahin lebe ich den Tag und schwimme in diesem Gefühl, von dem ich mir inzwischen sicher bin, dass es Liebe ist.

36. Kapitel

Die Morgensonne dringt durch meine Lider und Dillens Duft liegt federleicht in der Luft. Ich liege in seinen Armen, auf seiner Schulter, das Bein über seinem, spüre die Wärme seiner Haut, während sein Brustkorb sich ruhig hebt und senkt. Ich blinzle gegen das Sonnenlicht und suche seine Augen.

Die Erinnerungen an die gestrige Nacht lassen mich verträumt lächeln. Doch dann denke ich an Dillens undurchdringlichen Gesichtsausdruck und seine kryptische Art. An all die Dinge, die er gesagt hat und dann an die, die er nicht gesagt hat. Ich glaube, die unausgesprochenen waren noch schlimmer. Bevor mich der fahle Nachgeschmack dieses Gesprächs völlig verschluckt, strecke ich mich und krieche zu Dillens Gesicht. Bei jeder Bewegung zieht etwas ganz tief in meinem Bauch. Ich fühle mich wund, so als wäre mein Unterleib beleidigt, während der Rest von mir beim Anblick von Dillens Gesicht vor Glück zerspringen will. Meine Lippen berühren sanft seine Wange und er öffnet die Augen. Die Nordlichter schimmern mir entgegen. Müde, verschlafen, wunderschön.

„Guten Morgen...“, flüstert er rau. „Hast du gut geschlafen?“

Ich nicke.

„Du?“

Er küsst mich auf die Stirn und lächelt.

„Ich habe lange nicht mehr so gut geschlafen."

Seine Augen glänzen. Sie strahlen mich an, als hätte es den undurchdringlichen Blick nie gegeben. Mit einer Hand malt Dillen Muster auf meinen Rücken, die andere greift nach meiner Hand. Er grinst.

„Was ist?", flüstere ich.

„Es ist noch da..."

Er streicht sanft mit dem Finger über das winzige Kugelschreiber-Herz.

„Ich habe einhändig Haare gewaschen."

Dillens Lachen bebt durch meinen Brustkorb, während er nach einer Haarsträhne greift und sie zwischen seinen Fingern hindurchgleiten lässt. Er riecht an ihr und schließt die Augen.

„Hmmmmmm... Ich liebe es, wie du riechst...", flüstert er. „Jasmin?"

Er öffnet die Augen.

„Woher... ich meine..." Ich schüttle erstaunt den Kopf. „... ja, es ist Jasmin."

Bevor ich ihn fragen kann, woher er das weiß, klingelt sein Handy. Dillen verdreht die Augen und greift danach. Als er die Nummer erkennt, frisst sich wieder der undurchdringliche Blick in seine Augen. Er schiebt mich von sich weg, setzt sich auf und geht dran.

„Peter? ... Ja... Ja, natürlich, verstehe ..."

Seine Stimme ist angespannt und hart.

„Ja, sicher ... Ich... ja, das ist klar ...“ Er nickt und streicht sich die Haare aus der Stirn. „Sofort? Ja... okay... ich mache mich auf den Weg...“ Falten schneiden sich zwischen Dillens Augenbrauen. Die Leichtigkeit stirbt aus seinem Gesicht. „Ja, das verstehe ich... Und Peter...“ Sein Kiefer verarbeitet die Nachrichten, die ihn nicht wirklich zu überraschen scheinen, während er mit den Fingern nachdenklich über seine Stirn streicht. *„Danke.“*

Seine Hand hält noch immer das Handy fest umschlossen. Seine Augen zusammengekniffen, sein Mund eine harte Linie. Ich kann dabei zusehen, wie seine Gedanken von mir wegdriften. *Weit weg.* An einen Ort, der an ihm nagt. Ich sehe ihm an, dass er das Seufzen unterdrückt. Vielleicht ist es auch Verzweiflung. Oder ein Wutausbruch. Meine Augen wandern über den angespannten Ausdruck in seinem Gesicht. Die Muskeln, die sich durch die Haut drücken. Ich versuche, seine Körpersprache zu deuten, aber die Fläche wird glatt und ich finde keinen Halt. Da sind keine Tränen, nichts. So als wäre nur noch seine Hülle da. Dillen wartet darauf, dass ich ihn mit Fragen löchere, aber ich weiß, dass er mir keine Antworten geben wird. Weil er mir nicht sagen will, was eben passiert ist. Oder es nicht sagen kann. Vielleicht kann er es irgendwann. Und bevor ich ihn dazu zwinge, mich anzulügen, verschlucke ich die Fragen, die mir auf der Zunge brennen, und stelle eine andere.

„Du musst gehen, richtig?“

„Ja.“

Er öffnet die Augen und sieht mich an.

„Es tut mir leid."

„Das muss es nicht."

Ich strecke die Hand nach ihm aus, aber er weicht mir aus.

„Katie... es..."

Ich schlucke. *Bitte sag es nicht. Bitte nicht. Gib uns wenigstens die paar Tage.*

„Es wird immer Dinge geben, die zwischen uns stehen..." Er atmet tief ein. „Dinge, die ich dir nicht sagen kann. Dinge, die ich nicht beeinflussen kann... die... die unvorhergesehen kommen."

Ich nicke, während sich alles in mir ängstlich zusammenzieht.

„Mich gibt es nur so... und wenn dir das zu viel ist oder du das nicht willst, dann – "

„Hey", falle ich ihm ins Wort und nehme seine Hand. „Ich gehöre zu dir... Schon vergessen?"

Seine Augen lächeln, während sein Mund keinerlei Regung zeigt.

„Ich will dich...", flüstere ich mit fester Stimme. „Nur dich. Okay?"

Sein Kiefer kämpft und arbeitet.

„Dillen?" Ich schaue ihn von unten an.

„Okay", sagt er knapp, drückt meine Hand und steht auf. Einen Augenblick sieht er mich nur ratlos an, dann bückt er sich nach seiner Hose. „Ich ... ich will nicht gehen..." Er schluckt hart und atmet unruhig, wütend. „... aber ich muss."

„Ich weiß..."

Ich beobachte, wie er sich anzieht, wie jeder einzelne Muskel in seinem Körper angespannt ist. Ich sehe den geballten Zorn, den er mit aller Macht vor mir und der Welt verbergen will. Ich wünschte, ich könnte etwas tun. Ich wünschte, ich könnte einen Teil seiner Last auf mich nehmen.

Wir haben vor ein paar Stunden miteinander geschlafen. Ich dachte, näher kann man sich nicht sein. Aber in dem Moment, als er aus dem Fenster steigt und mir einen letzten Blick zuwirft, wird mir klar, dass wir uns nicht vertrauen. Zumindest nicht genug. Wir tragen beide unsere Maske. Eine Maske, die wir hassen, aber niemals abnehmen. Eine Maske, an die wir uns so sehr gewöhnt haben, dass sie uns meistens nicht einmal auffällt. Doch sie ist da. Es ist die Angst. Und gerade spüre ich sie.

•••

Den ganzen Tag begleitet mich jetzt schon dieses ungute Gefühl. Es breitet sich mulmig in meinem Magen aus wie ein Geschwür, als würde bald etwas Schreckliches passieren. Es ist bereits halb elf und die Sonne hat sich längst hinter dem Horizont verkrochen, um irgendwo anders aufzugehen. Der Tag neigt sich dem Ende zu und ich bin fast erleichtert, dass ich bald ins Bett gehen kann.

Seit Stunden warte ich jetzt schon auf eine Nachricht von Dillen – die nicht kommt. Auf einen Anruf, oder sonst irgendein Lebenszeichen. Ich starre in den Badezimmerspiegel und schüttle den Kopf. Schon seltsam, heute Morgen dachte ich noch, Dillen und ich würden den gesamten Tag im Bett verbringen. Ich dachte, es wäre einer von den Tagen, die sich für immer in mein Gedächtnis brennen.

Stattdessen habe ich noch einmal geduscht, ein bisschen gelesen, mir mit einer Nagelschere die Haarspitzen geschnitten, meine Fingernägel mit einem pinken Nagellack von Mrs. MacDougall lackiert und dann gleich wieder entfernt, weil er so furchtbar aussah, ein paar Frauenzeitschriften studiert und wütend weggelegt, weil sie mir mal wieder das Gefühl gegeben haben, dass man etwas gegen seine zu kleinen Brüste unternehmen muss. Und dazwischen habe ich im Drei-Minuten-Takt auf mein Handy-Display gesehen.

Während ich mit einem Buch bewaffnet aus dem Fenster klettere und mir einrede, dass ich *nichts* lieber tun würde, als zu lesen, flackern Bilder der letzten Nacht durch meine Gedanken. Dillens Lippen auf meinen, seine Hände und dieser Duft. Der Ausdruck in seinen Augen, als er mich wegen dem Ball gefragt hat. Ein paar Tage. Ich wollte nie nach Oceanside. Ich habe den Gedanken an diesen Ort gehasst, den Klang des Namens. Alles. Und jetzt bringt es mich fast um, dass ich bald gehen werde. Zumindest, wenn ich weiß, dass Dillen hier sein wird. Ich will da sein, wo er ist. Ich will meine Hand ausstrecken und wissen, dass er sie nehmen wird. Ich weiß, was mein Dad sagen würde. Er würde mich schief anlächeln und sagen, *Make it count, Kiddo.* Und ich weiß, dass er recht hat. Ich darf nicht darauf warten, dass jemand *anderes* meinem Leben einen Sinn gibt. Aber das ändert nichts daran, dass es so ist. Und ich habe nicht darauf gewartet. *Im Gegenteil.* Ich wollte meinen eigenen Weg gehen. *Allein.* Aber dann kam Dillen.

37. Kapitel

Dieses Mal bin ich mir sicher, dass ich etwas gehört habe. Ich setze mich auf und horche. Da ist jemand im Haus. Ich strecke die Hand aus und schalte das kleine Licht auf meinem Nachttisch ein, während jeder Muskel in meinem Körper sich verspannt. Das grelle Licht sticht in meinen Augen und ich blinzle dagegen an. *Okay, Kate. Vielleicht hast du nur schlecht geträumt.* Ein lauter Knall lässt mich unvermittelt hochschrecken. *Also gut. Kein Traum. Ganz ruhig, Kate, da ist nichts. Bestimmt ist es nur irgendeiner der Angestellten.* Ich schaue auf die Uhr. 2:35. Einen Augenblick spiele ich mit dem Gedanken, Dillen anzurufen, aber ich traue mich nicht. Und das nicht nur wegen der Uhrzeit. *Andrew.* Aber Andrew würde über eine Stunde hierher brauchen. Ich könnte die Polizei rufen. Und was, wenn es dann doch nur Rosa ist? Ich atme tief ein und werfe die Decke zurück. Auf Zehenspitzen schleiche ich zur Tür. Meine Hand liegt zitternd auf der Klinke. *Komm schon, Kate. Mach sie auf.* Ich öffne sie lautlos. Als ich im Flur stehe, wähle ich 911. Mein Daumen schwebt wartend über dem Wählen-Button.

„Hey, ich weiß, dass das scheiße war, aber was hätte ich denn machen sollen?!“, hallt eine Stimme durch den Eingangsbereich. „Ich konnte ja nicht ahnen, dass du plötzlich ausrastest! Das sieht dir gar nicht ähnlich... was ist bloß los mit dir?"

Ich steige die Stufen hinunter. Meine Knie sind weich und mein Atem flach, aber ich kann mir nicht vorstellen, dass Einbrecher sich so laut unterhalten würden.

„Was war da vorhin los?!"

„Fuck, lass mich endlich in Ruhe!" *Andrew.*

„Los, sag schon, was ist in letzter Zeit los mit dir?"

„GAR nichts. Okay?"

„Gar nichts?!" Die zweite Stimme wird laut. „Erst machst du aus heiterem Himmel mit Melissa Schluss und dann verprügelst du irgendeinen Kerl, der dir nichts getan hat?!"

„Keiner hat von dir verlangt, dass du dich in die Sache einmischst."

„Andrew, *was* ist los mit dir? Ist es eine andere Frau? Ist es das?"

„Es ist *nichts."*

„Okay, also der Andrew, den ich kenne, der ist verrückt nach Melissa..."

„Was!?", fällt ihm Andrew ins Wort. „Also, das mit Melissa und mir war *nie* ernst. Nicht *einen* Tag. Und die Tatsache, dass du wirklich dachtest, ich wäre verrückt nach ihr, zeigt, dass du *keine Ahnung* hast, wer ich bin."

Stille.

„Weißt du was, Andrew? Fick dich."

„Hau *endlich* ab!"

„Meld dich, wenn du kein Wichser mehr bist."

Ich stehe wie versteinert mit dem Handy in der Hand am Treppenabsatz, als ein junger Mann an mir vorbeistürmt. Wütend. Seine Augen funkeln, als er mich ansieht, dann wirft er die Tür hinter sich zu.

Ich folge der Mischung aus Schweiß, Parfum und Alkohol, die träge in der Luft liegt. Und da sitzt er, auf einem der Barhocker, und hält sich eine Packung gefrorene Erbsen an die Schläfe. Als er mich hört, seufzt er.

„Was. Willst. Du.?"

„Ich..."

Er fährt herum und sieht mich an.

„Katie." Andrews Blick wandert zur Digitaluhr am Herd. „Oh Fuck... wir haben dich geweckt... es tut mir leid."

„Kein Problem."

„Und ob das ein Problem ist... du musst dir Wunder was gedacht haben..."

„Was ist mit deinem Auge passiert?"

„Ach, nichts weiter..."

„Zeig mal her..."

Ich lege das Handy auf den Tresen und strecke meine Hand aus.

„Los, lass es mich ansehen..."

Er schluckt und nimmt den Beutel weg.

„Mach dir keinen Kopf... das ist wirklich nicht tragisch."

„Na, es ist jedenfalls nicht *nichts...*"

„Es sieht viel schlimmer aus, als es ist, Katie, ehrlich..." Seine hellblauen Augen lächeln mich an. „Es tut nicht mal weh..."

„Jetzt vielleicht nicht... aber morgen wird es das..."

Ich gehe zum Spülbecken und wasche mir die Hände.

„Wo habt ihr Desinfektionsmittel?"

„Katie..."

„Andrew", schneide ich ihm das Wort ab. „Ich WERDE das so oder so desinfizieren. Du kannst also mit mir streiten, oder aber du kannst *aufgeben* und das blöde Desinfektionsmittel holen."

„Ist ja gut..." Er grinst und hebt abwehrend die Hände. „... ich hole es."

•••

Ich tupfe mit der Watte über seine Augenbraue. Das Blut läuft seine Schläfe hinunter. Die Tropfen bleiben an den Bartstoppeln hängen. Andrew lässt sich nichts anmerken. Nur die Kiefermuskeln, die sich durch seinen Dreitagebart drücken, verraten den Schmerz.

„Geht's?", flüstere ich und reibe vorsichtig über die eingetrockneten Blutflecke.

„Ja, es geht..."

„Ein letztes Mal, dann hast du es überstanden."

Er grinst mich an.

„Ich mag dich als Krankenschwester."

„Gewöhn dich nicht dran."

Ich tränke ein frisches Stück Watte und drücke es auf die offene Wunde.

„Fuck!"

Andrew presst die Lippen aufeinander und eine Falte legt sich zwischen seine Brauen.

„Tut mir leid."

Als er mich ansieht, hat er wieder diesen Blick. Den, den er sonst vor mir versteckt.

„Ich...", sage ich und befeuchte meine Lippen. „Ich sollte schlafen gehen... es ist spät."

„Sicher, natürlich."

Er greift nach meiner Hand.

„Danke."

In seinem Atem rieche ich einen Rest Alkohol. Das helle Blau seiner Augen funkelt mich an. Ihre Tiefe brennt auf meiner Haut.

„Gute Nacht."

Er steht unvermittelt auf, zieht mich fest an sich und küsst mich. Sein Mund trifft meinen. Ich schmecke Bier und Gras und noch irgendetwas Hochprozentiges. Ich stemme mich gegen ihn, gegen die Muskeln, seine starken Arme. Drücke ihn von mir, drehe mein Gesicht weg.

„ANDREW. Nicht."

Er lässt mich sofort los und weicht einen Schritt zurück.

„Fuck, Katie... es..." Er rauft sich die Haare. „Es tut mir leid."

Mein Herz rast und meine Finger zittern. Ich bemerke weder den Wattebausch in meiner Hand, noch die Gänsehaut auf meiner Haut. In einem anderen Leben hätte ich seinen Kuss erwidert. In diesem anderen Leben wäre ich in Andrew verliebt. In seine eisblauen Augen, die tiefe Stimme und diesen Blick. Sein markantes, ebenmäßiges Gesicht und dieses Grinsen. Und vielleicht wäre Andrew ja der Richtige für mich. Auch in diesem Leben. Er ist so unbeschwert und frei. Er tut was er will und kommt damit durch. *Normalerweise.* Andrews Nasenflügel blähen sich, sein Brustkorb bebt.

„Andrew, es ist okay."

„NICHTS ist okay."

Ich weiß nicht genau, worauf er wütend ist. Vielleicht auf mich. Oder auf sich. Oder auf das Leben. Als ich nach meinem Handy greife und einen Schritt in Richtung Tür gehe, sieht er mich verzweifelt an.

„Ich glaube, ich bin dabei, mich Hals über Kopf in dich zu verlieben, Katie."

Ich brauche einen Moment, um zu begreifen, dass er das gerade *tatsächlich* gesagt hat. Ich möchte jetzt aufwachen. Feststellen, dass ich nur wieder einen dieser verstörenden Träume hatte. Aber ich bin wach. Der Adrenalinschub ist viel zu real.

„Andrew... du... du hast getrunken... du..."

„Ja, ich habe getrunken, aber das ist es nicht..." Er atmet unruhig. „Ich... ich kann an *nichts* anderes mehr denken."

Die Stille liegt fast greifbar zwischen uns. Ich will etwas sagen, aber ich kann nicht. Es gibt auf so einen Satz nur eine gute Antwort und die wäre gelogen.

„Okay... verstehe.“

„Andrew, es tut mir leid. Wirklich.“

Er sieht mich aus glasigen Augen an.

„Ist es wegen Dillen?“

„Ich...“

„Liebst du ihn?“

Seine Stimme vibriert und ich versuche seinem Blick auszuweichen.

„Andrew... ich...“

„Los, antworte mir... *Liebst du ihn?“*

Unsere Blicke haften aneinander.

„Ja.“

Er schließt die Augen, als hätte er Schmerzen, dann schluckt er und sieht mich wieder an.

„Und liebt er dich?“

„Ja.“

„Hat er das *gesagt?“*

Er hat es gesagt, ohne es auszusprechen. Seine Augen haben es gesagt. Seine Hände auf meiner Haut. Die Art, wie er mich berührt hat.

„Hat er nicht, richtig?“

„Nicht... mit Worten...“

Andrew starrt mich an. Fassungslos. Verletzt. Er schüttelt ungläubig den Kopf, fährt sich mit den Händen durchs Haar.

„Katie, bitte sag jetzt *nicht*, dass du mit ihm im Bett warst...“

Er sieht mich an und ich schlucke.

„Fuck, Katie!“

Er geht auf und ab.

„Warum?! Ich meine... warum so schnell?“

„Andrew, das...“ Ich atme tief in den Bauch. „Das zwischen Dillen und mir, das ist nicht nur Sex...“

„Bist du wirklich so naiv?“

„Ja, mag sein, vielleicht bin ich das... Und?“

Er bleibt stehen und schüttelt den Kopf.

„Katie, er ist 18! Er will das, was alle Jungs mit 18 wollen!“

„Und was bitte willst du, Andrew?!“

„Was ich will!?“

„Ja! Was willst du?“

„Ich will dich.“

38. Kapitel

Die Müdigkeit steckt mir tief in den Gliedern. Sie betäubt meine Muskeln und brennt in meinen Augen wie Feuer. Als heute Morgen der Wecker geklingelt hat, war ich erleichtert. Erleichtert, dass ich *endlich* aufstehen kann. Dass diese Nacht ein Ende hat. Meine Gedanken haben sich im Kreis gedreht. Sich überschlagen.

Ich wollte nicht denken, aber ich konnte nicht damit aufhören. Und insgeheim habe ich die ganze Zeit auf eine Nachricht von Dillen gewartet. Aber es kam keine. Und dann dieser Kuss. Andrews Lippen auf meinen, seine Zunge in meinem Mund. Ich habe versucht an etwas anderes zu denken. Zu schlafen. Ich habe mich von einer Seite auf die andere gewälzt. Die Minuten haben sich gedehnt und wurden unerträglich. Und irgendwann habe ich mich ergeben. Ich lag einfach da und habe an die Decke gestarrt. Meine Gedanken waren nicht klar. Sie waren wie hinter einer beschlagenen Scheibe. Fast greifbar, aber doch zu weit weg. Sie sind mir entwischt. Immer wieder. Wie Sand, der fein durch die Finger rieselt. Sie waren mir immer einen Schritt voraus, schneller als mein Gehirn.

...

Ich schaue mich um. Alles scheint sich irgendwie langsamer zu bewegen. Ich suche verzweifelt nach Dillen. Scanne die Menge. Ich will in seine Augen sehen, will, dass er mich in die Arme nimmt, wo alles Sinn ergibt. Und ich will ihm erzählen, was passiert ist. Es mir einfach von der Seele reden. Andererseits – was würde das ändern? Er wüsste es. Sonst wäre nichts anders. Da ist schon genug böses Blut. Ich weiß nicht, was genau passiert ist, und vielleicht will ich es auch nicht wissen, aber ich weiß, dass ich Dillen liebe. Alles an ihm. Sogar das, das ich nicht kenne. Mein Blick klebt am Eingang. Er wartet darauf, dass er jeden Moment die Tür aufstößt. Aber es passiert nicht. Die Glocke klingt schrill durch die Flure. Verdammt, wo ist er nur?

...

Ich sitze im Unterricht und starre wie hypnotisiert aus dem Fenster. Die Frage, wo Dillen steckt, schlägt von einer Frage in eine Sorge um. Was, wenn ihm etwas passiert ist? Und was hatte es mit dem seltsamen Anruf auf sich? *Hör auf, Gehirn.* Dillen ist *nichts* passiert. Bestimmt nicht. Er wird seine Gründe haben, warum er sich nicht meldet. *Gute* Gründe.

Nur noch ein paar Tage. Bei diesem Gedanken zieht sich mein Magen schmerzhaft zusammen und mein Herz liegt eng in meinem Brustkorb. In ein paar Tagen ist der Abschlussball. Wir wollten jeden Moment nutzen, bevor ich gehe. Bevor er mich verlassen wird. Die Bilder in meinem Kopf spielen

Ping-Pong. Ich sehe Dillen und Andrew, die Tiefe in Dillens Augen und den Ausdruck in Andrews Gesicht, kurz bevor er mich küsst. Das Chaos ist perfekt. Und ich mittendrin. Und dann kommt auch noch Michelle. Ich schließe seufzend die Augen. Ich will mich freuen, sie zu sehen. Und ich freue mich auch. Aber eben nicht so richtig. Mein Kopf ist viel zu abgelenkt von Dillen und der Frage, wie Andrew sich in mich verliebt haben kann. Ich versuche zu verstehen, wie zwei Typen wie Dillen und Andrew an mir interessiert sein können. Ich sollte mich geehrt fühlen, aber ich wünschte wirklich, ich hätte die Episode mit Andrew nur geträumt. Ich wünschte, sie wäre ein seltsames Konstrukt meiner Fantasie.

Ich greife nach meinem Handy und setze mich abrupt auf. *Eine neue Nachricht.* Der Schweiß presst sich durch meine Poren an die Oberfläche und benetzt meine Haut, während mein Herz gegen meine Rippen donnert.

Andrew: Können wir reden? Bitte?

Die Hoffnung stirbt und ich seufze. Alles wäre *so* viel einfacher, wenn ich mich in Andrew verliebt hätte. Aber das habe ich nicht. Zugegeben, da war dieser seltsame Traum. Und ja, er sieht wirklich gut aus. Dieses freche Grinsen, seine Sorglosigkeit und diese stechend blauen Augen. Sein arroganter Blick und diese *Scheißegal-Einstellung.* Ja, Andrew ist aufregend. Aber Dillen ist ein *Magnet.* Er hat diese knallharte undurchdringliche Fassade und diese verletzliche Ausstrahlung. Dillen ist ein Rätsel. Er ist voller Gegensätze. Wie ein Kurzschluss in meinem Kopf. In diesen tiefgründigen Augen schimmert eine

Geschichte. Unzählige Gedanken. Ich will alles von ihm wissen. Jedes Geheimnis. Ihn mit Fragen löchern. Aber allein beim *Anblick* seines Körpers vergesse ich diese Fragen. Sie implodieren und mein Verstand verabschiedet sich in eine andere Welt. Vielleicht ist das so mit der Liebe. Vielleicht ist das die Antwort.

Aber was, wenn Andrew recht hat? Was, wenn ich doch naiv bin? Dillen hat es selbst gesagt. Er hatte einige Frauen. Aber wenn ich eine von vielen wäre, hätte er dann nicht gleich im Bootshaus mit mir geschlafen? Ich meine, ich hätte ihn gelassen. Ich habe ja fast *gebettelt.*

Ich denke an die Art, wie er mich angefasst hat, an den Ausdruck in seinem Gesicht. Ich höre ihn fragen, ob alles okay ist. Sehe die Anspannung in seinen Augen. Wenn es ihm nur um Sex gegangen wäre, wäre er dann so sanft gewesen? Hätte er so viel Rücksicht genommen? Hätte er ... –

„Ms. Williams, ich warte..."

Ich schrecke auf.

„Wie bitte?"

„Ich hatte Sie etwas gefragt."

Ich beiße mir auf die Unterlippe und schlucke.

„Könnten Sie die Frage wiederholen?"

Ich spüre die Blicke und die Farbe, die mir heiß in die Wangen steigt.

Er schnaubt, schüttelt den Kopf und zeigt auf ein Mädchen in der ersten Reihe, das sich meldet.

„Stacy..."

Als sie Luft holt um zu antworten, entlässt uns das schrille Läuten in die Pause.

•••

Meine Augen suchen den Flur nach Dillen ab und finden Greg. Ich dränge mich zwischen meinen Mitschülern hindurch, die sich wie ein riesiger Organismus in Richtung Ausgang schieben.

„Hey... Greg..."

Er bleibt beim Klang seines Namens stehen und schaut sich um.

„Greg... warte..."

„Carolina... was gibt's?"

„Weißt du, wo Dillen ist?"

Er sieht zu Boden und atmet tief ein.

„Bitte Greg..."

Ich schaue ihn von unten an.

„Scheiße." Greg seufzt. „Dillen ist zu Hause..."

„Aber es geht ihm doch gut?"

Greg schüttelt den Kopf.

„Carolina... Ich will dich nicht belügen, aber ich kann es dir auch nicht sagen..."

„Was kannst du mir nicht sagen?"

„Bitte halt mich da raus..."

„Kannst du mir *wenigstens* sagen, wo er wohnt? Ich muss dringend mit ihm sprechen..."

„Nicht heute..."

„Was?"

„Hör mal, Katie, ich weiß, das ist echt viel verlangt, aber lass ihn in Ruhe...“

„Aber...“ Die Verzweiflung flackert in meiner Stimme. Sie und die Tränen. Der Kloß in meinem Hals schwillt an und mein Magen verkrampft sich.

„Nichts *aber*... lass ihn einfach.“

Greg lächelt mitfühlend.

„Glaub mir... Es ist besser so...“

39. Kapitel

Ich steige aus, stecke das Handy in meine Tasche und werfe die Fahrertür zu. Das Holzhaus in der Bedford Lane 2446 ist heruntergekommen und verwittert. Die Farbe blättert ab, die Fenster sind schmutzig. Etwas in mir flüstert mir zu, dass ich verschwinden soll. Dass ich hier nichts verloren habe. Aber die Unsicherheit und die vielen Fragen in meinem Kopf hämmern so laut gegen meine Schläfen, dass ich die warnenden Stimmen nicht höre. Sie ertrinken in der Angst, die wie Gift durch meine Adern fließt.

Ich hole tief Luft und gehe über die Straße, als mein Handy vibriert. *Dillen.* Ich fische es mit eisigen Fingern aus der Hosentasche und erkenne Andrews Nummer auf dem Display. Seufzend drücke ich ihn weg. Ich kann das jetzt nicht. Ein paar Sekunden später eine Nachricht.

Andrew: KT, *wo* bist du? Wir müssen reden. Bitte. Ich mache mir echt Sorgen. Melde dich.

Scheiße. Scheiße, scheiße, scheiße! Ich stehe mitten auf der Straße und versuche zu denken. Ich kann das jetzt nicht brauchen. Weder Andrew, noch die Gedanken an gestern Nacht.

Kate: Andrew, ich kann gerade nicht reden. Ich melde mich später.

Andrew: Komm schon KT, sag mir wenigstens wo du bist.

Ich zögere einen Augenblick, dann tippe ich schnell meine Antwort, drücke auf *senden* und stecke das Handy wieder ein.

Meine Knie sind weich, als ich den schmalen Weg zu Dillens Haus hinaufgehe. Es fühlt sich ein bisschen so an, als hätte die Welt den Atem angehalten. Nichts bewegt sich. Kein Blatt. Alles ist bedrohlich still. Die Stufen zur Veranda knarzen unter meinen Füßen. Als ich mich der Haustür nähere, erkenne ich, dass sie nur angelehnt ist. Ich strecke zitternd die Hand aus, während mir das Blut in den Ohren rauscht und sich mein Magen abrupt verkrampft. Der Schmerz zieht bis in meine Lungen und das ungute Gefühl breitet sich als Gänsehaut auf meinem Rücken aus. Ich werfe einen letzten Blick auf das Handy-Display. Keine Nachrichten. Kein Anruf. Okay, Dillen. Ich weiß, ich habe gesagt, dass ich dich so will wie du bist. Mit den Geheimnissen. Mit dem Schweigen und den Fragen. Ich habe gesagt, dass ich zu dir gehöre. Aber ich weiß nicht mal, wer du bist. Ich weiß *nichts* von dir außer deinem Namen. Ich kenne deine Augenfarbe und weiß, wie sich deine Lippen auf meinen anfühlen. Ich erkenne deinen Duft mit geschlossenen Augen, aber ich weiß nicht mal, wo du wohnst. Zumindest nicht von dir. Wie kann ich zu jemandem gehören, der mir nichts von sich erzählt. Nicht einmal seine Adresse?

Ich atme flach. Mein Brustkorb hebt und senkt sich, als wäre ich gerannt, und meine Hand zittert. Sie schwebt unentschlossen über dem Türknauf.

Wenn ich diesen Weg einschlage, gibt es kein Zurück mehr. Dann werde ich vielleicht wissen, was ich nicht wissen soll, aber irgendwie wissen muss, aber Dillen wird nicht mehr da sein. Er wird mir nicht verzeihen. Da bin ich mir sicher. Meine Hand sinkt langsam nach unten. Ich kann das nicht. Beim Gedanken, Dillen wehzutun, brennen meine Augen und mein Herz fängt an zu rasen. Kristalle funkeln vor meinen Augen. Nein. Das ist falsch. Er hat mich gewarnt. Er hat mich nie belogen. Und ich habe gesagt, ich gehöre zu ihm. Ich habe ihm dabei tief in die Augen gesehen. Ich schlucke hart. Ist es nicht das, was Vertrauen ausmacht? Ich weiche einen Schritt zurück. Und in der Sekunde, als ich mich umdrehen will, erkenne ich im Augenwinkel ein Gesicht.

Ich schrecke zusammen, mein Herz stolpert und mir bleibt die Luft weg.

„Wer bist du?", murmelt ein älterer Mann mit tiefen Falten und glasigen Augen. Fahle Haut hängt auf seinen ausgemergelten Knochen wie eine schlaffe Leinwand. Sein abgestandener Atem trifft feucht auf mein Gesicht. Eine Mischung aus Alkohol und Hunger. Seine Augen mustern mich abschätzig, sie driften in ihren Höhlen hin und her.

„Ich..." Meine Stimme bricht weg. „Katie... ich heiße Katie."

„Was willst du?"

„Ist..." Ich schlucke. „Ist Dillen zu Hause?"

Er schiebt sich an mir vorbei und hält mir die Tür auf.

„Kannst hier auf ihn warten..."

Einen Augenblick bleibe ich wie angewurzelt stehen. Jeder Muskel scheint mich aufhalten zu wollen. Meine Füße stehen bleiern und fremd auf der Veranda. Sie gehorchen mir nicht. Und vielleicht wissen sie es besser. Meine Handflächen schwitzen und mein Herz schlägt panisch gegen meine Rippen.

„Was ist?!", brummt er und verdreht genervt die Augen. „Kommst du nun rein oder nicht?"

•••

„Ist etwas unordentlich hier", stellt er lallend fest, während sein Blick gierig über meinen Körper wandert. „Ich habe nicht mit Besuch gerechnet."

„Das... das macht doch nichts...", antworte ich und versuche zu lächeln.

Er lehnt an der Küchentheke. Er hält sich an ihr fest, um nicht das Gleichgewicht zu verlieren. Ich bemerke die winzigen Adern, die wie feine Risse seine gelblichen Augäpfel durchziehen, während er mich mit den Augen studiert. In ihren Abgründen schimmern Gedanken, die mich schneller atmen lassen.

„Wie alt bist du, Carol..."

„Katie...", sage ich. „Ich heiße Katie."

„Es ist mir *scheißegal,* wie du heißt!" brüllt er und schlägt mit der flachen Hand auf den Tresen. „Ich habe gefragt, wie alt du bist!"

„Siebzehn", antworte ich schnell und schlucke. „Ich bin siebzehn..."

„*Fickt* er dich?"

Spuckefäden und Staub tanzen im milchigen Sonnenlicht, das durch die schmutzigen Fenster dringt.

„Was?", frage ich und spüre die ersten Tränen heiß über meine Wangen laufen.

„Dillen... Fickt. Er. Dich.?"

Dieser Unterton treibt mir den Schweiß auf die Stirn und brennt als Angst in meinem Bauch. Alles ist still. Da sind nur mein flacher Atem und mein Herzschlag.

„Ich will dich nicht noch mal fragen müssen." Der bedrohliche Klang seiner Stimme liegt auch in seinem Gesicht. Diese Augen, die mich mustern, als wäre er der Jäger und ich die Beute. Mein Blick sucht eine Sekunde die offene Tür.

„Ich weiß, was du denkst...", sagt er lachend. Und dieses Lachen läuft mir eisig über den Rücken. „Versuch es ruhig... *lauf*", flüstert er und grinst. „Dafür musst du aber erst an mir vorbei."

40. Kapitel

Ich stehe mit dem Rücken zur Wand. Meine Hände drücken ihn weg, meine Beine versuchen zu treten, treffen aber ins Leere. Ich will schreien, aber seine Hand erstickt jeden Laut. Alles um mich herum ist verschwommen und pulsiert, während er sich gegen mich stemmt. Der beißende Geruch von Hochprozentigem und sein fauliger Atem steigen mir in die Nase. Mein Herz rast und ich japse hektisch nach Luft. Seine dünnen Lippen berühren meinen Hals.

„Na, gefällt dir das?", fragt er schwer atmend. „Ist das gut?", raunt er gegen die heißen Tränen auf meiner Wange und den kalten Schweiß in meinem Gesicht.

Ich schließe die Augen. Mein Kinn zittert unter dem unterdrückten Schluchzen. Mein Brustkorb bebt, reibt gegen seinen. Jetzt weiß ich es. Jetzt kenne ich das Geheimnis. Die Welt, die Dillen vor mir verheimlichen wollte. Die Welt, vor der er mich *beschützen* wollte. Ich wollte gerade gehen. Ich wollte Dillen vertrauen. Eine Sekunde zu spät. Meine Muskeln zittern angespannt, während seine freie Hand unter mein Shirt gleitet. *Nein. Bitte.* Ich höre die panischen Geräusche dumpf in meinem Mund, die von seiner Hand unterdrückt werden, die Verzweiflung, die er damit erstickt. Tränen laufen über mein Gesicht. Ich kneife die Augen fest zusammen und konzentriere mich nur noch darauf, zu atmen. Trotz der Panik. Trotz der verstopften Nase. Unzählige Kristalle funkeln hinter meinen Augenlidern. Meine Hände werden taub.

Das ist der Moment, als mir schwarz vor Augen wird und jemand Dillens Vater von mir wegreißt. Seine Hände von meinem Körper, seine Lippen von meinem Hals. Ich verliere den Halt, ohne seinen Körper, der mich gegen die Wand stemmt. Meine Beine geben nach und ich sacke in mich zusammen, gehe zu Boden, während meine Arme unkontrolliert zittern und ich panisch nach Luft schnappe. Immer und immer wieder. Zwischen dem Schluchzen und dem flachen Atmen. Ich versuche scharf zu sehen, aber es sind zu viele Tränen. Ich bin wie blind und mein Herzschlag und der Puls machen mich fast taub. Ich höre nur ein dumpfes Geräusch. Wie Fäuste, die auf Fleisch und Knochen treffen.

Ich rapple mich auf, halte mich an der Wand fest. Meine Knie zittern unter meinem eigenen Gewicht. Ich wische mit dem Handrücken über mein Gesicht. Die Wimperntusche brennt wie Feuer in meinen Augen.

Erst höre ich ihn nur. Ich höre ihn brüllen. Dann sehe ich ihn. Dillen kniet über seinem Vater, der regungslos auf dem Boden liegt. Eine Faust nach der anderen trifft auf sein blutverschmiertes Gesicht. Es ist wie ein Rausch. Als hätte Dillen die Kontrolle verloren.

„Dillen..."

Meine Stimme wird verschluckt von seiner. Von dieser Wut, die aus ihm herausbricht, wie eine Naturgewalt.

„Dillen..."

Mein Gott, er wird ihn umbringen.

„DILLEN. HÖR. AUF."

Er erstarrt. Keuchend. So als wäre er eben aus einem schrecklichen Traum aufgewacht. Ich höre nur unseren flachen Atem. Sonst ist alles still. Dann dreht er sich langsam zu mir um. Und dieser Blick bohrt sich wie ein stumpfes Messer in mein Herz. Aufgewühlt, leer, erschüttert. Er kniet noch immer über seinem Vater. Die linke Hand hält ihn fest, die rechte wartet darauf, wieder zuzuschlagen. Ich glaube, ich weiß, was er denkt. Ich kann es sogar verstehen.

„Nein Dillen... tu das nicht."

„Warum nicht?" Seine Stimme vibriert. „Gib mir nur *einen* Grund..."

Ich versuche klar zu denken, aber in meinem Kopf sind nur wirre Bilder und ein taubes Gefühl, das sich um mich legt, wie eine schützende Decke.

„Ich habe keinen..."

Sein Arm zittert. Angespannt. Erschöpft.

„Aber das bist nicht du, Dillen...", flüstere ich.

„Ich halte das nicht mehr aus... ich..."

„Ich weiß..."

Er sieht mich wieder an. Sein Blick brennt auf meiner Haut, während schwere Tränen über seine Wangen laufen.

„Bitte...“, flüstere ich und strecke ihm die Hand entgegen. „Bring mich hier weg...“

41. Kapitel

Ich kann nicht sagen, ob er mich stützt oder ich ihn, aber als wir auf der Veranda ankommen, kann ich wieder atmen. Dillens Augen finden meine.

„Ha... hat er... Ich meine... Soll..." Dillen atmet tief ein und schluckt angestrengt. „... soll ich einen Arzt rufen?"

Ich will gerade antworten, als ich quietschende Bremsen höre und wenig später, wie eine Autotür zugeworfen wird.

„Katie? KATIE?!"

Ich folge dem Klang von Andrews Stimme.

„Fuck, was ist passiert?"

Er zieht mich weg von Dillen.

„Du... du blutest ja..."

Andrew schiebt mich hinter sich und schubst Dillen gegen die Verandabrüstung.

„Was hast du getan!?"

„GAR nichts!"

Dillen fängt sich, rappelt sich auf und geht einen Schritt auf Andrew zu. Er baut sich vor ihm auf, die Kiefermuskeln drücken sich durch seine Haut.

„Ich würde Katie *nie* wehtun..."

„Ach nein?!"

„NEIN!", brüllt Dillen.

„Und was ist dann das?“

Andrew zeigt auf meine Wange.

„Andrew, das... das ist nicht *mein* Blut“, sage ich und gehe dazwischen.

Als er mir liebevoll über die Wange streicht, sehe ich im Augenwinkel Dillens verständnislosen Gesichtsausdruck.

„Katie? Was läuft hier?“, fragt er mit einem bedrohlichen Unterton in der Stimme.

„Ich... gar nichts...“, stottere ich.

„Du hast es ihm nicht gesagt“, stellt Andrew fest und schaut mich an.

„Mir was gesagt?“

Andrews Augen flehen mich an und Dillens durchbohren mich mit ihrem Blick.

„Wovon redet der?“, fragt Dillen und geht einen Schritt auf mich zu.

„Katie und ich haben uns geküsst... *Da.* Jetzt weißt du's.“

„WAS?! Ihr habt was?!“

Dillen schaut fassungslos zwischen uns hin und her und weicht einen Schritt zurück. Die Luft knistert, steht unter Strom. Das Blut kocht.

„Dillen... lass es mich erklären...“ Ich strecke meine Hände nach ihm aus.

„Fass mich nicht an...“ Er schüttelt ungläubig den Kopf. *„Deswegen* bist du gekommen? Um mir *das* zu sagen?“

„Nein!“ Meine Stimme bricht weg.

„Sondern? Weswegen dann?“

Ich will gerade Luft holen, da schüttelt Dillen den Kopf.

„Weißt du was, ich will es gar nicht wissen..."

„Dillen, hör mir zu..."

„Du *widerst* mich an..."

Dieser Satz trifft mich so unvermittelt wie eine Ohrfeige und innerlich gehe ich zu Boden. Die Tränen treten über meine Wimpern und mein Magen verkrampft sich zu einem harten Klumpen.

Dillens glasige Augen sehen verzweifelt zwischen Andrew und mir hin und her. „Wie... wie konntest du das tun?" Bevor Andrew reagieren kann, packt mich Dillen an den Armen und zieht mich ruckartig an sich. „FUCK! Liebst du ihn?"

Andrew zieht ihn von mir weg. „LASS. SIE. LOS."

Dillen geht einen Schritt zurück, wischt sich die Haare aus der Stirn und verteilt dabei noch mehr Blut in seinem Gesicht.

„Dillen... hör mir zu..." Andrew packt ihn an den Oberarmen.

„Weißt du was, Andrew?" Sein Körper bebt. Tränen laufen über seine Wangen. „Fick dich! FICK DICH!"

Das ist der Moment, in dem mein Herz bricht. Es zieht sich zusammen, sticht und brennt. Bei jeder Träne, die ihm übers Gesicht läuft, stirbt etwas in mir. Dillens Hände zittern, und dieses Mal ist es Wut. Ich erkenne sie in seinen Augen, in seinen bebenden Nasenflügeln und der tiefen Falte zwischen seinen Brauen.

„Du hast alles!“, brüllt er und schubst Andrew unvermittelt gegen die Hauswand. „ALLES!“

Ich mache einen vorsichtigen Schritt auf sie zu, will dazwischen gehen, aber Dillen schiebt mich weg. Er sieht einen Moment zu mir und schluckt hart. „Deine Familie hat mir alles genommen!“

„Wovon sprichst du, verdammt noch mal?!“

„Du weißt *ganz genau,* wovon ich spreche...“

„Nein, das tue ich nicht!“

Andrew versucht sich zu befreien, aber Dillens Wut hat ihn fest im Griff.

„Dein Dad hat uns *vernichtet!*“

„Also, wenn jemand euch vernichtet hat, dann DEIN Dad...“, sagt Andrew atemlos. „Niemand hat ihn dazu gezwungen, Geld zu veruntreuen und Klienten zu bestehlen, Dillen... Und niemand hat ihn dazu gezwungen deine Mom *wie ein Stück Dreck* zu behandeln!“

„Ich *warne* dich, Andrew...“ Dillens Stimme vibriert. Er zittert und ballt die Fäuste.

„Andrew, hör auf“, flüstere ich beschwörend.

„Weißt du, Dillen, ich frage mich das schon seit Jahren... war es nun eigentlich ein Unfall oder ist sie damals *absichtlich* von der Klippe gefahren?“

Ich sehe nicht einmal seine Hand, so plötzlich schnellt Dillens Faust in Andrews Gesicht.

„Fuck! FUCK!“, brüllt Andrew und drückt die Hand auf sein Auge.

„Ich habe keine Ahnung“, knurrt Dillen durch zusammengebissene Zähne. „Aber ich weiß, *warum* sie tot ist...“

„Lass mich raten...“, sagt Andrew, während er noch immer sein Auge zuhält. „Mein Dad...“

„Ganz genau. *Dein Dad.*“

„Okay, dann hat also mein Dad deine Mom von der Klippe gefahren... und er hat deinen Dad dazu gezwungen zu trinken...“ Andrew nickt. „Ja, das macht Sinn... Lass mich raten... er hat ihn auch dazu gezwungen deine Mom zu schlagen...“, sagt Andrew gehässig.

„Brian hat meinen Dad erpresst... du weißt das und ich weiß das...“

„Blödsinn.“

„Mein Dad hat nie getrunken... er hat meine Mom früher nicht ein einziges Mal angefasst...“

„Mein Dad hat deinen *ausbezahlt*... und das nach ALLEM, was er sich geleistet hat... nach dem ganzen Geld, das er gestohlen hat, nach all den Lügen!“ Andrew schüttelt abschätzig den Kopf. „Aber wenn du einen Schuldigen brauchst, bitte, tu dir keinen Zwang an...“

„Das hat er gesagt?“, fragt Dillen herablassend. „Dass er meinen Dad *ausbezahlt* hat?“

„Ja, das hat er.“

„Und *das* glaubst du?“

„Ja, das tue ich...“

„Gott, Andrew...“

„Was?!“, fragt Andrew aufgebracht. „Was ist?“

„Frag ihn noch einmal. Und schau ihm in die Augen. Dein Dad hat genau dasselbe getan wie meiner... *er tut es noch...*"

„Du lügst... ich glaube dir kein Wort..."

„Mein Dad wollte aussteigen, aber Brian wollte das nicht... ein paar Tage später ist mein Dad plötzlich nicht nur kein Partner mehr, er verliert auch noch seinen Job. Seine Kunden. *Alles.*"

„Dann ist dein Dad also unschuldig?", fragt Andrew sarkastisch. „Ist es das, was du mir sagen willst?"

„Nein, ganz bestimmt nicht..." Dillen lacht bitter. „Mein Dad ist ein Arschloch... er ist ein Säufer und ein *beschissener* Vater... Ich weiß nicht mehr, wie oft er meine Mom und mich verprügelt hat... Ich wünschte, er wäre tot. Ich wünschte, es hätte ihn getroffen. Ich wünschte, sie wäre noch da." Dillen sieht mich eine Sekunde an. Er kennt meine Gedanken. Weiß, wie sie sich anfühlen. Dann sieht er wieder zu Andrew. „Seit sie tot ist, bezahle ich die Miete und die Rechnungen mit meinen *drei* Nebenjobs, weil er *keinen* länger halten konnte als *ein paar Wochen...*" Dillens Blick ist leer. „Ich hole ihn drei, vier, manchmal fünf Mal im Monat aus der Ausnüchterungszelle und ich kann nicht mehr sagen, *wie oft* ich ihn schon in seiner eigenen Kotze gefunden habe..."

Ich will atmen, aber es geht nicht. So als läge ein Gürtel um meine Brust, der mit jedem seiner Sätze enger wird. Mein Brustkorb bebt und meine Nase läuft. Ich merke nicht, dass ich weine. Ich spüre mich nicht mehr. Nur den Schmerz, der sich kriechend durch meine Adern schiebt. Dillens Schmerz.

„Andrew, ich bin total kaputt und mein Dad ist ein verfluchter *Wichser*... aber das macht deinen nicht unschuldig..."

Die Wut flackert in Dillens Stimme. Aber da ist nicht nur Wut. In den Tiefen seiner blauen Augen schimmern unzählige Erinnerungen. An eine Zeit, in der Andrew wie ein Bruder war. An gute Jahre. Und die schlechten danach. Erinnerungen eines Jungen, der viel zu früh dazu gezwungen wurde, erwachsen zu werden.

„Frag deinen Dad. Frag ihn... Und dann frag dich, ob diese Geschichte dich *wirklich* überzeugt."

„Wenn das alles wahr ist...", fragt Andrew mit bebender Stimme. „Warum... ich meine... warum hat Richard nie was gesagt?"

„Weil auf dem Papier nur mein Dad daran beteiligt war..."

„Vielleicht war er es nicht nur auf dem Papier."

„Bei *MacDougall Walker & Associates* ist nichts ohne Brians Okay gelaufen. Das weißt du."

Im Haus höre ich, wie sich etwas regt. Ich höre, wie sich jemand aufrappelt. Und beim Gedanken an Dillens Dad läuft es mir eisig über den Rücken.

„Hast du dich nie gefragt, warum wir *hierher* ziehen mussten? Ich meine, wenn Brian meinen Dad wirklich ausbezahlt hat, warum mussten wir dann alles verkaufen? Warum musste meine Mom im Café anfangen zu arbeiten? Hm? Hast du dich das wirklich nie gefragt? Oder *wolltest* du es dich nur nicht fragen?"

Andrew sucht nach einer Antwort. Nach einer plausiblen Erklärung.

„Du hast recht... dein Vater hat meinen nicht dazu gezwungen, mit dem Trinken anzufangen... und er hat ihn auch nicht dazu gezwungen, meine Mutter zu schlagen... Aber er hat ihn *verraten.* Und er hat ihn den Löwen zum Fraß vorgeworfen..." Andrew will es nicht glauben. Alles in ihm sträubt sich dagegen. Ich sehe es ihm an. Plötzlich ist er wieder der kleine Junge, der unbedingt weiter an die Unschuld seines Vaters glauben will. „Dein Dad hat meine Mom nicht umgebracht... aber er hat uns das Leben genommen. Zumindest das, das wir mal hatten. Brian hat meinen Dad nicht ausbezahlt... und das hatte er auch nie vor."

Mit diesem Satz lässt Dillen Andrew los und weicht einen Schritt zurück. Einen Moment stehen wir nur da. So als wäre alles gesagt. Oder als würden uns die wirklich entscheidenden letzten Worte fehlen.

„Komm schon, Katie..."

Andrew packt mich am Arm und zieht mich in Richtung Auto.

Ich will ihm gerade sagen, dass ich *nirgends* mit ihm hingehe, als Dillen plötzlich sagt: „Du hast alles..."

„Das stimmt nicht... ich habe nicht alles..."

Dillen und Andrew sehen einander tief in die Augen. Sie sehen aus wie Brüder. Zwischen all dem Hass ist ein Funken Enttäuschung zu sehen.

„Die ganzen Elite-Unis, die vielen Partys, die Autos, das ganze *Scheiß-Geld*... Dir liegt die ganze Welt zu Füßen, aber das reicht dir nicht..."

Dillen sieht wieder einen winzigen Moment zu mir, bevor seine Augen Andrews finden.

„... du musstest auch noch *sie* haben..."

Andrew ballt die Hände zu Fäusten. Ich sehe, dass er widersprechen will, aber er tut es nicht. Als Dillen mich ansieht, schimmert der Abschied in seinem Blick. Ich sehe ihn, bevor er seine Lippen bewegt.

„Ich wusste es... das zwischen dir und mir wird nie passieren..."

42. Kapitel

Die Landschaft rast an meinem Fenster vorbei. So wie mein Leben, das mich plötzlich überholt. Es gab Dillen und mich nur für ein paar Stunden. Wie eine kleine Auszeit von der Wahrheit. Von der realen Welt. Ich dachte, mein Leben hätte seinen Sinn wieder gefunden. Ich drehe mich zu Andrew.

„Warum hast du das gesagt?“, frage ich mit belegter Stimme, während immer neue Tränen über mein Gesicht laufen.

„Was meinst du?“

„Du weißt *genau,* was ich meine!“

„Katie, hör mir zu... Dillen ist... er... er ist *nicht gut* für dich!“

„Wer bist du? Mein Vater?“

„Nein, Katie, das bin ich nicht...“ Er schüttelt den Kopf. „Es tut mir leid... Okay?“

„Nichts ist okay... und *wieso* hast du gesagt, dass *wir uns* geküsst haben?“

„Na, weil es so ist!“

„NEIN, Andrew! DU hast MICH geküsst!“, schreie ich und meine Stimme überschlägt sich.

„Wenn es so ist, wieso hast du das dann nicht einfach gesagt? Ich meine, wieso hast du es *nicht richtiggestellt?*“

„Was heißt hier bitte, *wenn?* Du weißt genau, dass es so war!“ Ich starre ihn an, während er stur nach vorne schaut. „DU hast MICH geküsst...“

„FUCK! Katie!“, brüllt Andrew und ich spüre seine bebende Stimme durch den Sitz. „Ich war betrunken!“

Uns umgibt eisernes Schweigen, während unsere unausgesprochenen Gedanken wie eine unüberwindbare Mauer zwischen uns stehen. Nur das sanfte Schnurren des Motors und mein gelegentliches Schluchzen begleiten uns zurück in die Festung.

„Katie?“

„Was?“, fauche ich.

„Wenn es nicht dein Blut war, wessen Blut war es dann?“

•••

„Das kannst du nicht machen!“ Ich versuche ihm das Handy aus der Hand zu reißen. „Andrew!“

„Katie, wir *müssen* einen Arzt rufen! Was, wenn er stirbt?“

Ich will etwas sagen. Ihn aufhalten. Aber ich kann es nicht. Und das nicht etwa, weil Richard es verdient hat zu leben, sondern weil es Dillen ganz sicher *umbringen* würde, wenn er seinen Vater auf dem Gewissen hätte.

Ich sehe Andrew zu, wie er telefonierend auf und ab geht. Ich lehne am Wagen und starre auf meine Füße. Als Andrew endlich auflegt, kommt er auf mich zu.

„Was hast du gesagt?"

„Ich habe nur gesagt, dass es wohl ein familiäres Problem gegeben hat und dass ein Arzt gebraucht wird."

„Mehr nicht?"

„Mehr nicht."

Andrew hält mir die Tür auf.

„Komm schon... lass uns fahren."

Als er kurz darauf neben mir einsteigt, sieht er mir tief in die Augen.

„Warum hat Dillen ihn geschlagen?"

Ich weiche seinem Blick aus.

„Katie?"

„Ich... bitte Andrew..." Ich streiche mir eine einzelne Haarsträhne aus dem Gesicht, damit meine Hand etwas zu tun hat. „Ich will einfach nur duschen, okay?"

Andrew nimmt mein Gesicht zwischen die Hände. Sie sind warm und weich. Liebevoll.

„Katie... hat er dich..." Er schluckt hart. „... ich meine..."

„Nein." Ich schüttle den Kopf. „Nein, das hat er nicht... Dillen war rechtzeitig da..."

Einen Augenblick sagen wir beide nichts. Ich höre Andrew atmen. Dann holt er Luft.

„Ich weiß, das willst du nicht hören, aber wir müssen... also, du musst Anzeige erstatten."

„Nein."

Andrew will etwas sagen, aber er schweigt. Stattdessen seufzt er nur und startet den Wagen. Als ich erschöpft in den weichen Ledersitz sinke, fällt mir plötzlich ein, dass der Pickup noch immer vor Dillens Tür steht.

„Mist...“, murmle ich.

„Was ist?“

„Der Pickup steht noch dort...“

„Mach dir darüber keine Gedanken.“ Andrew streichelt mir sanft übers Haar. „Ich kümmere mich darum.“

...

„Komm, Kleine...“, flüstert Andrew mir ins Ohr. „Leg deine Arme um meinen Hals.“

Ich blinzle orientierungslos. Nach ein paar Sekunden erkenne ich das große Haus und die rote Tür.

„Du bist eingeschlafen...“ Er lächelt. „Komm schon... ich trag dich...“

Ich will aufstehen, aber meine Beine zittern. Sterne funkeln am helllichten Tag. Mein Kreislauf verabschiedet sich von mir. Also lege ich meine Arme um Andrews Nacken und meine Wange an seine Brust, während er mich ins Haus bringt. Er trägt mich die unzähligen Stufen hoch, schubst sanft mit dem Fuß die Tür auf und schlägt die Decke zurück. Er legt mich vorsichtig ins Bett, wo ich regungslos liegen bleibe, während Andrew mir die Schuhe auszieht.

„Ich muss duschen...“, flüstere ich.

„Nein, Kleine, du musst schlafen...“

Er deckt mich fest zu.

„Ich lege dir dein Handy aufs Nachtkästchen.“

Ich höre mich noch *Danke* sagen, dann trete ich weg.

43. Kapitel

Als ich aufwache, ist es stockfinster. Ich taste nach meinem Handy. 22:17. Keine Nachrichten. Ich weiß nicht, was ich mir erwartet hatte. Eine Entschuldigung? Ein *Ich liebe dich?* Ich setze mich auf und seufze. Vor ein paar Stunden bin ich genau hier neben Dillen wach geworden. Kaum zu glauben. Es fühlt sich an, als wäre das in einem anderen Leben gewesen.

Ich öffne die Nachrichten und lese die letzte, die er mir geschrieben hat.

Dillen: Es ist gut, dass er nicht da ist, weil es mir gar nicht recht wäre, wenn er dich so sieht...

Der Kloß wächst und stößt an seine Grenzen, während die Tränen heiß über meine Wangen laufen.

In dem Moment, als ich sie gerade löschen will, klopft es leise an der Tür.

„Ja?", sage ich in die Stille und fast im selben Augenblick flutet ein schmaler Lichtkegel die Dunkelheit.

„Hey... kann ich reinkommen?"

Ich schalte das kleine Licht auf dem Nachttisch ein und rapple mich auf.

„Sicher..."

Andrew kommt näher und setzt sich zu mir auf die Bettkante. Er atmet tief ein. „Katie, ich..."

„Was ist?"

„Ich weiß, dass du nicht mit der Polizei reden willst, aber..."

„ANDREW!", falle ich ihm ins Wort.

„Bitte, Katie, lass mich aussprechen..."

„Nein, Andrew, ich will nicht... *bitte.*"

„Wenn du es schon nicht für dich tust, dann tu es wenigstens für Dillen."

Ich schaue ihm tief in die Augen und schweige.

„Dillens Dad ist im Krankenhaus... sie wissen noch nicht, ob er es schaffen wird."

„Was?! Nein!", sage ich und schüttle den Kopf. „Nein... er..."

„Katie, hör mir zu... Dillen droht eine Anzeige wegen schwerer Körperverletzung."

Ich werfe die Decke zurück, um aufzustehen.

„Wäre Dillen nicht da gewesen, dann – "

„Katie, *ich* weiß das...", fällt mir Andrew ins Wort. „Aber die Polizei nicht... und *genau deswegen* musst du aussagen... Es war *Notwehr.*"

Ich schaue Andrew lange an.

„Warum tust du das? Ich meine... warum hilfst du ihm?"

„Was spielt das für eine Rolle?"

„Für mich spielt es eine Rolle." Ich lege meine Hand auf seine und schaue ihn von unten an. „Tust du es meinetwegen?"

Andrew seufzt. „Unter anderem."

„Warum noch?"

Er zieht seine Hand weg und steht auf. „Ich rufe die Polizei..."

„Andrew..."

„Du solltest dann auch kommen... und wasch dich nicht. Bleib genau so, wie du bist."

•••

„*Was* ist passiert?" Brian stürmt auf mich zu und sieht mich an. „Geht es dir gut?" Er legt seine Hände fürsorglich auf meine Oberarme.

„Es... es geht mir gut", lüge ich und versuche nicht daran zu denken, was Dillen gesagt hat. Ich frage mich, ob Mrs. MacDougall Bescheid weiß. Ob sie die ganze Zeit gewusst hat, was Brian tut. Wir stehen nur da, auf den schier endlosen Stufen, in diesem riesigen Treppenhaus. In dieser Festung aus Lügen und gestohlenem Geld. Und alles was ich will, ist Dillen.

„Katie?" Brian mustert mich besorgt.

„Wo ist... Laura?"

„Sie ist noch in New York... ich bin nur hier, weil es einen Notfall in der Firma gab..." Er macht eine Pause. „Sheriff Norton ist unten... er meinte, es hätte einen Übergriff gegeben..."

„Das ist richtig, ja...", sage ich und schlucke. „Ich muss meine Aussage machen..."

„Brauchst du einen Anwalt? Ich meine, bist du in Schwierigkeiten?"

„Nein, nicht nötig..."

„Soll ich deine Mutter anrufen?"

Bloß nicht.

„Sie soll sich nicht unnötig aufregen..."

„Okay..." Er lächelt. „Wenn du mich brauchst, ich bin in meinem Arbeitszimmer..."

•••

„Danke, Ms. Williams, Sie haben uns wirklich sehr weitergeholfen." Sheriff Norton steht auf und lächelt mich aufmunternd an. „Sie haben großes Glück, dass Dillen rechtzeitig gekommen ist."

Ich möchte lächeln, aber meine Mundwinkel bewegen sich nicht.

„Julie, hast du alle Proben genommen?", fragt er Deputy Jones, die mich eben eingehend untersucht hat.

„Ja... wir haben alles", antwortet sie und lächelt mich sanft an.

„Sehr gut..." Sheriff Norton sieht mich an. „Es war wirklich sehr weitsichtig von Ihnen, *nicht* zu duschen... Die meisten Opfer derartiger Übergriffe duschen sofort..."

„Ich... danke...", sage ich leise und begleite sie zur Tür. „Wie... wie geht es Dillen?", frage ich, bevor ich mich stoppen kann.

„Er ist ziemlich aufgewühlt... aber das wird schon wieder... er ist ein guter Junge..."

„Peter, wir warten im Wagen...", sagt Deputy Jones. „Wiedersehen, Ms. Williams..."

Ich nicke ihr zu.

„Ist gut Julie, ich komme gleich..."

„Peter?“ Ich sehe ihn an. „Sie... *Sie* waren das am Telefon. *Sie* haben Dillen gestern angerufen.“

„Ja...“ Sheriff Norton atmet tief ein. „Ja, das war ich.“ Er steckt seine Marke ein und lächelt. „Dillen hat viel durchgemacht.“ Sheriff Norton streckt mir die Hand entgegen und ich schüttle sie. „Danke für Ihre Hilfe, Ms. Williams... Ich werde dafür sorgen, dass Dillen davon erfährt.“

Er verlässt das Haus, dann dreht er sich noch einmal zu mir um.

„Ach ja, wir haben Ihren Wagen hergebracht. Andrew hat uns die Schlüssel gegeben. Hier...“ Er streckt mir meinen Schlüsselbund entgegen.

„Gute Nacht, Officer... und vielen Dank...“

„Gute Nacht, Katie.“ Er lächelt. „Eins noch...“

„Ja?“

„Da liegt etwas für Sie auf dem Beifahrersitz.“

Mit diesem Satz zwinkert er mir zu und geht.

•••

Meine Hände zittern, als ich nach einem Umschlag greife, auf dem nur mein Name geschrieben steht. Ich werfe die Tür zu und renne ins Haus zurück. Als ich gerade nach oben gehen will, höre ich aufgebrachte Stimmen. Zu laut, um sie nicht zu bemerken, und zu leise um zu verstehen, was gesagt wird. Aber eine davon gehört eindeutig Andrew. Daran besteht kein Zweifel. Ich folge ihrem Klang in einen Teil des Hauses, den ich noch nie betreten habe. Die Unterhaltung kommt näher.

„Bitte, Dad, sag mir, dass das nicht wahr ist!“, brüllt Andrew.

„Was willst du von mir hören?“

„Die Wahrheit.“

„Du verträgst die Wahrheit doch gar nicht“, spuckt Brian ihm entgegen.

„Komm schon... Lass es drauf ankommen.“

„Du hast doch gar nicht das nötige Rückgrat, mein Junge.“

„Es ist also wahr...“

„Ich habe getan, was getan werden musste.“

„Was getan werden musste?“, fragt Andrew völlig fassungslos. „Das kannst du doch *unmöglich* ernst meinen...“

„Andrew, *vergiss nicht,* mit wem du sprichst.“ Brians Stimme ist ruhig und gefasst, aber der Unterton ist bedrohlich. Scharf wie ein Messer.

„Ich habe keine Ahnung, mit wem ich spreche. *Ich habe keine Ahnung, wer du bist!“*

„Bitte, Andrew, erspar mir das Drama.“

„Das DRAMA?“, Andrews Stimme überschlägt sich. „Emily ist tot! Richard ist ein Säufer! Dillen hat ihn heute Nachmittag fast totgeschlagen... Das sind MENSCHEN, Dad... *deine Freunde!“*

„Genau das ist dein Problem“, antwortet Brian ungerührt. „Du bist zu weich. Warst du immer.“

Dillens Brief zittert in meiner Hand.

„Richard war mein *Geschäftspartner,* nicht mein Freund. Und es ist bedauerlich, was ihm passiert ist –

ihm und den anderen – aber das hat nichts mit mir zu tun."

„Beantworte meine Frage... Hast du oder hast du ihn nicht ausbezahlt?"

„Ich bin dir keine Rechenschaft schuldig."

„Antworte mir einfach... hast du oder hast du nicht?"

„Ich hatte immer gehofft, dass du eines Tages das Unternehmen weiterführen würdest." Er lacht abschätzig. „Aber das wird nicht passieren, nicht wahr, Andrew? Du wärest nicht in der Lage diese Entscheidungen zu treffen."

„Vermutlich." Andrews Stimme zittert. „Aber das eine hat nichts mit dem anderen zu tun."

„ES HAT ALLES DAMIT ZU TUN!", brüllt Brian und ich höre einen Knall, wie eine Faust auf einer Tischplatte. „DAS IST MEINE FIRMA. ICH HABE SIE AUFGEBAUT..."

„Du hast ihn nicht ausbezahlt, richtig? Du hattest es nie vor..." Andrew schnaubt abschätzig.

„Du überraschst mich."

„Warum?"

„Was ist plötzlich los mit dir? So kenne ich dich gar nicht..."

„Was meinst du?" Andrews Stimme vibriert.

„Ich dachte immer, du interessierst dich nur für Frauen, Partys und illegale Autorennen..."

„Du hast keine Ahnung, wer ich bin."

„Ach nein?"

„Nein..."

„Ich weiß, was ich sehe...“

„Und was genau ist das, Dad?“

„Lassen wir das, okay? Ich erspare es dir, wie ein Mädchen vor mir zu weinen.“

„Weißt du was, Dad? FICK DICH!“

„Sonst noch was?“, fragt Brian seufzend.

„Ich will, dass du es zugibst.“

„Du hast mein Geld immer gerne genommen. Es hat dich nie interessiert, woher es kommt oder wie ich es verdiene... Hauptsache, es war da...“

„Sag es endlich...“ Andrews Stimme ist nicht mehr als ein Flüstern. Bedrohlich und kalt.

„Du hast es verschwendet für Unis, aus denen du geflogen bist, für irgendwelche nichtsnutzigen Frauen, die du *gefickt* hast, für Autos, für – “

„Ich will, dass du es zugibst...“, schneidet ihm Andrew das Wort ab.

Stille. Eisige Stille. Ich bekomme kaum noch Luft und der Wunsch, mich hinter Andrew zu stellen, wird fast übermächtig.

„Weißt du was? Du musst es nicht sagen...“ Andrews Stimme ist fest. Sie ist entschlossen. „Aber wenn du das nicht in Ordnung bringst, oder zumindest das, was man noch in Ordnung bringen kann, melde ich dich der Aufsicht.“

„Du meldest mich der Aufsicht?“

„Ja.“

„Tu das... ich wünsche dir viel Spaß.“

„Du bist gut Dad... verdammt gut... aber jeder hinterlässt Spuren... Bisher hat nur keiner danach gesucht.“

„Das würdest du nie tun.“

„Ach nein?“

„Nein.“

Und wieder diese Stille, die sich immer weiter ausdehnt. Die meinen Magen in einen steinernen Klumpen verwandelt.

„Du kennst mich eben doch nicht so gut, wie du denkst.“

44. Kapitel

Ich stehe vor Andrews Zimmertür und warte auf ihn, weil ich mir sicher bin, dass er jemanden zum Reden braucht. Oder zumindest jemanden, der ihm sagt, dass Brian unrecht hat. Aber Andrew kommt nicht. Das Haus ist geisterhaft still.

Mit Dillens Brief in der Hand klettere ich aufs Dach. Die Sommernacht ist warm und die Grillen zirpen. Weit entfernt höre ich das Meer rauschen. Ich schleiche zu Andrews Fenster, nur falls er den Leiterweg genommen hat, aber sein Zimmer ist leer.

Ich gehe zurück zu meinem Stückchen Dach, meiner Zuflucht. Dem einen Ort, der fast zu einer Art Zuhause geworden ist. Hier flackerten die Kerzen. Genau hier haben wir uns geküsst. Das ist der Moment, in dem die Erinnerung einen Film vor meinem inneren Auge abspielt. Fragmente, die ein Ganzes ergeben. Ungebetene Bilder. Eine Flut, die über mich hereinbricht. Sie sind gestochen scharf. Und sie tun genauso weh. Dieses Dach ist der Anfang und das Ende unserer Geschichte. Einer Geschichte, die viel zu schnell gestorben ist. Wie eine Knospe, die bereits abfällt, bevor sie wirklich blühen konnte.

Ich sehe mich, wie ich mich davonstehle. Zum Steg. *Zu ihm.* Ich spüre noch das Herzklopfen und die Gänsehaut. Ich sehe Dillens Gesichtsausdruck, in der Sekunde bevor er mich küsst. Dieses Brennen in seinem Blick. Ich spüre seine zitternden Hände auf meiner Haut und rieche diesen Duft. Ich sehe uns auf der Ladefläche des Pickups liegen und wie er mit geschlossenen Augen mein Lied anhört. Ich höre ihn sagen *Es ist wie du*. Es waren Augenblicke. Sie waren viel zu kurz und es waren viel zu wenige. Ich atme tief ein und setze mich auf mein Stückchen Dach. Die dunklen Schieferplatten sind warm. Genau hier lagen wir. Es war *unsere* Nacht. Es gab nur uns und die Sterne.

Ich kann seinen Brief nicht öffnen. Denn wenn ich ihn aufmache, wird er das letzte Fünkchen Hoffnung auslöschen. Ich werde seine Worte lesen und es wird wehtun. Es werden die letzten Worte einer Geschichte sein, von der ich mir gewünscht hätte, dass sie niemals endet. Aber nur, weil ich sie nicht lese, sind seine Worte nicht weniger wahr. Er hat sie geschrieben. Er hat dafür gesorgt, dass sie mich erreichen. Es macht also keinen Unterschied mehr. Die Tinte ist getrocknet und es gibt kein Zurück.

Ich atme tief ein und ziehe eine einzelne Seite aus dem weißen Standard-Umschlag. Ich falte seinen Brief auf. Er ist auf beiden Seiten eng beschrieben. Das Papier knistert zwischen meinen Fingern. So sieht sie also aus. Dillens Handschrift. Ich sehe sie zum ersten Mal. Und vermutlich auch zum letzten.

Ich seufze, so als würde mir das die Kraft geben, der Hoffnung bei ihrem Todeskampf zuzusehen. *Komm schon, Katie, du wirst ihn ohnehin lesen. Du kannst gar nicht anders.*

Liebe Katie,

mit dir habe ich nicht gerechnet. Mit dir und diesen Gefühlen. Weder mit den Zweifeln, noch dem Verlangen. Ich wusste, wer ich bin und wie mein Leben aussieht. Und ich wusste, was mich erwartet. Zumindest bis ich dich gesehen habe. Du bist ganz plötzlich in mein Leben gestolpert und hast alles durcheinander gebracht.

Ich weiß, dass ich dir heute wehgetan habe. Und ob du es glaubst oder nicht, den Schmerz in deinen Augen zu sehen und zu wissen, dass ich dafür verantwortlich bin – dass es meine Worte waren – hat mir bestimmt genauso wehgetan wie dir.

Ich war verletzt. Mehr als du dir vorstellen kannst. Jetzt kann ich das sagen. In dem Moment konnte ich es nicht. Als meine Worte als Tränen über deine Wangen gelaufen sind, habe ich erst gemerkt, dass wir beide nie das sein können, was ich will. Egal wie sehr wir uns bemühen. Ich würde dich nur bremsen und du würdest unerfüllbare Hoffnungen in mir schüren. Mich zu all den Träumen ermutigen, die für mich ja doch nie wahr werden.

Ich dachte, wir könnten es schaffen. Aber das stimmt nicht. Und das nicht nur wegen Andrew. Die Wahrheit ist, dich anzusehen tut weh. Du hast mir gezeigt, dass mein Leben auch anders aussehen könnte. Aber du wirst gehen. Mit ihm. Und ich werde bleiben. Auf dich wartet die Welt – auf mich nur Oceanside. Und genau das tut weh, weil du mir eine Zukunft gezeigt hast, die ich nie haben kann. Du bist zum Greifen nah, aber wenn ich die Hand ausstrecke, verschwindest du. Du wirst gehen und ich werde dich verlieren. Du wirst verblassen, bis du dich schließlich vor meinen Augen in Luft auflöst. Wie eine Fata-morgana, eine Illusion.

Ich wollte dir nicht nachgeben. Den Bildern und Gedanken. Aber du hast mich durchschaut. Mich berührt. Nicht locker gelassen. Weil du mehr in mir gesehen hast, als da tatsächlich ist. Ich wollte dir widerstehen. Dir und der Versuchung. Aber ich konnte es nicht.

Ich weiß, es gab nur ein paar Momente, aber ich werde keinen einzigen davon vergessen. Weder unseren ersten Kuss, noch das Sommergewitter auf dem Steg, das Kribbeln in deiner Nähe, dieses berauschende Gefühl am Leben zu sein. So sehr am Leben, dass ich es kaum aushalten konnte. Ich werde nicht vergessen, wie ich dich abgetrocknet habe. Und auch nicht den Gesichtsausdruck, als du unter mir explodiert bist. Weder den Duft deiner Haut, noch deine großen braunen Augen. Wir hatten nur diese eine Nacht zusammen und den Nachmittag am Strand, als wir auf der Ladefläche lagen und geredet haben. Aber diese Augenblicke haben sich in mein Gedächtnis gebrannt. Und trotzdem gibt es Sinn. Es ist so naheliegend. Ein Teil in mir hasst Andrew, weil er alles ist, was ich nicht bin. Der andere ist froh, weil es keinen Besseren gibt als ihn. Ich hoffe, er ist gut zu dir. Ich weiß, er wird es sein. Ich wollte, dass du weißt, dass ich dich verstehen kann. Ich bin total kaputt. Wahrscheinlich mehr, als mir bewusst ist.

Auch wenn das mit uns nie passieren wird, ich wollte, dass du weißt, dass es etwas bedeutet hat. Es war echt. Und jetzt ist es vorbei. Für Keine habe ich empfunden, was ich für dich empfinde. Aber manchmal reicht das nicht. Manchmal ist die Realität härter.

Dass mein Vater dich angefasst hat, treibt mich in den Wahnsinn. Beim bloßen Gedanken daran, will ich ihn umbringen. Und trotzdem danke ich dir, dass du mich genau davon abgehalten hast.

Ich danke dir für jeden Augenblick. Für die Art, wie du mich angesehen hast. Ich werde dein Lied für immer lieben und noch lange an dich denken. Hier trennen sich unsere Wege, aber ich bin froh, dass sie sich gekreuzt haben. Es war kurz und heftig. Ein Gefühlsgewitter. Ich werde dich nicht vergessen, Katie. Pass auf dich auf.

Dillen

Die Tränen fallen lautlos. Ich kann sogar ruhig atmen, nur aufhalten kann ich sie nicht. Sie fließen wie Blut aus einer offenen Wunde. Unter anderen Umständen wären wir gut gewesen.

Ich greife nach meinem Handy. Und ohne weiter darüber nachzudenken schreibe ich ihm eine Nachricht. Vielleicht ist es die letzte. Und sogar wenn es so ist – es spielt keine Rolle mehr. Ich habe ihn bereits verloren. Ich kann ihn nicht noch mal verlieren.

Kate: Das mit dir und mir *ist* passiert. Und ich bereue nichts. Nicht eine Sekunde. Ich bin froh um jeden Augenblick. Um diese eine Nacht. Jeden Kuss. Die Geheimnisse, die wir geteilt haben. Und auch wenn es vermutlich zu spät ist: Andrew hat *mich* geküsst. Ich habe seinen Kuss nicht erwidert. Zwischen uns ist nichts. Es war mir wichtig, dass du das weißt. In Liebe, Katie

45. Kapitel

Ich sitze im Schutz der Dunkelheit, das Gesicht in meinen Händen vergraben.

„Katie..."

Ich zucke zusammen und schaue hoch. „Mein Gott, Andrew, du hast mich *zu Tode* erschreckt..."

„Das wollte ich nicht... Tut mir leid..."

Er setzt sich neben mich und lächelt. Nach all den Gemeinheiten, die Brian ihm an den Kopf geworfen hat, schafft er es noch zu lächeln.

„Was ist?", flüstert er.

„Gar nichts...", sage ich und streiche mir eine lose Haarsträhne hinters Ohr.

„Du hast noch nicht geduscht?"

Er wischt mit den Daumen meine Tränen weg. Aber es sind zu viele.

„Ich... nein..." Ich schüttle den Kopf. „Das mache ich gleich."

„Das solltest du..." Andrew sieht mich an. „Du riechst nach Alkohol... und Schweiß..."

Einen Moment schweigen wir. Das Rascheln der Blätter mischt sich zum Rauschen des Meeres.

„Was geht dir durch den Kopf?", flüstert er.

„Nichts... ich... vergiss es..."

„Was?"

„Danke Andrew“, sage ich zusammenhangslos. *„Für alles.“*

Ich versuche so viel Bedeutung wie möglich in diese zwei Worte zu pressen, und seine Augen durchschauen mich sofort.

„Du hast es gehört...“ Er nickt wissend. „Das Gespräch zwischen Brian und mir... du hast es gehört, richtig?“

„Ja.“

„Gut.“

Andrew legt den Arm um mich und ich lehne mich an ihn. Sein T-Shirt saugt meine Tränen auf.

„Was hast du jetzt vor?“

„Zerbrich dir nicht meinen Kopf, Kleine...“

Ich schiebe ihn von mir weg und schaue ihn an.

„Andrew... ich...“

„Shhht... Hör mir zu...“

Er grinst. Komisch, wie schnell ich mich an ihn gewöhnt habe. An ihn und dieses Grinsen.

„Du solltest an den Abschlussball denken. An dein Stipendium und an Kensington... und an die kommenden vier Jahre dort... du solltest an deine Freundin denken, die morgen hier ankommt, und an Ballkleider und Hochsteckfrisuren...“

„Wofür? Ich werde sowieso nicht gehen...“

„Doch, das wirst du...“

„Nein, Andrew, das werde ich nicht...“

„Oh doch...“, flüstert er.

Sein breites Grinsen legt sich warm um mein Herz.

„Katie, wir reden vom *Senior Prom.* Ja, er ist furchtbar kitschig und eigentlich total beschissen, aber er ist eben auch ein wichtiger Teil der Reise... Und, Katie... *Du. Wirst. Gehen.*"

Er sieht mich von unten an.

„Hey... Ich weiß, du hast dir das alles anders vorgestellt..."

Der Kloß in meinem Hals wächst, als meine Träume ungebeten in Bildern durch meinen Kopf tanzen.

„Du dachtest, du würdest deinen Abschluss in Wilmington machen... mit deinen Freunden... und dass dein Dad in der ersten Reihe sitzen und dir zujubeln würde, wenn du dein Ehrendiplom überreicht bekommst..."

Eine Träne kullert meine Wange hinunter.

„Und das *hätte* er..." Andrew lacht auf. „Weiß Gott, er wäre unglaublich stolz auf dich gewesen."

Ich atme scharf ein.

„Und dann ist er gestorben... Und du dachtest, du würdest mit ihm sterben. Du dachtest, dein Leben wäre vorbei... Bis du dann Dillen getroffen hast..."

Ich schluchze und er nimmt mich wieder fest in die Arme.

„Kleine, ich weiß, du wolltest mit *ihm* gehen... ich weiß, du wolltest mit ihm tanzen und den Abend in seinen Armen beenden."

Andrew küsst mich auf die Stirn. Sein Atem ist warm und riecht süß.

„Ich weiß, wie es in dir aussieht, Katie... Ich höre dich. *Jedes Wort.* Sogar die, die du nicht sagst."

Ich schluchze in seine Schulter, während er mich festhält. Ich liege in Andrews Armen. In den Armen des Bruders, den ich mir immer gewünscht habe. Er schiebt mich ein Stück von sich weg und lächelt mich an. Andrew seufzt und sieht mir fest in die Augen.

„Du *gehst* zu diesem Ball..."

„Andrew, ich... ich will nicht..."

„Du wirst gehen... und wenn ich dich an den Haaren hinschleifen muss..." Er lacht.

„Warum?", schluchze ich. „Ich meine, warum tust du das?"

„Weil du es bestimmt bereuen würdest, wenn du nicht gehst."

Ich will gerade widersprechen, da schüttelt er den Kopf und hebt die Hand. „Und weil man jeden Moment mitnehmen muss, Katie. *Jeden.*"

Dieser letzte Satz läuft mir eisig den Rücken hinunter. Er und die Art, wie Andrew ihn sagt. Ich denke an meinen Vater. Diese Aussage hätte auch von ihm sein können.

„Make it count, Kiddo...", murmle ich und lächle, während neue Tränen über mein Gesicht laufen.

„Was?", flüstert Andrew.

„Das hat mein Dad immer gesagt."

Andrew wischt mir die Tränen weg.

„Du solltest auf ihn hören... Er war einer von den Guten..."

„Der Beste...“, schluchze ich.

„Komm schon, Kleine... Geh endlich duschen und dann schlafen... Ich überziehe dein Bett.“

„Das musst du nicht tun...“

„Ich weiß...“

Ich küsse ihn auf die Wange.

„Danke...“

„Nicht dafür, Katie...“

Ich löse mich aus seinen Armen, die in diesem Haus das einzig *echte* Zuhause sind, und lächle ihn an. Gerade, als ich reinklettern will, greift er nach meiner Hand.

„Katie...“, flüstert er.

„Hm?“

„Alles wird gut... Vertrau mir.“

Das tue ich. *Blind.* Auch, wenn ich nicht daran glaube, dass alles gut wird.

46. Kapitel

Es ist so weit. Die Sonne ist bereits untergegangen und der Himmel prahlt in unzähligen Farben. Die laue Sommerluft schwebt träge durch die offenen Fenster.

Ich befestige die Haarklammern, zupfe ein paar einzelne Strähnen zurecht und trage eine letzte Schicht Wimperntusche auf. Ich tupfe mir etwas Gloss auf die Lippen und sprühe mich mit Parfum ein. Einen Großteil der Nacht lag ich wach. Ich war in Gedanken bei Dillens Brief. Aber man sieht es mir nicht an. Die Maske sitzt. Bis auf diesen tieftraurigen Ausdruck in meinen Augen sehe ich schön aus. Ich gehe nach nebenan und betrachte mich im großen Spiegel, als es leise klopft.

„Kate, kann ich kurz reinkommen?"

Ich hatte gehofft, es wäre Andrew.

„Natürlich..."

Mrs. MacDougall schiebt die Tür auf und steckt den Kopf herein. Als sie mich entdeckt, bleibt sie wie angewurzelt stehen. Ihr Verstand scheint diesen Anblick nicht zu verstehen. So als würde sie in diesem Augenblick auf einmal begreifen, dass es mich tatsächlich gibt. Dass ich nicht nur ein Phantom ihrer Vergangenheit bin. Vielleicht erinnert sie sich gerade aber auch nur an ihren eigenen Abschlussball.

„Du..." Ihre Stimme bricht unvermittelt weg und sie räuspert sich verlegen. „Du siehst wirklich wunderschön aus."

„Ähm... danke."

„Es hat geklingelt... ich... ich nehme an, es ist deine Freundin." Sie atmet tief ein. „Ich war mir nicht sicher, ob du die Klingel gehört hast."

„Habe ich nicht..."

„Ich..." Sie lächelt. „Ich habe etwas für dich..." Sie befeuchtet sich die Lippen und streckt mir ein kleines Samtschächtelchen entgegen. „Hier."

„Was ist das?"

„Sieh nach..."

Ich nehme die Box und atme tief ein. Ich sehe Mrs. MacDougall kurz in die Augen, dann mache ich sie auf.

„Diese Ohrringe hat mir dein Vater vor vielen Jahren einmal geschenkt."

Winzige Diamantstecker funkeln mir entgegen. Sie sind rund und schlicht und wunderschön.

„Sie bedeuten mir wirklich viel, aber ich glaube, er würde wollen, dass du sie hast."

Meine Augen finden wieder ihre.

„Bist du dir sicher? Ich meine... er..." Meine Stimme ist beschlagen. „Er hat sie schließlich dir geschenkt."

„Aber er hat dich mehr geliebt als alles andere."

Erinnerungen schwimmen als Tränen in ihren Augen und ihre Worte schnüren sich eng um meinen Hals.

„Er wäre sehr stolz auf dich.“ Ihre Stimme zittert.

Es klingelt. Dieses Mal an der Eingangstür. Ich höre Schritte, dann Gemurmel, dicht gefolgt von Andrews Stimme.

„Katie! Michelle ist da!“

„Ich komme!“, rufe ich zurück.

„Wie auch immer...“, sagt Mrs. MacDougall und atmet tief ein. „Du... du musst sie natürlich nicht tragen...“ Sie macht eine Pause. „Ich dachte nur... vielleicht möchtest du...“

Sie geht in Richtung Tür.

„Danke...“

Sie dreht sich zu mir um. Und das Lächeln in ihren Augen legt eines auf meine Lippen.

•••

Die Ohrstecker fühlen sich fremd an, als ich die Stufen hinuntergehe. Und nicht nur die Stecker. Alles. Das schwarze lange Kleid, die aufwändig hochgesteckten Haare. Meine Hände sind eiskalt und meine Fingerkuppen kribbeln.

Noch bevor ich die Küche betrete, höre ich Michelle schon laut lachen. Andrew lehnt an der Theke. Er trägt einen Dreitagebart zu seinem schwarzen Smoking und dieses freche Grinsen, das genauso zu seinem Gesicht gehört wie die stechend blauen Augen. Als er mich sieht, wird sein Blick ernst.

„Katie...“

Michelle dreht sich um und strahlt mich an. Sie springt auf mich zu und schließt mich fest in die

Arme. Als sie mich wieder loslässt, schimmern ihre Augen glasig.

„Du siehst umwerfend aus", sagt Andrew und grinst.

Er stellt sich zwischen uns und hält Michelle und mir jeweils einen Ellenbogen hin. „Ladies? Wollen wir?"

Ich nicke und hake mich bei ihm unter. Bevor ich gehe, schaue ich zu Mrs. MacDougall. Und als sie die Ohrstecker sieht, lächelt sie.

•••

„Ich parke kurz den Wagen...", sagt Andrew, als er vor dem Haupteingang anhält. „Ich komme dann gleich nach."

Wir rutschen ziemlich unlady-like vom Rücksitz, steigen aus und werfen die Tür zu.

„Katie...", flüstert Michelle und sieht mich an. „Wie um alles in der Welt kannst du nur NICHT verrückt nach ihm sein?"

Mir entwischt ein Lachen.

„Er gefällt dir also..."

„Gefallen?", fragt sie und seufzt. „Er ist..."

Und ohne ein weiteres Wort verraten mir ihre großen blauen Augen, was er ist.

„Und du willst nichts von ihm? Ich meine... du bist dir *sicher?"*

„Hundertprozentig."

„Und es... es war auch nichts zwischen euch?"

Ich will sie nicht belügen, aber was würde es für einen Sinn machen, die Wahrheit zu sagen? Das Problem mit Michelle ist, dass sie mich und meine Pausen zu gut kennt.

„Also war doch etwas..."

„Ein Kuss, aber der hatte *nichts* zu bedeuten..."

„Du hast ihn *geküsst?* Aber ich dachte, du willst nichts von ihm?!"

„Das stimmt auch...", antworte ich ruhig. „Ich habe nicht ihn geküsst, sondern *er* mich."

„Das erklärt auch den Blick."

„Welchen Blick?"

„Na, die Art, wie er dich angesehen hat, als du in die Küche gekommen bist."

„Michelle, Andrew war total betrunken, als er mich geküsst hat."

„Das ändert nichts daran, dass er dich geküsst hat."

Andrew erscheint neben uns und lächelt.

„Ihr habt gewartet? Das ist aber..." Er sieht zwischen uns hin und her. „Störe ich?"

„Nein", antwortet Michelle, bevor ich etwas sagen kann. „Gar nicht."

„Na dann... lasst uns reingehen..."

47. Kapitel

Andrew wirbelt Michelle über die Tanzfläche. Ihr Lachen wird von der lauten Musik verschluckt. Ich habe sie selten so gesehen. Vielleicht noch nie. Der Festsaal ist übertrieben geschmückt und die Diskokugeln werfen schillernde Tupfen an die Wände. Und obwohl ich weiß, dass er nicht da ist und dass er nicht kommen wird, suche ich ihn in der Menge. In diesem Meer aus Menschen, das sich im vorgegebenen Takt wiegt. Die einzigen Augen, die meine ab und an mal suchen, sind Andrews. Und weil ich einfach kein Lächeln mehr in mir habe, ich aber den Gedanken nicht ertragen kann, ihm den Abend zu verderben, dränge ich mich zum Ausgang.

Ich lasse die Musik hinter mir. Den Lärm und die Menschen. Die sich küssenden Paare, die Freude, diese anstrengend gute Laune, die so krampfhaft versucht, mich anzustecken, aber an meiner schlechten abprallt. Ich möchte lachen, ich möchte Teil dieser Euphorie sein, aber hier gibt es nichts für mich. Und ich weiß wirklich nicht, inwiefern dieser blöde Ball Teil meiner Reise sein sollte. Ich weiß nicht mal mehr, ob ich das Ziel mag.

Meine Absätze klackern über den Boden. Ich bleibe plötzlich stehen. Genau *hier* hat Dillen mich geküsst. Auf *dieser* Fliese.

Meine Gedanken katapultieren mich in den Regen zurück. In Dillens Arme. Zu diesem Kuss. Ich spüre seinen Blick auf mir, als Andrew neben mir auftaucht.

„Alles okay?"

Ich schlucke und nicke.

„Ja."

„Du musst tanzen."

„Andrew... ich..."

Er legt mir den Zeigefinger auf die Lippen.

„Nur ein Tanz... *ein Tanz*", flüstert er lächelnd.

Er streckt mir die Hand entgegen.

„Bitte."

Und bei diesem *Bitte* werde ich schwach.

„Ein Tanz, aber dann will ich gehen..."

Ich nehme seine Hand und wir gehen zurück in den Ballsaal. Das Ende von *Lucky Man* empfängt mich, als die Dunkelheit uns verschluckt.

Andrew zieht mich in die Mitte der Tanzfläche. Zu all den Pärchen, die sich verliebt in die Augen sehen, sich küssen. Ich atme tief ein und schlucke. Andrew ist toll. Das ist er wirklich. Aber er ist nicht Dillen. Ich breite seufzend die Arme aus. Widerwillig. Ignoriere den Kloß, der sich in meinem Hals ausdehnt. Das Lied ist beinahe zu Ende, aber Andrew macht keine Anstalten, mich in die Arme zu nehmen.

„Ich dachte, du wolltest tanzen...", schreie ich über die Musik hinweg.

„Ich habe gesagt, *du* sollst tanzen..." Er nimmt mein Gesicht zwischen seine Hände und lächelt. „Ich habe nicht gesagt, mit mir..."

Das ist der Augenblick, in dem das Klavier einsetzt. Der Augenblick, in dem Andrew mir einen sanften Kuss auf die Wange gibt und sich langsam von mir entfernt. Der Augenblick, in dem *mein* Lied beginnt. Ich stehe mitten auf der Tanzfläche. Allein. Während mein Herz aufgeregt gegen meine Rippen schlägt und ein eisiger Schauer nach dem anderen über meine Haut jagt. Ich erkenne seinen Duft, kurz bevor ich ihn sehe. Plötzlich steht er vor mir. Wie aus dem Nichts. Wie in einem Traum. Bunte Lichter tanzen über sein Gesicht und seine Augen strahlen in der Dunkelheit. Ich kann nicht sprechen. Ich kann ihn nur ansehen. In diesem Anblick versinken.

Dillen im schwarzen Smoking. Die Fliege, das weiße Hemd, das sich eng um seinen Körper legt, und das Sakko, das seine Schultern noch breiter aussehen lässt. Ich sauge ihn auf. Jeden Millimeter. Unsichtbare Funken fliegen zwischen unseren Blicken und das Pochen in meinem Bauch wird mit jeder Sekunde lauter. Meine Haut wartet auf seine Hände, auf das Gewicht seines Körpers, darauf, ihn zu spüren. Überall. Ich sehe ihn wie in Zeitlupe, betrachte ihn, als wäre es das letzte Mal. Sein widerspenstiges, braunes Haar, das zerzaust auf seinem Kopf liegt, die Bartstoppeln, die sein markantes Kinn bedecken, die tiefblauen Augen, mit ihrem grünen Schleier, diesen vollen Mund auf dessen Winkel sich ein winziges Lächeln legt. Verwegen. Wissend. Dieser Blick lässt mich angestrengt schlucken und pocht tief in meinem Bauch. Das Einzige, was noch besser aussieht als Dillen im Smoking, ist Dillen, wenn er *nichts* trägt. Seine Augen gleiten über mein Gesicht, über meine nackten Schultern, und ich sehe, wie seine Kiefermuskeln arbeiten. Er atmet unruhig, flach. Unsere Blicke verschmelzen. Sie verschlingen einander. Dillen streckt mir die Hand entgegen und befeuchtet seine Lippen.

„Darf ich?"

Ich will antworten. Will ihn fragen, warum er hier ist. Aber ich kann es nicht. Sein Blick brennt auf mir, streicht über mein Gesicht wie Hände.

Dillen zieht mich fest an sich. Seine Lippen berühren sanft meine Stirn. Ich schlinge meine Arme um seinen Nacken und inhaliere diesen Duft. Ich spüre seinen feuchten Atem auf der Wange, während sein Herz aufgeregt gegen meines schlägt. Ich zittere, während sein Körper sich eng an meinen schmiegt, atme seinen Duft ein, spüre nervöse Fingerkuppen, die langsam meine Wirbelsäule entlangstreichen.

Die Gänsehaut breitet sich auf meinem Körper aus, mein flacher Atem lässt meinen Brustkorb beben, während mich das Gefühl flutet, zu Hause anzukommen. In seinem Duft zu baden. Mich in meinen Gedanken zu verlieren und in Gefühlen zu ertrinken, die ich überall spüre.

Das Klavier begleitet uns. David Greys Stimme legt sich um uns wie eine Seifenblase, so als wären wir allein, als gäbe es nur uns und diesen Moment. Und sogar wenn es wirklich nur ein letzter Tanz ist, ein Abschied, so bin ich doch froh, dass wir diesen Augenblick haben. Diese paar Minuten, die uns niemand mehr nehmen kann. Weder die Vergangenheit noch die Zukunft. Er wird bleiben. Tief in meinem Herzen. Für immer.

•••

„Was... was machst du hier?", flüstere ich atemlos gegen seinen Hals.

„Ich musste dich sehen..."

„Aber..." Ich sehe ihn an. „Ich dachte, wenn du mich ansiehst, siehst du nur eine Zukunft, die du nicht haben kannst..."

„Nein..." Er streicht mit dem Daumen über meine Lippen. „Wenn ich dich ansehe, sehe ich *meine* Zukunft."

„Was meinst du? Wovon redest du?"

„Ich gehe nach Harvard."

Ich bleibe stehen.

„Was?! Wie?!"

Das Lächeln strahlt bis tief in seine Augen. Als würden sie von innen leuchten. Sie glänzen in der Dunkelheit, wie grün schimmernde Nordlichter umringt von unzähligen, funkelnden Sternen.

„Andrew...", flüstert Dillen.

„Andrew?"

Dillen seufzt und schüttelt den Kopf.

„Ich habe *keine Ahnung, wie* er es gemacht hat." Dillen zuckt mit den Schultern. „Vielleicht will ich es auch gar nicht wissen..."

Ich denke an Andrew und den messerscharfen Klang in seiner Stimme, als er seinem Vater klar gemacht hat, dass er mehr ist, als diese Dinge, die er nicht geschafft hat. Mehr als die Enttäuschung, die er in ihm sieht. Mehr als das Geld.

„Alles, was ich weiß, ist, dass Brian für Dads Entzug aufkommen wird... *dafür* und..." Er macht eine Pause und schluckt. „Fürs College..." Dillen atmet tief ein und schüttelt den Kopf, so als könnte er es nicht fassen. „Ich habe ein paar Jahre Geld zur Seite gelegt. Mit dem, was ich gespart habe, und wenn ich in Boston schnell einen Job finde, kann ich es schaffen..."

Die vielen Paare um uns bewegen sich im Takt, während wir nur dastehen und einander ansehen.

„Harvard also..."

„Sieht ganz so aus..."

„Ich bin verwirrt...", sage ich und versuche mir ein Lächeln zu verkneifen. „Ich dachte, das mit uns... also ich meine... ich dachte, das wird nicht passieren?"

Das Grinsen, das sich um seinen Mund legt, läuft mir eisig den Rücken hinunter und breitet sich langsam auf meinen Armen aus. Dillen zieht mich an sich und sieht mir tief in die Augen.

„Wir sind in dem Moment passiert, als du mir an deinem ersten Tag in die Arme gefallen bist."

Sein Atem streift sanft mein Gesicht und ich spüre meine Knie weich werden. Der eiskalte Schauer schüttelt mich. Dillens Duft, seine Nähe, die Wärme seines Körpers, diese großen Hände, die mich festhalten, mich beherrschen wie ein Instrument.

Mein Leben ist ganz sicher nicht perfekt, es hat vielleicht sogar mehr Ecken und Kanten, aber es gibt perfekte Augenblicke. Augenblicke, in denen wir schwerelos sind. Schwerelos und frei. Das sind die Momente, die alles wieder gutmachen. Die wir nie vergessen werden. Die sich für immer in unser Gedächtnis brennen. Das hier ist so einer.

„Komm schon...", flüstert Dillen mir ins Ohr. „Lass uns abhauen..."

Er nimmt mich an der Hand und zieht mich in Richtung Ausgang. An einem der Tische sitzen Andrew und Michelle. Sie lachen und reden. Ich frage mich, ob ich ihnen Bescheid geben soll, doch dann findet mich Andrews Blick und er lächelt. Sanft. Wissend. Er wird nie wissen, wie dankbar ich ihm bin. Vielleicht weiß er es doch. Er hört auch die Worte, die ich nicht ausspreche. Meine Lippen formen ein *Danke* und er grinst. Michelle folgt seinen Augen und entdeckt uns. Das ist der Moment, in dem sie versteht, warum es immer nur Dillen sein konnte. Ich sehe es an der Art, wie sie uns ansieht. Ein Blick, den nur ich kenne.

Wir sind beinahe an der Tür angekommen, als Dillen stehenbleibt. Mein Blick wandert von Michelle zurück zu ihm. Zu diesem Ausdruck in seinen Augen, der sich federleicht auf meinen Mund legt. Er grinst. Frei. Unbeschwert. Glücklich. Dann nickt er Andrew zu. Es ist eine unscheinbare Bewegung. Eine Geste des Respekts, die nur Männer wirklich verstehen können. Andrew grinst sein jungenhaftes Grinsen, dann nickt auch er. In seinen Augen schimmert etwas. Damit ist alles gesagt. Ein schweigendes letztes Wort. Wie eine Aussprache, die mit nur *einem* Blick unnötig wird.

48. Kapitel

Dillen liegt auf mir, sein Körper heiß auf meinem, seine Lippen, die meine suchen. Zungen, die sich finden. Süchtige Hände, die so viel Haut wie möglich berühren wollen. Unbeholfen, ja fast hektisch. Der Schweißfilm bedeckt mich wie eine zweite Haut und vermischt sich mit seinem. Das Adrenalin rauscht durch meine Adern. Mein Herz schlägt gegen meine Rippen. Alles kribbelt.

Dillens Lippen lösen sich von meinen. Atemlos sieht er mich an. Seine Augen brennen auf meinem Gesicht, sein Brustkorb presst sich gegen meinen. Ich rieche seinen Duft, spüre die Härte seines Körpers, während alles in mir zittert. Das Pochen tief in meinem Bauch wird ungeduldig. Seine Lippen finden meine Brüste, seine Zunge kreist um meine harten Brustwarzen, die sich ihm empfindlich entgegenstrecken.

Seine Hände wandern tiefer, streicheln mich, eine verschwindet zwischen meinen Beinen. Als er mit einem Finger in Flüssigkeit gleitet, atme ich scharf ein. Er spielt mit mir, genießt, wie meine Muskeln zucken, wie mein Körper auf ihn reagiert. Wie ich mich unter ihm vergesse. Als er mit einem Finger in mich eindringt, fallen meine Lider zu und mein Kopf in den Nacken. Er massiert diesen Punkt, der einen Orkan durch meinen Unterleib jagt. Und in der

Sekunde, als sich die Muskeln in meinen Beinen krampfartig zusammenziehen, teilt seine Zunge meine Schamlippen. Diese plötzliche Berührung durchströmt mich. Sie brennt wie Feuer. Ich höre mich laut seufzen, reiße die Augen auf und sehe nur die Sterne am pechschwarzen Himmel. Sie pulsieren und funkeln, tanzen in der Dunkelheit, während Dillens Zunge die Kontrolle über meinen Körper übernimmt. Ich japse nach Luft, jeder einzelne Muskel in mir ist angespannt, meine Hände suchen Halt und finden ihn an der kühlen Seitenwand der Ladefläche.

Seine harte Zungenspitze treibt mich immer näher an den Abgrund. Und ich folge ihr. Ergebe mich. Kann nicht mehr atmen, zittere überall. Und dann falle ich. Erstarre. Die Explosion rauscht durch meinen Körper. Von Zelle zu Zelle. So als würden sie sich gegenseitig entzünden. Einzelne Schweißperlen laufen über meine Haut, und meine Beine zucken.

Als ich Dillens Gesicht ansehe, erkenne ich nur das Leuchten in seinen Augen. Er grinst, während er nach der Anzughose greift. Der Puls rauscht in meinen Ohren, mein Herz rast. Ich stehe unter Strom. Bin vollkommen erschöpft. Und will noch mehr. Der Rausch tobt bis in mein Gehirn. Die Gedanken fallen in sich zusammen, werden weggewaschen von dieser Welle, die alles davonspült. Ich spüre das Lächeln auf meinen Lippen und das gierige Saugen ganz tief in meinem Bauch.

Dillen kniet sich zwischen meine gespreizten Beine und reißt die Kondomhülle auf. Meine Augen wandern über seinen Körper. Das kalte Mondlicht legt sich auf jede Kontur, jeden Muskel, der sich unter seiner Haut abzeichnet. Ihm dabei zuzusehen, wie er das Kondom langsam abrollt, lässt mich schneller atmen. Ich spüre die Hitze in meinem Gesicht.

Dillen legt sich auf mich, schiebt sein Becken ganz nah an mich heran. Seine Härte drängt sich zwischen meine Schamlippen. Er lässt mich nicht aus den Augen, während er langsam in mich eindringt, mein Körper ihn umschließt, ihn in sich aufnimmt. Immer tiefer. Und noch tiefer. Gleitet in Flüssigkeit. Und wieder erreicht er diesen Punkt. Diese Stelle in meinem Inneren, die mich willenlos werden lässt. Als ich unvermittelt seufze, verdunkelt sich Dillens Blick und er atmet schneller. Seine Kiefermuskeln treten hervor. Dann fängt er an sich zu bewegen.

Sein Herz schlägt gegen meines, feuchte Haut, die an meiner reibt, sein Raunen an meinem Hals. Ich stöhne unter ihm, halte mich an ihm fest, liebe das Gefühl, ihn in mir zu spüren. Er wird ein Teil von mir, füllt mich aus. Der laue Wind streift uns, das Rauschen der Wellen begleitet das schwere Atmen. Meine Muskeln spannen sich wieder an, ich seufze, zittere unter Dillen, der sich immer schneller in mir bewegt. Mein Körper drängt sich ihm entgegen. Mein Becken presst sich an seines. Und dann kommt der Moment. Alles dreht sich, ich verliere die Orientierung, vergehe unter seinen Bewegungen, unter der Wucht, mit der er mich einnimmt. *Jeden Augenblick. In einer Sekunde. Jetzt.* Ich atme ein letztes Mal ein und bäume mich auf. Verkrampft. Wehrlos. Ich will schreien, weil es so fantastisch ist, will weinen, aber ich schaffe es nicht einmal zu atmen. Ein letztes Mal stößt Dillen zu, dann erstarrt er. Ich spüre ihn in mir pulsieren, spüre, wie mein Körper an ihm saugt, spüre den Takt, den wir gemeinsam finden. Dann sackt er auf mir zusammen.

Wir liegen atemlos auf der Ladefläche von Dillens Pickup. Über uns nur der Nachthimmel. Die Sterne flirren in der Sommerhitze und der Mond legt sein kaltes Licht auf die Baumkronen. Das Rauschen der Wellen vermischt sich mit dem Zirpen der Grillen.

Dillen stützt sich neben meinem Gesicht auf dem Ellenbogen ab. Er lächelt und streicht mit den Fingerspitzen über meine Wange.

„Ich liebe dich…“, flüstert er.

„Was?“

„Ich liebe dich.“

Dillens Augen strahlen. Sie sehen durch mich hindurch, an der Oberfläche vorbei bis in mein Inneres. Sie sehen *mich.* Alles, was ich bin. Und das Lächeln auf seinen Lippen legt sich auf meine.

„Du *liebst* mich?“, frage ich, als hätte ich Angst, doch wieder nur zu träumen. Die erste Träne rollt über mein Gesicht.

„Ich liebe dich, Katie.“

Ich ziehe mich an ihm hoch, halte mich fest, küsse ihn mit jeder Faser meines Körpers. Dieser Kuss überkommt mich. Ich spüre Tränen über meine Schläfen laufen und höre mich gleichzeitig lachen. Erleichtert. Glücklich. Erfüllt.

„Ich liebe dich auch“, flüstere ich gegen seinen Mund und küsse ihn wieder. „Ich liebe dich...“ Ich spüre ihn lächeln. Küsse ihn wieder. Und wieder. „Ich liebe dich, Dillen...“

•••

Wir liegen nebeneinander und starren in den Himmel, während der laue Nachtwind über unsere Körper streicht. Ich hätte nie gedacht, dass der Abschlussball so endet. Im Auto. Nicht ganz auf einer Rückbank, aber so ähnlich. *Dillen liebt mich.* Drei kleine Worte. Es sind nur drei Worte, doch ich spüre sie überall. Mein Magen ist flau und das Lächeln sprengt fast mein Gesicht.

Dillen malt Muster auf meinen Rücken und schickt mit jedem Schnörkel einen eisigen Schauer über meinen Körper. Ich liege lächelnd auf seiner Schulter. Mit glühender Haut und diesem Pochen tief in meinem Bauch, das langsam wieder lauter wird. Meine Hände gleiten über Dillens Körper und ich liebe seine Reaktion darauf. Das Pulsieren, das auf mein Pochen antwortet.

Das Hier und Jetzt ist eine magische Zeit. Wir sind alt genug, um es besser zu wissen, und jung genug, es trotzdem zu tun. Die Zukunft ist immer gerade weit genug weg. Und ich habe es nicht eilig sie einzuholen. Wobei. Wenn sie will, kann sie kommen. Denn in meinen Gedanken sieht sie fantastisch aus. Ich liege auf ihrer Schulter und fühle mich sicher. Geborgen. Ich schaue in Dillens Augen. Die grünen Schleier schweben über tiefes Blau. *Vollkommen.*

Was noch passieren wird? Keine Ahnung. Es ist mir auch egal. Was es auch ist, wir werden es gemeinsam tun. Es darauf ankommen lassen. Daran glauben, dass es funktionieren kann. Manch einer würde vielleicht sagen, das ist naiv. Ich würde antworten: nicht mit Dillen.

Happy End.

Danksagung.

Ich danke hier nicht als Ally Taylor. Ich danke als Anne Freytag. Und ich bin dankbar für sehr Vieles. Dafür, dass ich meinen Traum(beruf) leben kann, dass ich mir Geschichten ausdenken darf. Dafür, dass es Menschen gibt, die sie lesen. Die sich darüber freuen. Und dafür, dass ich in diesem Beruf immer und immer wieder Neues ausprobieren kann.
Dieses Mal ist es Drama. Und Liebe. Die *erste* Liebe. Das Kribbeln. Dieses Monster, das in uns erwacht und uns nicht mehr klar denken lässt.
Dillen und Katie sind mir sehr ans Herz gewachsen. Ich habe sie lieb gewonnen. Mich über sie geärgert. Mich aufgeregt. Aber letztlich liebe ich sie. Meine Arbeit ist getan. Ein Auge weint, das andere lacht.
Ich danke meiner **Familie** für ihre Unterstützung. Für den ganzen Zuspruch. **Danke, dass ihr an mich glaubt.** Und ich danke meinen Freunden. Den Freunden, die mir das Gefühl gegeben haben, dass ich es schaffen kann. Dass ich eine Burg baue und kein Luftschloss.
Ich danke dir, **Adriana.** Nicht nur für MIC. Sondern für Grace und das Lachen. Für die Ideen. Dafür, dass du das verstehst, wo andere nur blöd schauen. Du weißt, wie es zwischen den Zeilen aussieht. Ich bin sehr dankbar, dass ich dich habe.
Vielen Dank auch an dich, liebe **Konni.** Für deine Zeit, deine tollen Ideen und deine Anmerkungen. Ich danke dir 1000-fach. Dir und deinen Argusaugen. Euch entgeht einfach nichts. Danke.

Susanne, danke für deine Hilfe, deine Aufmerksamkeit und den Feinschliff. Ich bin begeistert und sehr, sehr dankbar.
Und ich danke auch dir liebste **Kora** für eines der besten *Zusammenvergnügen,* das man sich nur wünschen kann.

Und eine Person darf nicht fehlen. Ich danke dir, **Michi.** Immer. Für alles.

Want more?

Make it count – Gefühlsbeben.

(Carrie Price)

Lynn Chase hat das Kleinstadtleben hinter sich gelassen. Zu viel Schmerz verbindet sie mit dem malerischen Städtchen Oceanside. Schlagfertig und unnahbar gibt sie sich am renommierten Kensington College im Zentrum von Boston und versteckt ihr empfindsames Herz hinter einer Fassade aus Sarkasmus und Mutproben. Ihr neues Leben wird überschattet von den Dämonen ihrer Vergangenheit. Der einzige, der sie durchschaut, ist der unverschämt gutaussehende Jared Parker, der so gar nicht in ihr Einzelgänger-Dasein passen will. Sein Bad-Boy-Image lässt Herzen höher schlagen und beflügelt so manche Fantasie. Nur Lynn scheint gegen seine Reize immun zu sein. Aber wenn das wahr ist, warum berührt sie sein Blick dann bis tief in ihre Seele? Und wieso wird Lynn das Gefühl nicht los, dass er ihr etwas verschweigt? Wird er es schaffen, die harte Schale um Lynns Herz zu durchbrechen?

Über die Autorin hinter Ally Taylor

Hinter dem Pseudonym Ally Taylor steckt die Autorin Anne Freytag. Sie liebt Geschichten (vor allem die, die das Leben schreibt). Sie liebt spannende Charaktere und erschafft diesen gerne einen eigenen kleinen Kosmos. Inspiriert vom Leben (und den Geschichten, die es schreibt), schreibt Anne Freytag Geschichten, die diesem gewidmet sind. Sie sagt sich gerne, dass ihre Romane Geschichten sind, die auch das Leben schreiben würde (wenn es die Charaktere wirklich gäbe). Frau Freytag liebt glaubwürdige und greifbare Charaktere. Das Genre ist ihr dabei egal. Ein Held muss authentisch sein. Ist er es nicht, ist er kein Held. Es gibt noch viele Charaktere – die meisten wurden noch nicht geboren, sie rumoren lediglich als Ideen in Freytags Hirn. Sie hofft, dass einige von ihnen im Laufe ihrer Gedanken noch spannend genug werden, um ihnen einen eigenen kleinen Kosmos zu erschaffen. Anne Freytag liebt das Schreiben und das Eintauchen in den Kosmos ihrer Charaktere. Sie liebt jeden einzelnen ihrer Protagonisten. Ganz tief in sich drin, ist Frau Freytag davon überzeugt, dass sie alle in München leben und die Geschichten genießen, die das Leben (für sie) schreibt. Als Ally Taylor schreibt sie prickelnde New Adult Romane. Da diese in den USA spielen, hat sie sich für dieses Genre einen passenden Namen zugelegt.

Darf es etwas Freytag sein?

Sie mochten den Stil? Weitere Romane: „Irgendwo dazwischen“, „Renate Hoffmann“ und „434 Tage“.

3558775R00175

Printed in Germany
by Amazon Distribution
GmbH, Leipzig